教育部人文社会科学研究项目
"新维多利亚小说幽灵叙事研究"(16YJC752003)结项成果
2019年度兰州大学
"中央高校基本科研业务费专项资金"项目资助(2019jbkyzy031)

杜丽丽 著

新维多利亚小说
幽灵叙事研究

中国社会科学出版社

图书在版编目(CIP)数据

新维多利亚小说幽灵叙事研究/杜丽丽著. —北京：中国社会科学出版社，2024.4
ISBN 978-7-5227-3048-6

Ⅰ.①新… Ⅱ.①杜… Ⅲ.①女作家—小说研究—英国—现代 Ⅳ.①I561.074

中国国家版本馆 CIP 数据核字(2024)第 037558 号

出 版 人	赵剑英
责任编辑	王小溪
责任校对	师敏革
责任印制	戴　宽

出　　版	中国社会科学出版社
社　　址	北京鼓楼西大街甲 158 号
邮　　编	100720
网　　址	http://www.csspw.cn
发 行 部	010-84083685
门 市 部	010-84029450
经　　销	新华书店及其他书店

印　　刷	北京君升印刷有限公司
装　　订	廊坊市广阳区广增装订厂
版　　次	2024 年 4 月第 1 版
印　　次	2024 年 4 月第 1 次印刷

开　　本	710×1000　1/16
印　　张	15.5
插　　页	2
字　　数	201 千字
定　　价	79.00 元

凡购买中国社会科学出版社图书，如有质量问题请与本社营销中心联系调换
电话：010-84083683
版权所有　侵权必究

前　　言

一

　　1918年庞德（Ezra Pound）杜撰了"维多利亚"（Victoriana）一词，该词略带轻贬意味，其内涵涉及维多利亚时代的家具、用具、服饰等物品的总称或者维多利亚时代的总体风格。[①] 20世纪初的现代主义者，如庞德、艾略特（T. S. Eliot）、利维斯（F. R. Leavis）等，对与维多利亚有关的事物大都持贬低和嘲讽态度。然而，时过境迁，从20世纪中叶起，人们对"维多利亚"开始产生浓厚的兴趣。对这一时期的迷恋充斥在电影、电视、室内装饰、时尚、家谱、广告、博物馆、政治和学术等各个领域。20世纪的最后30年，维多利亚时期的文学和文化从边缘地位一跃成为人们竞相追捧的对象，"维多利亚主义"（Victorianism）在审美意识形态等多个方面均被唤起。

---

　　① 后来Victoriana一词的内涵不断发生变化：20世纪70年代末，它指涉对维多利亚时代的复兴与重新利用；80年代之后其语义范围扩展到对维多利亚时代不同形式的再现与生产，其中包括采用后现代手法对维多利亚小说或艺术作品所进行的文学、戏剧与荧幕改编和挪用。参见Kate Mitchell, *History and Cultural Memory in Neo-Victorian Fiction*, New York: Palgrave Macmillan, 2010, p.1。

黛安娜·萨多夫（Diana F. Sadoff）和约翰·库瑟奇（John Kucich）将当代文化对维多利亚时期的迷恋和重构命名为"维多利亚的来生"（Victorian Afterlife），暗示这股"维多利亚主义"思潮具有"幽灵性"特征。纳丁·伯姆（Nadine Boehm-Schnitker）和苏珊·格鲁斯（Susanne Gruss）指出：

> Victoriana 这个词的原始含义——过去遗留下来的实际存在的文物，无论是建筑还是日常使用的物品——都具有不可再生性。然而，英国商店或《泰晤士报》等供应商提供了它们的复制品。这些复制品被生产出来的目的是唤起维多利亚时代的生活方式。[1]

换言之，"维多利亚主义"对历史的再现，是为当代读者提供可以被消费的"复制品"，而真实的维多利亚历史早已遥不可寻。然而，在历史再现的过程中，须借助"承载着维多利亚过去的文化记忆的物品"[2]，它们在某种意义上属于连接两个时代的"幽灵"——来自维多利亚的过去，但向现在和未来敞开。

20 世纪 90 年代之后，学界开始关注这股后现代文化重写"维多利亚"的文化和美学思潮，分别提出了"后维多利亚"（Post-Victorian）、"复古的维多利亚"（Retro-Victorian）和"新维多利亚"（Neo-Victorian）等术语对其进行命名。2008 年《新维多利亚研究》（*Neo-Victorian Studies*）创刊后，"新维多利亚"

---

[1] Nadine Boehm-Schnitker and Susanne Gruss, "Introduction: Spectacles and Things—Visual and Material Culture and/in Neo-Victorianism", *Neo-Victorian Studies*, Vol. 4, No. 2, 2011, pp. 1 - 23.

[2] Nadine Boehm-Schnitker and Susanne Gruss, "Introduction: Spectacles and Things—Visual and Material Culture and/in Neo-Victorianism", *Neo-Victorian Studies*, Vol. 4, No. 2, 2011, pp. 1 - 23.

越来越为学界接受，它"被确立为一种学术研究的流派，尽管关于什么是新维多利亚主义作品的争论仍在继续"[1]。尽管学界对"新维多利亚主义"的内涵和外延尚有争议，但普遍认同的一个观点是，它并不旨在提供有关维多利亚时代的历史摹本，而是试图在当代语境下考察历史遗留下来的"踪迹"（traces），找出维多利亚价值观念与当代文化的关联。纳丁·伯姆和苏珊·格鲁斯指出：

> 新维多利亚主义正是迭代地讲述起源的故事，表明记忆符号或文化记忆中与文化相关的内容。即使在理论层面上，19世纪似乎被塑造成许多当代文化现象的摇篮。如黛安娜·萨多夫和约翰·库瑟奇所言，"在19世纪，鲍德里亚发现了当代消费主义的起源，福柯发现了性科学，赛奇威克发现了同性恋文化，吉尔伯特、肖瓦尔特、阿姆斯特朗发现了性别认同"。这意味着我们需要维多利亚时代来建构我们的文化身份。[2]

对"新维多利亚主义"的这种解读代表了当前学界的主流。菲利普·戴维斯（Philip Davis）在重读维多利亚经典时，也着重探讨维多利亚文学在当代语境下的意义和作用，认为维多利亚时期奠定了我们的思维范式，"我们都是另类维多利亚人"[3]。凯特·米切尔（Kate Mitchell）在评论拜厄特（A. S. Byatt）、萨拉·沃

---

[1] Nadine Boehm-Schnitker and Susanne Gruss, "Introduction: Spectacles and Things—Visual and Material Culture and/in Neo-Victorianism", *Neo-Victorian Studies*, Vol. 4, No. 2, 2011, pp. 1–23.

[2] Nadine Boehm-Schnitker and Susanne Gruss, "Introduction: Spectacles and Things—Visual and Material Culture and/in Neo-Victorianism", *Neo-Victorian Studies*, Vol. 4, No. 2, 2011, pp. 1–23.

[3] Philip Davis, *Why Victorian Literature Still Matters*, Chichester: Wiley-Blackwell, 2008, p. 2.

特斯（Sarah Waters）、格雷厄姆·斯威夫特（Graham Swift）等作家的新维多利亚小说时，也重在引导读者思考在一个对历史迷狂却不能历史性地思考的时代，小说应如何回应并彰显"文化记忆"的力量。在她看来，"新维多利亚小说并非为了理解或修正过去，而是将小说视为文化记忆文本，在过去的碎片中充满想象力地重塑过去"①。

由于"新维多利亚主义"历史再现的接受主体是 21 世纪的读者，这决定了其叙事目的是在与维多利亚幽灵对话与磋商的过程中，为当代人提供重新认识和评价维多利亚文化和价值观念的视角和方法。在这个意义上，新维多利亚主义是对维多利亚幽灵的唤起，而唤起的途径则是作为文化记忆的维多利亚幽灵文本。凯特·米切尔指出："过去的已然忘却的或重新记起的［dis(re)membered］碎片在文本中并通过文本被重新建构，因此读者在阅读中会重新记起那些被重新想象的过去。"② 这些散落的文本碎片是当代人与维多利亚幽灵沟通的重要媒介。

本书借鉴德里达幽灵学的研究路径，即在当代诸多思想谱系中通过对"马克思文本'幽灵'的新'召唤'（重新解读）"，使其在当代语境下"还魂"（救赎行动）③，将新维多利亚主义视为一场生者与死者的对话，一次通过历史书写对维多利亚亡灵的"招魂"行为。本书选取英国当代最具代表性的十余部新维多利亚小说，在幽灵批评的理论视域下，从腹语术的语言风格、幽灵游荡的空间化文本、创伤的主题和女性哥特体裁四个方面剖析这些作品的幽灵叙事特征。

---

① Kate Mitchell, *History and Cultural Memory in Neo-Victorian Fiction*, New York: Palgrave Macmillan, 2010, p. 7.
② Kate Mitchell, *History and Cultural Memory in Neo-Victorian Fiction*, New York: Palgrave Macmillan, 2010, p. 7.
③ 任平：《当代视野中的马克思》，江苏人民出版社 2003 年版，第 13 页。

二

尽管目前对"新维多利亚小说"(Neo-Victorian fiction)的界定尚存争议,但许多学者认为新维多利亚小说具有"修正主义"(revisionist)的叙事立场。追根溯源,达娜·席勒(Dana Shiller)在1997年第一次提出"新维多利亚小说"(Neo-Victorian novel)时就指出:"新维多利亚小说受到本质上是修正主义冲动的驱使,通过质疑历史确定性来重构过去。"[①] 她的这一界定奠定了这一文类反讽的、修正主义的情感基调。安·海尔曼(Ann Heilmann)和马克·卢埃林(Mark Llewenllyn)指出,新维多利亚小说"不仅指以维多利亚时代为背景的历史小说,它还必须自觉地对维多利亚时代进行(再)阐释[(re) interpretation]、(再)发现[(re) discovery]和(再)修正[(re) vision]"[②]。在这个定义中,三个前缀"re"(重新/再)充分凸显了新维多利亚小说所包含的颠覆性和修正性的当代美学和意识形态蕴含。

也有学者借鉴詹姆逊(Fredric Jameson)的后现代主义文化批判理论,从消费文化、拼贴(pastiche)、挪用(appropriation)和怀旧(nostalgia)等层面解读新维多利亚小说。古特莱本(Christen Gutleben)认为当代作家在重构维多利亚历史时期的过程中流露出明显的怀旧情愫,这一文类在整体上可归为"怀旧的后现

[①] Dana Shiller, "The Redemptive Past in the Neo-Victorian Novel", *Studies in the Novel*, No. 29, 1997, p. 540.

[②] Ann Heilmann and Mark Llewellyn, *Neo-Victorianism: The Victorians in the Twenty-First Century*, 1999 – 2009, Basing-stoke and New York: Palgrave Macmillan, 2010, p. 4.

代主义"(nostalgic postmodernism)。但她同时也指出:"对维多利亚主义的怀旧和迷恋又不可避免地伴随着一种冲动,去指责经典文学中对女性、底层人们、同性恋等弱势群体的公然遗忘或随意歪曲的行为。这种怀旧的、修正主义态度带来了一种形式上的悖论,并最终导致美学和意识形态方面的死结。"① 在古特莱本看来,"怀旧"和"修正主义"在新维多利亚小说中悖论性地共存,导致了这一文类在美学和意识形态方面的矛盾,而这种矛盾性和不确定性本身亦是后现代主义诗学精神的表达。戴维斯(Helen Davies)认为,"新维多利亚小说是与维多利亚社会有关的文学创作体裁,但它不是简单重复或怀旧式的缅怀,相反,它对维多利亚小说、文化与维多利亚社会持批判态度"②。两位学者均认同新维多利亚小说在历史再现问题上怀旧情感的植入,但他们理论的重心并没有偏离该文类修正主义的叙事立场,戴维斯似乎更强调当代作家为历史中被迫失语的维多利亚他者代言的政治诉求。

以 20 世纪 60 年代的两部新维多利亚小说为例,简·里斯(Jean Rhys)的《藻海无边》(*Wide Sargasso Sea*, 1966)通过将疯女人伯莎·梅森从边缘置于叙事的中心,重写了我们熟悉的维多利亚经典时期的经典小说《简·爱》,其女性主义和后殖民主义的叙事立场显而易见;约翰·福尔斯(John Fowles)的《法国中尉的女人》(*The French Lieutenant's Woman*, 1969)中元叙事者不时跳出故事层面,以当代意识形态和反讽姿态对维多利亚价值观念大肆评判。这两部作品开启了新维多利亚小说的两种修正主义历史重构模式:"经典文本重写"和"从现在视角书写

---

① Christian Gutleben, *Nostalgic Postmodernism: The Victorian Tradition and the Contemporary British Novel*, Amsterdam & New York: Rodopi, 2001, p. 10.

② Helen Davis, *Gender and Ventriloquism in Victorian and Neo-Victorian Fiction: London Passionate Puppets*, Palgrave Macmillan, 2012, p. 2.

历史的小说"①。值得注意的是，80年代之后的新维多利亚小说更注重在当代价值体系观照下重构那些被迫失语的"另一类维多利亚人"的历史，这些边缘群体在那些真实或虚构的维多利亚历史记录中均缺席。比如萨拉·沃特斯（Sarah Waters）的《轻舔丝绒》（*Tipping the Velvet*，1998）将女同性恋者植入作者精心摹写的19世纪社会景观，填补了维多利亚时期官方记录中的空白；米歇尔·法柏（Michel Faber）的《绛红雪白的花瓣》（*The Crimson Petal and the White*，2002）则凸显了那些在维多利亚时代被迫失语的妓女的叙事声音。也是在这个意义上，卢埃林（Mark Llewellyn）将"新维多利亚小说"定义为"有意识地以维多利亚时代为背景（或者19世纪为背景），试图通过再现边缘化的声音、新的性史、后殖民视角以及不同版本的维多利亚历史来重写那个时代的历史叙事"②。

戴维斯在《维多利亚时代和新维多利亚时代小说中的性别和腹语术：激情的玩偶》中，将"腹语术"（ventriloquism）与新维多利亚小说所蕴含的性别政治联系起来，探讨这一文类如何既模仿又以颠覆的姿态反叛了维多利亚时期的主流价值观念。③ 然而戴维斯对"腹语术"的阐释主要局限于叙事声音的层面。在本书中，笔者认为腹语术不仅是一种作家"身临其境"地走进历史深处、为维多利亚他者代言的历史叙事策略，也是幽灵叙事在新维

---

① Robin Gilmour, "Using the Victorians: The Victorian Age in Contemporary Fiction", in Alice Jenkins and Juliet John, eds., *Rereading Victorian Fiction*, Basingstoke and New York: Palgrave Macmillan, 2000, p. 190.

② Mark Llewellyn, "What is Neo-Victorian Studies?", *Neo-Victorian Studies*, Vol. 1, No. 1, 2008, pp. 164 – 185.

③ 戴维斯认为新维多利亚小说采用腹语术模仿了维多利亚小说，比如保持着维多利亚小说的长度与结构，模仿19世纪流行的成长小说、惊悚小说等文体。叙事策略也类似维多利亚前辈，采用第一人称叙述以及万能的第三人称叙述。参见 Helen Davis, *Gender and Ventriloquism in Victorian and Neo-Victorian Fiction: Passionate Puppets*, London: Palgrave Macmillan, 2012, p. 3.

多利亚小说语言层面的表征。首先，当代作家犹如被"幽灵附体"，维多利亚时期沉默的他者借作家之口得以发出自己的声音。其次，新维多利亚小说中那些被挪用的维多利亚文学文本与作家也在进行言说；同时，当代作家虽被"幽灵附体"，但仍不可避免地在小说中发出自己的声音。腹语术在新维多利亚小说中的大量使用，使维多利亚亡灵在"通过他者言说"和"被他者言说"的矛盾张力中实现其身份构建，① 同时也实现了作家在与幽灵磋商中重新书写历史的叙事目的。

幽灵叙事不仅体现在"腹语术"的语言风格和历史叙事策略上，它更深刻地表达了一种游弋于在场与缺场之间的悖论性的时间和空间概念。维多利亚时代"既处于历史之中又脱离历史；永远已经死亡——但仍然继续存活"②。"处于历史之中"，是因为它在历史编年中拥有确定的位置；"脱离历史"是因为它在物理的时间意义上已经逝去，仅以"余烬"的形式散布于文本"踪迹"之中。新维多利亚小说的"在场"表现为文本自身的物质性存在，以及小说里穿插的大量的作为"见证"的维多利亚历史文本；其"缺场"表现为作为叙事对象的维多利亚人和维多利亚时期的历史处于缺席状态，尤其是那些被主流意识形态和价值观念遮蔽的边缘群体，他们在传统历史叙事中被迫失声，被排除在历史之外。在新维多利亚小说中，维多利亚时期"作为被不断召唤的无形幽灵以新的姿态重新显形或重获肉身"③。在这个意义上，新维

---

① 徐蕾：《当代英国历史小说与"腹语术"——兼评 A. S. 拜厄特〈论历史与故事〉》，《当代外国文学》2016 年第 3 期。

② Jennifer Green-Lewis, "At Home in the Nineteenth Century: Photography, Nostalgia, and the Will to Authenticity", in John Kucich and Dianne F. Sadoff, eds., *Victorian Afterlife: Postmodern Culture Rewrites the Nineteenth Century*, Minneapolis: University of Minnesota Press, 2000, p. 31.

③ 黄瑞颖：《新维多利亚小说研究中的"古今之争"及其时间错位》，《国外文学》2021 年第 1 期。

多利亚小说属于德里达意义上的"幽灵文本",一种由多个"互文本"构成的超物质文本。[1] 罗萨里奥·阿里亚斯(Rosario Arias)和帕特丽夏·普尔曼(Patricia Pulham)认为,新维多利亚小说的幽灵书写以唤起幽灵的形式在过去和现在之间建立关联,向死者和沉默的他者致敬。[2]

用幽灵叙事再现或重构维多利亚时期的历史,不可避免地会涉及当代作家的历史真实观及其对历史正义等伦理问题的追问。如若将幽灵视为"现在中的过去",那么在历史再现的伦理层面如何确保过去和现在可以在幽灵文本中进行平等对话?维多利亚人不可避免地在对话中处于缺席的一方,那么当代作家如何在历史再现中尽可能还原真相?他们是在文本中"与死者对话",还是在意义重建过程中"与生者的对话"?[3] 新维多利亚小说采用腹语术为历史中失语的群体发声,谴责历史对无数被主流意识形态边缘化的维多利亚他者的遗忘,笔者认为这一行为本身即体现了当代作家的伦理责任。在列维纳斯看来,"对他者的责任是自我的伦理精神,因为真正的伦理关系承认我与他者的关系是一种不对等关系,我始终是为了他者,我是为他者服务的。这实际上承认了自我与他者之间是一种奉献而非占有的关系,我与他人的主体间关系就是责任关系"[4]。如若将维多利亚人视为与当代作家对应的他者,当代人作为迟来的见证者,必然对缺席的维多利亚人负有伦理责任。然而,面对维多利亚人不可

---

[1] [法]雅克·德里达:《多义的记忆——为保罗·德曼而作》,蒋梓骅译,中央编译出版社1999年版,第90页。

[2] Rosario Arias and Patricia Pulham, eds., *Haunting and Spectrality in Neo-Victorian Fiction: Possessing the Past*, New York: Palgrave Macmillan, 2010, p. xv.

[3] 黄瑞颖:《新维多利亚小说研究中的"古今之争"及其时间错位》,《国外文学》2021年第1期。

[4] 孙庆斌:《为"他者"与主体的责任:列维纳斯"他者"理论的伦理诉求》,《江海学刊》2009年第4期。

避免的缺席状态,在方法论的意义上,当代作家应该如何表征历史中不在场的他者?目前学界有两种路径:一种是美国和欧陆后现代主义历史小说中占主导地位的"语言建构论";另一种是英国新维多利亚小说中占主流的以"腹语术"模仿维多利亚现实主义笔法的"历史还原论"。前者服膺新历史主义"历史的文本性"和"文本的历史性"的观点,主张利用大胆的想象和虚构,以后现代笔法重构历史;后者则主张倾听亡者的声音,努力还原历史中事件发生的场景,采用"腹语术"的方法,在与幽灵的对话与磋商中再现历史。笔者认为从列维纳斯的自我与他者的伦理关系而言,第二种方式无疑是更负有伦理责任的历史书写策略。

在阅读英国当代新维多利亚小说时,读者明显感受到它们"既与小说中的现实主义传统凝结在一起,也与哲学上扎根于英国本土的道德和文化批判传统密不可分"[①]。如 A.S. 拜厄特所言,英国当代作家虽质疑"语言再现真实的能力",对现实主义客观再现论的虚妄洞若观火,然而他们并不主张如现代主义者那般将现实主义这一文学传统弃如敝屣;恰恰相反,困于前辈作家"影响的焦虑",他们更注重"汲取传统思想、继承文学遗产、与过去对话交流……旨在用充满想象力的复古文字召唤一个时代文学的魂兮归来"[②]。现实主义的文学传统没有被抛弃,而是采用腹语写作的形式被当代作家唤起,并被注入新的活力。

[①] Patricia Waugh, "Postmodern Fiction and the Rise of Critical Theory", in Brian W. Shaffer, ed, *A Companion to the British and Irish Novel* 1945–2000, Oxford and Malden: Blackwell Publishing Ltd., 2005, p.68.

[②] A. S. Byatt, *On Histories and Stories: Selected Essays*, Cambridge, Mass.: Harvard University Press, 2000, p.11.

三

新维多利亚小说因多关注历史中沉默的他者的遭遇，所以创伤构成了小说的重要主题。在当代理论话语体系中，"幽灵"（specter）和"创伤"（trauma）是相互关联的概念。美国学者凯西·卡鲁斯（Cathy Caruth）提出，创伤是一种突如其来或灾难性的不可抗拒的经历，人们对创伤的反应常常是延迟的，不可控制的，并以幻觉或其他侵入方式重复出现。[①] 卡鲁斯对创伤的界定强调了创伤的"延宕性"及其"通过幻觉或其他闯入方式反复出现"的特征，这和幽灵的"萦绕"存在理论上的共通之处——创伤的原始事件难以确切还原，从而造成了对当事人的萦绕。新维多利亚小说以幽灵叙事的形式再现"另一类维多利亚人"的创伤，使这些历史中的创伤被置于当代的文化理论思潮中去考量。当代作家通过插入以"腹语术"形式创作的维多利亚时期的日记、书信等，试图召唤读者在阅读维多利亚时期"证词"的过程中共同见证那个时代的创伤。在这个意义上，新维多利亚小说通过想象重构了维多利亚时期的日记、信件、自传，甚至那些沉默的他者的思想和忏悔，达到了共情的叙事效果。维多利亚人必然是不可知的，超出我们的理解和表征的范围，是我们无法占有的过去。然而，对于那些在历史叙事中以伤悼、回忆和证词等形式展现的维多利亚人的创伤，那些被主流历史叙事忽略的声音，当代作家依然担负着伦理责任，即通

[①] Cathy Caruth, *Unclaimed Experience: Trauma, Narrative, and History*, Baltimore: The Johns Hopkins University Press, 1996, pp. 91-92.

过阅读见证创伤，通过想象性的重构为那些沉默的他者代言。当代作家努力挖掘个体创伤或民族历史纵深处中的集体无意识创伤，揭示它们对当代人的萦绕。通过建构持续对现在造成侵扰的不同版本的历史，新维多利亚小说以幽灵叙事的形式表征了维多利亚时期"沉默的他者"所遭受的精神创伤，表达了作家再现历史的伦理诉求和在当代语境下对维多利亚时期的"见证"。

除了创伤主题，本书还考察了新维多利亚女性小说家偏爱的"女性哥特式"（Female Gothic）体裁。"女性哥特"一词由艾伦·莫尔斯（Ellen Moers）首先提出，指的是"女作家用文学形式书写的自18世纪以来被称为哥特式的作品"[①]。"女性哥特"一开始即与性别相关，重在借鉴传统哥特小说的叙事要素，表达女性对自身性别身份的焦虑。女性哥特式在维多利亚时期的经典作品（如《简·爱》《呼啸山庄》）（*Wuthering Heights*）中已发展成熟。夏洛蒂·勃朗特（Charlotte Brontë）等同时代的女作家以"疯女人"为核心意象曲折地表达了女性对自我身份的焦虑和对被"囚禁"的生存境遇的反叛。当代新维多利亚小说延续了女性哥特的传统，以修正主义的姿态重构了维多利亚小说文本中的"女巫—怪物—疯女人"等女性形象。笔者认为，从简·里斯的《藻海无边》到A. S. 拜厄特的《占有》（*Possession*）、《婚约天使》（*The Conjugial Angel*），再到萨拉·沃特斯的《轻舔丝绒》、《灵契》（*Affinity*）和《荆棘之城》（*Fingersmith*），不仅相当一部分新维多利亚小说可以归到女性哥特文类之中，而且女性哥特采用幽灵叙事的形式表达女性内心隐秘的抗争、幻想和恐惧，已成为新维多利亚小说的重要主题。

---

① Ellen Moers, *Literary Women: The Great Writers*, New York: Doubleday & Company, Inc., 1976, p. 90.

综上所述，本书对新维多利亚小说幽灵叙事的研究从四个方面展开。第一，腹语术：新维多利亚小说幽灵叙事的语言表征。第二，游荡的场所：新维多利亚小说幽灵叙事的空间维度。第三，书写疗法：新维多利亚小说幽灵叙事的创伤主题。第四，魂兮归来：新维多利亚小说的女性哥特体裁。前两部分是基本特征分析，腹语术的语言艺术、空间化的文本构成了新维多利亚小说幽灵叙事的基本特征。第三部分是主题分析，萦绕在个人和种族记忆中的精神创伤在新维多利亚小说中幽灵般地一再复现，颠覆了维多利亚时期所建构的"帝国神话"。第四部分是体裁分析，新维多利亚小说沿用了维多利亚小说中的女性哥特体裁，但对其进行了发展。女性被"幽灵化"或被视为"疯女人"遭受禁闭是女性哥特小说的传统主题，新维多利亚女性哥特小说在继承传统的基础上，对"疯女人"或"女幽灵"等女性形象进行了修正主义叙事重构。

本书是在笔者2016年申报的教育部人文社会科学青年基金项目"新维多利亚小说幽灵叙事研究"结项报告的基础上修改而成的。此外，该书的出版还得到兰州大学中央高校基本科研业务费和"双一流"队伍建设经费的支持。从开始动笔到书稿完成，几易其稿，颇费斟酌。笔者才疏学浅，幽灵批评又相对晦涩难懂，将理论应用于文本分析的可资借鉴的案例少之又少，因此本书错漏之处难免，欢迎读者批评指正。

杜丽丽
2022年6月19日

目　录

前　言 / 1

绪　论 / 1

第一章　幽灵批评视域下的新维多利亚小说 / 12
　第一节　幽灵批评的理论缘起及发展 / 15
　第二节　英国当代新维多利亚小说 / 28
　第三节　作为"幽灵"存在的"后维多利亚人" / 34

第二章　腹语术：新维多利亚小说幽灵叙事的语言表征 / 42
　第一节　腹语术与新维多利亚小说的历史书写 / 43
　第二节　腹语术与新维多利亚小说中的叙述声音 / 47
　第三节　腹语术与新维多利亚小说再现历史的政治 / 58

第三章　游荡的场所：新维多利亚小说幽灵叙事的空间维度 / 66
　第一节　"新维多利亚羊皮纸"与文本的物质性 / 68
　第二节　幽灵叙事与空间化本体性 / 80
　第三节　幽灵叙事与总体空间 / 92

第四章　书写疗法:新维多利亚小说幽灵叙事的创伤主题 / 103
  第一节　幽灵、种族历史记忆与创伤书写 / 107
  第二节　幽灵、女性历史记忆与创伤书写 / 125
  第三节　幽灵、个人历史记忆与创伤书写 / 135

第五章　魂兮归来:新维多利亚小说中的女性哥特体裁 / 148
  第一节　作为性别体裁的女性哥特小说 / 149
  第二节　"阁楼上的疯女人"与维多利亚小说中的女性幽灵 / 156
  第三节　幽灵归来:新维多利亚女性哥特小说的修正主义
     叙事重构 / 168

结　语 / 190

参考文献 / 204

后　记 / 227

绪　　论

> 我告诉过你，我们被"维多利亚"（Victoriana）入侵了。
> 　　　　　　　　　　　　——利兹·詹森《方舟之子》

20 世纪八九十年代的英国，对"维多利亚"审美风格的推崇以及对维多利亚时期文学艺术和价值观念等各个方面的理论反思，在思想界形成了一股被称为"新维多利亚主义"（Neo-Victorianism）的文化思潮，出现了当代文学书写、理论批评、影视改编、建筑设计、流行文化、政治景观等众多领域回归维多利亚时代的现象。利兹·詹森（Liz Jensen）在《方舟之子》（Ark Baby）里感慨："我告诉过你，我们被'维多利亚'入侵了。"[①] 有论者将"新维多利亚主义"界定为在文学艺术、服饰、家庭生活、室内装潢以及伦理道德等各个层面展开的一场"后现代文化重写维多利亚主义"的美学运动："具体表现为用当代的美学原则和创作技巧迎合维多利亚时期以及爱德华时期的审美情感。"[②] 有论者指出，"在过去二十年左右的时间里，出现了大量有独创性的新维多利亚作品（Neo-Victorian creative works）。不同领域的学者对维多利亚时期的艺术、文学和历史在当代的魅力产生了

---

① Liz Jensen, *Ark Baby*, Woodstock, New York: Overlook Press, 1998, p. 165.
② 维基百科，http://en.wikipedia.org/wiki/Neo-Victorian，2018 年 4 月 1 日浏览。

广泛的论争"[1],使"新维多利亚主义"越来越引起学界关注。

在《牛津参考文献索引》(Oxford Bibliographies)的"新维多利亚"(Neo-Victorianism)专栏中,杰西卡·考克斯(Jessica Cox)认为,"尽管以维多利亚时期为背景或与之相关的历史小说和电影的批判性讨论由来已久,但作为一种'学科'(discipline),新维多利亚主义是一种相对较新的现象"[2]。他强调"新维多利亚主义"的"跨学科性"——"学者们广泛采取各种方法,研究文学、电影、文化和遗产等不同领域的问题,并在不同程度上探究当代文化与维多利亚文化之间关系的本质"[3]。尽管目前尚未出版旨在为普通读者或学生读者介绍"新维多利亚主义"流派的著作,但自20世纪90年代末以来发表的大量研究成果足以勾勒出"新维多利亚主义"的大致理论范围和涉及的重要主题:性别与性、后现代主义、后殖民主义和帝国重塑等。

一般认为,并非所有采用维多利亚时代背景的作品都属于"新维多利亚主义"。纳丁·伯姆和苏珊·格鲁斯指出,"新维多利亚主义在很大程度上是当代作者/读者通过历史编纂的(元)虚构、记忆和遗忘过程、幽灵、自我指涉和/或怀旧等来探究19世纪过去的一种努力"[4]。这强调了新维多利亚主义的当代性,即作家在当代

---

[1] 《牛津参考文献索引》,https://www.oxfordbibliographies.com/view/document/obo-9780199799558/obo-9780199799558-0083.xml?rskey=DI8YGq&result=1&q=neo-victorianism#firstMatch,2022年11月9日浏览。

[2] 《牛津参考文献索引》,https://www.oxfordbibliographies.com/view/9document/obo-780199799558/obo-9780199799558-0083.xml?rskey=DI8YGq&result=1&q=neo-victorianism#firstMatch,2022年11月9日浏览。

[3] 《牛津参考文献索引》,https://www.oxfordbibliographies.com/view/document/obo-9780199799558/obo-9780199799558-0083.xml?rskey=DI8YGq&result=1&q=neo-victorianism#firstMatch,2022年11月9日浏览。

[4] Nadine Boehm-Schnitker and Susanne Gruss, "Introduction: Spectacles and Things—Visual and Material Culture and/in Neo-Victorianism", *Neo-Victorian Studies*, Vol. 4, No. 2, 2011, pp. 1-23.

语境下对维多利亚时期的修正主义叙事重构。他们认为，如何在当代语境下再现这一时期，如何定位当代读者，以及通过何种媒介重新想象维多利亚时代，构成了"新维多利亚主义"研究的核心问题。①

这样就不难理解在"新维多利亚小说"（Neo-Victorian Fiction）中，浪漫体裁和追寻叙事为何经常被使用。"从朱利安·巴恩斯（Julian Barnes）的《福楼拜的鹦鹉》（*Flaubert's Parrot*，1984）、《亚瑟和乔治》（*Arthur & George*，2005）到格雷厄姆·斯威夫特（Graham Swift）的《从此之后》（*Ever After*，1992），从 A. S. 拜厄特的《占有》到萨拉·沃特斯的'新维多利亚三部曲'都使用了这种叙事形式。"② "新维多利亚主义"采用浪漫体裁和追寻叙事，借助"承载着过去的文化记忆的物品"，探求维多利亚的历史和当代社会现实之间的关联，并借此在"物品、视觉事件和叙事之间建立联系"。③ 换言之，"新维多利亚主义"提供了一个"幽灵叙事"（spectral narrative）的写作范式：当代人通过"考察维多利亚时期的'遗迹'"，倾听维多利亚亡灵的声音，采用和幽灵对话与磋商的形式，试图从历史的蛛丝马迹中"了解和'拥有'维多利亚时代的过去"。④

---

① Nadine Boehm-Schnitker and Susanne Gruss, "Introduction: Spectacles and Things—Visual and Material Culture and/in Neo-Victorianism", *Neo-Victorian Studies*, Vol. 4, No. 2, 2011, pp. 1-23.

② Nadine Boehm-Schnitker and Susanne Gruss, "Introduction: Spectacles and Things—Visual and Material Culture and/in Neo-Victorianism", *Neo-Victorian Studies*, Vol. 4, No. 2, 2011, pp. 1-23.

③ Nadine Boehm-Schnitker and Susanne Gruss, "Introduction: Spectacles and Things—Visual and Material Culture and/in Neo-Victorianism", *Neo-Victorian Studies*, Vol. 4, No. 2, 2011, pp. 1-23.

④ Nadine Boehm-Schnitker and Susanne Gruss, "Introduction: Spectacles and Things—Visual and Material Culture and/in Neo-Victorianism", *Neo-Victorian Studies*, Vol. 4, No. 2, 2011, pp. 1-23.

综上所述，在后现代语境下从美学的、政治的和意识形态的层面对"维多利亚"进行的重新思考、阐释和意义建构就是"新维多利亚主义"（Neo-Victorianism）。安德里亚·克尔克诺夫（Andrea Kirchknoff）指出：

> "新维多利亚主义"的含义与我们对"维多利亚"的解读密切相关。我们的解读一方面取决于接下来的历史年代或者运动（比如现代主义、后现代主义）如何看待这一时期，另一方面还取决于对这一术语的不同侧面各有强调的诸种思想流派（如女性主义、后殖民主义和文化批评）所作出的不同阐释。[1]

"新维多利亚主义"对"维多利亚"的意义建构具有美学的、政治的和意识形态的内涵，这决定了它的开放性和无限敞开性特征，这恰恰和"幽灵"的本质相符。在德里达看来，"幽灵"处于"在场与不在场、实在性与非实在性、生命与非生命之间的对立之外"[2]，具有超越二元逻辑的特点。德里达认为这"正是对过去的挑衅：过去，一直保持了幽灵特有的妙趣，一面将重获光明和重新开始生命的运动，并将变成现在"[3]。所以，维多利亚时期虽然已经逝去，但依然存在于各种维多利亚文本之中，作为幽灵，它将会是一个持久的过去的在场，不断对现在造成侵扰。

具体到文学领域，与20世纪八九十年代"新维多利亚主义"

---

[1] Andrea Kirchknoff, "Reworking of 19th-Century Fiction", *Neo-Victorian Studies*, Vol. 1, No. 1, Autumn 2008, pp. 53-80.

[2] [法] 雅克·德里达:《马克思的幽灵：债务国家、哀悼活动和新国际》，何一译，中国人民大学出版社1999年版，第20页。

[3] [法] 雅克·德里达:《多义的记忆——为保罗·德曼而作》，蒋梓骅译，中央编译出版社1999年版，第74页。

在思想文化界的流行相应，文坛上"新维多利亚小说"的创作蔚然成风。约翰·福尔斯、戴维·洛奇（David Lodge）、朱利安·巴恩斯（Julian Barnes）、A. S. 拜厄特、格雷厄姆·斯威夫特、科尔姆·托宾（Colm Tóibín）、米歇尔·法柏（Michel Faber）和萨拉·沃特斯（Sarah Waters）等英国当代颇具影响力的重要作家都曾尝试新维多利亚小说创作。他们以当下的意识形态为指导，借助后现代的叙事手法，对维多利亚时期的历史、文化价值观念进行重新想象和建构。

一般认为"新维多利亚小说"（Neo-Victorian Fiction）始于简·里斯（Jean Rhys）的《藻海无边》（*Wide Sargasso Sea*，1966）和约翰·福尔斯（John Fowles）的《法国中尉的女人》（*The French Lieutenant's Woman*，1969）。但也有学者认为，将20世纪60年代定位为"新维多利亚小说"出现的时期，主要是为了增强该流派与后现代主义之间的关联，而"新维多利亚小说"在起源问题上或可向前追溯到《藻海无边》之前的作品，如罗伯特·格雷夫斯（Robert Graves）的《真正的大卫·科波菲尔》（*The Real David Copperfield*，1933）、弗吉尼亚·伍尔夫（Virginia Wolf）的《淡水》（*Freshwater*，1935）、迈克尔·萨德勒（Michael Sadleir）的《加斯莱特的芬妮》（*Fanny by Gaslight*，1944）和玛格哈妮塔·拉斯基（Marghanita Laski）的《维多利亚时代的躺椅》（*The Victorian Chaise-Longue*，1953）等。[①] 这些现代主义小说同样表现出对维多利亚时期进行审美和意识形态建构的自觉意识。在本书中，笔者认同前一种观点，倾向于将20世纪60年代视为新维多利亚小说的开端，因为这种时间分界有利于把该小说

[①] 《牛津参考文献索引》，https://www.oxfordbibliographies.com/view/document/obo-9780199799558/obo-9780199799558-0083.xml?rskey=DI8YGq&result=1&q=neo-victorianism#firstMatch，2022年11月9日浏览。

流派和"英国历史小说复兴"这一文学史现象联系起来。在这个语境下,新维多利亚小说不仅与战后英国小说的"历史转向"大致同步,而且呼应了文化界的"新维多利亚主义"热潮。

英国当代作家大都具有对现实主义的道德坚守和追寻历史"真理"的伦理诉求,因此,新维多利亚小说对"维多利亚"的重构与大众文化对"维多利亚"的怀旧和消费存在较大的区别。克里斯琴·古特宾(Christen Gutleben)将新维多利亚小说归为"怀旧的后现代主义",这点笔者并不赞同。[①] 事实上,"怀旧"只是新维多利亚小说表层的现象,当代作家在追随大众文化的怀旧时并没有放弃人文科学中一贯的批判与反思的立场,以及对历史真理的执着追寻。目前已经有不少学者注意到以新维多利亚小说为代表的英国后现代主义小说与美国和法国等后现代主义文学的不同。帕特里夏·沃(Patricia Waugh)在《后现代小说和批评理论的兴起》中指出:"在很大程度上,英国及爱尔兰小说一直抵制它的美国同伴的充盈于篇章中的文本游戏或天启性和妄想狂,同时也轻蔑法国新小说的十分艰涩的词语实验。"[②] 受到本土经验主义和实证主义传统的熏陶,新维多利亚小说家认为语言和世界之间尽管存在着反讽性间隙,但是语言的目的仍是尽可能追寻历史的"真实"。比如 A. S. 拜厄特指出:

> 无论我们的所言所示都是语言建构的思想多么惊世骇俗、迷惑人心,重新思考真理、坚硬的真理以及它的可能性变得十分必要……我们可能,如勃朗宁说的,天生是骗子,

---

[①] 杜丽丽、范跃芬:《怀旧的后现代主义——兼论"新维多利亚小说"再现历史的政治》,《甘肃社会科学》2015 年第 2 期。

[②] Patricia Waugh, "Postmodern Fiction and the Rise of Critical Theory", in Brian W. Shaffer, ed, *A Companion to the British and Irish Novel 1945—2000*, Oxford & Malden: Blackwell Publishing Ltd., 2005, pp. 65-82.

但是思想本身只有在我们瞥见真理和真实的可能性、并为此努力追求时它才有意义,尽管我们的成功不可避免地受到局限。我真切地相信语言除隐含意义外,还有表意的力量。①

在拜厄特看来,后现代语境下我们既不可能天真地认为语言和事物存在固有的对应关系,亦不应该全盘否定语言的指涉和表意功能,而是应该在对语言的指涉功能保持自我意识的前提下,不放弃用语言最大限度地传达真理的可能性。为此,她还提出"自我意识的道德现实主义"(self-conscious moral realism)的理论主张:

> 自我意识的道德现实主义既意识到"现实主义"的困难,又在道德上坚守这一价值观念;既出于形式上的需要对"虚构性"进行评论,又强烈地意识到人们栖居的想象世界的价值;既意识到典范、文学和"传统"的模棱两可、疑窦丛生,又对过去的伟大作品持有深刻的怀旧,而非倨傲的拒绝。②

这表明拜厄特对维多利亚传统的现实主义叙事持有矛盾的态度。"自我意识的道德现实主义"并不容易在创作中践行,拜厄特求助于"腹语术"的方法,"按维多利亚的秩序,用维多利亚式的一个词与另一个词的关系,写作维多利亚词句"③。一方面,"腹语术"有助于她站在过去的立场上还原历史的真相;另一方面,由于元叙事话语的插入或者小说自身拥有的双重时空背景,拜厄

---

① A. S. Byatt, *Passions of the Mind: Selected Writings*, London: Chatto & Windus, 1991, p. 24.
② A. S. Byatt, *Passions of the Mind: Selected Writings*, London: Chatto & Windus, 1991, p. 181.
③ A. S. Byatt, *On Histories and Stories: Selected Essays*, Cambridge, Mass.: Harvard University Press, 2000, pp. 46–47.

特的新维多利亚小说同时具有对维多利亚传统进行审视的当代视野。但是总体来说，这不同于美国和法国等后现代主义作家，他们倾向于站在现在的立场上以戏谑的姿态解构或重构历史。

本书将腹语术视为新维多利亚幽灵叙事在语言层面的表征，在第二章还会详述。拜厄特认为腹语术是英国当代历史小说的一种写作方法："我是在如下背景中启用此概念的：福尔斯在《蛆虫》中持续不断地重建18世纪的声音、词汇、思想习惯；而在彼得·阿克罗依德那里，作品存在的理由就是非常实际地关注死人之精神灵魂的复活。"[①] 布朗宁曾用复活死人的腹语术方式创作出了《环与书》（*The Ring and The Book*）。拜厄特模仿布朗宁，用腹语术方式创作了《占有》。在《占有》中她赋予艾什和兰蒙特以维多利亚的词语、句法、诗作，借以重现了布朗宁和芭蕾特的语言话语。拜厄特认为腹语术"是对死者的爱，是对那作为持久不变的幽灵或精神的声音的文学呈现"[②]。换言之，腹语术是当代作家倾听亡灵的声音并通过想象努力还原历史真实的尝试，它构成了幽灵叙事的核心。

拜厄特是新维多利亚小说家中的腹语大师。除了她本人以及上文提到的约翰·福尔斯、彼得·阿克罗伊德之外，从20世纪八九十年代到21世纪初，许多小说家采用腹语术，努力通过营造维多利亚的逼真语境、在和幽灵的对话中还原历史的真相。在这个意义上，萨莉·沙特尔沃斯（Sally Shuttleworth）指出，"詹姆逊对后现代文化用映像取代真实历史，用共时性取代历时性的职责并不适用于当代英国的历史叙述，因为它们在传达一种

[①] A. S. Byatt, *On Histories and Stories*: *Selected Essays*, Cambridge, Mass.: Harvard University Press, 2000, p. 43.

[②] A. S. Byatt, *On Histories and Stories*: *Selected Essays*, Cambridge, Mass.: Harvard University Press, 2000, p. 46.

关于历史书写的自觉意识的同时,也执着于细节化地再现一个时代的'纹理',描述其特定的社会、经济及审美语境"[1]。比如,萨拉·沃特斯的"新维多利亚三部曲"(《轻舔丝绒》《灵契》《荆棘之城》)均是模仿维多利亚现实主义风格和女性哥特体裁的腹语小说。小说对维多利亚时代的"纹理"——作为历史背景的社会、经济和审美语境的营造——吸引读者进入沃特斯看似"真实"的19世纪,唤起读者"触摸"和"感觉"维多利亚时期的冲动。另外一个例子是米歇尔·法柏(Michelle Faber)的《绛红雪白的花瓣》(The Crimson Petal and The White),有学者认为这部小说专注于维多利亚时期的"物",其惟妙惟肖的腹语叙事为读者提供了有关维多利亚时代的"替代通感"体验:"它采用19世纪的叙事风格细致地描述了这个虚拟世界的外观、感觉、气味和声音,使小说所创造的空间似乎能被读者从感官上直接感知,从而引诱读者进入一个由当代视角构建的故事……读者如同经历一场完全沉浸式的旅行体验。"[2]《绛红雪白的花瓣》中对维多利亚之物(Victoriana)的复制性模仿也是腹语术的另一种形式。

本雅明将建筑学中通过对过去风格的物质性模仿来重现过去的行为界定为"唯物主义的腹语术"。"腹语术"在这里涉及两方面内容:首先,把过去的遗迹(包括史料、诗歌等)看作"现在的过去见证"——保存到现在的过去的"踪迹";其次,采用"寓言方式"推动这些已经死亡的见证"重新说出"它们和我们这个时代的联系。[3] 笔者

---

[1] Sally Shuttleworth, "Writing Natural History:'Morpho Eugenia'", in Alexa Alfer and Micheal J. Noble, eds., *Essays on the Fiction of A. S. Byatt: Imagining the Real*, Westport, Connecticut and London: Greenwood Press, 2001, p. 149.

[2] Nadine Boehm-Schnitker and Susanne Gruss, "Introduction: Spectacles and Things—Visual and Material Culture and/in Neo-Victorianism", *Neo-Victorian Studies*, Vol. 4, No. 2, 2011, pp. 1–23.

[3] [英]霍华德·凯吉尔等:《视读本雅明》,吴勇立等译,安徽文艺出版社2009年版,第149页。

认为新维多利亚小说中"腹语术"的运用也实现了"寓过去于现在"的叙事目的,作家通过腹语术文本创造了一个可供幽灵出没和发声的"文本的物质世界",并以其内在的双重时空性有效地连接了在场与缺场、历史与当下,开启了维多利亚和后现代两大意识形态和审美价值观念之间冲突和对话的平台。

本书对维多利亚小说的研究主要集中在幽灵叙事的层面,认为新维多利亚小说对维多利亚时期的历史想象和重构中,幽灵叙事是其最鲜明的特征。笔者认同罗萨里奥·阿里亚斯(Rosario Arias)和帕特丽夏·普尔曼(Patricia Pulman)等人的观点。如果将维多利亚时代对当代文化的影响笼统地理解为"游荡的幽灵"(hauntology),"幽灵叙事"则是当代人与维多利亚亡魂动态交流关系的隐喻。① 在《新维多利亚小说中的幽灵和游荡:拥有过去》(*Haunting and Spectrality in Neo-Vidorian Fiction*:*Possessing the Past*)一书中,他们指出:

> 新维多利亚小说通过模仿维多利亚小说的语言、风格和情节呈现了一个维多利亚复本。当代作家有意重复经典文本中的修辞、人物和历史事件,并玩弄这些概念。不仅如此,他们还激活了维多利亚的传统文类,比如现实主义、惊悚小说、维多利亚鬼故事等;然而与此同时似乎也在质疑自身复活传统这一行为本身。他们将我们对维多利亚社会的传统认知陌生化……其作用类似于一位归来者,一位来自维多利亚过去的幽灵般的参访者,无声地潜入我们的现在。②

---

① Rosario Arias and Patricia Pulham, eds., *Haunting and Spectrality in Neo-Victorian Fiction*:*Possessing the Past*, New York:Palgrave Macmillan, 2010, p. xiii.
② Rosario Arias and Patricia Pulham, eds., *Haunting and Spectrality in Neo-Victorian Fiction*:*Possessing the Past*, New York:Palgrave Macmillan, 2010, p. xv.

罗萨里奥和帕特丽夏主张使用德里达的幽灵学和弗洛伊德的暗恐（uncanny）等理论解读新维多利亚小说，认为这些作品试图以幽灵书写的形式在现在和过去之间建立关联，"在文学文本中以隐喻的形式表达亡者、被压抑者的回归"[1]，并"通过唤起幽灵的方式向死者和沉默的他者致敬，藉此重新捕捉过去"[2]。

本书首先对幽灵批评进行理论综述，然后从语言、文本、主题和体裁四个方面论述新维多利亚小说中的幽灵叙事。从语言上，新维多利亚小说采用"腹语术"（ventriloquism），"挪用"维多利亚时代的"词与物"，在与前辈幽灵的对话与磋商中努力再现历史真相。其次，从文本上，新维多利亚小说打破线性叙事，使文本成为幽灵游荡的空间性场所，借此表征幽灵超越在场与缺场的悖论。再次，从主题上，新维多利亚小说着重再现"另一类维多利亚人"（the other Victorians）的创伤，揭示这些创伤如何以幽灵的形式对后代造成持续萦绕。最后，本书还论述了新维多利亚小说如何沿用并发展了维多利亚小说中的"女性哥特式"（Female Gothic），分析疯女人、幽灵、女性灵媒等在当代语境下"复归"的原因，揭示幽灵书写对重构女性文学传统的重要意义。

---

[1] Rosario Arias and Patricia Pulham, eds., *Haunting and Spectrality in Neo-Victorian Fiction: Possessing the Past*, New York: Palgrave Macmillan, 2010, p. xiii.

[2] Rosario Arias and Patricia Pulham, eds., *Haunting and Spectrality in Neo-Victorian Fiction: Possessing the Past*, New York: Palgrave Macmillan, 2010, p. xix.

第一章　幽灵批评视域下的
　　　　新维多利亚小说

　　历史是一系列对死亡的叙述，历史本身也是由死亡来完成的一系列叙述；我们在面对历史时所听到的声音，无一例外的都是幽灵发出的，历史的叙述必须必然地包括幽灵。

　　　　　　　　　　　　　　——戴维·庞特《幽灵批评》

当代西方文学批评领域"幽灵批评"（spectral criticism）的兴起与德里达提出的"幽灵学"（hauntology）概念密切相关。德里达整合"弗洛伊德和亚伯拉罕等心理学意义上的无意识、幽秘概念与海德格尔存在论意义上的存在者概念"[①]，提出"幽灵"的概念，并在哲学意义上系统阐释了幽灵学的批评方法。在解构主义的理论视域下，"幽灵学"首先凸显的是与本体论（ontology）的差异性。德里达认为，本体论是一种以研究主体和世界的可见在场的一面为出发点的理论方法。幽灵学需突破本体论的局限，关注世界无形的和缺场的另一面。幽灵既在场又不在场，既有形又无形，这超出了传统的非此即彼的认识模式，使存在（presence of being）被无限延迟的非起源（non-origin）所取代，被"既不存在也不缺席、非生非死的鬼魂形象"所表现。不同于传统的批评方法，幽灵学

[①]　肖锦龙：《论德里达的幽灵学批评》，《文艺争鸣》2022年第9期。

引导读者关注文本中的隐喻以及缺场的事物,这"改变了德里达的理论批评路线,促成了他的政治—伦理转向,引发了西方当代文学批评方法的革命"①。

"幽灵"是一个超越在场与缺场二元逻辑的概念。德里达曾用所谓的"面甲效应"(visor effect)来形容"幽灵"的在场。"幽灵在面甲(一个舞台道具)的遮蔽下间接出现并且望向观众。就像我们听说的一样,幽灵通常不会直接出现,你不会直接看到它,而是通过间接的方式'看到'。"② 由于幽灵超越二元逻辑,具有"既不存在也不缺席、非生非死"的特征,德里达借用幽灵的形象,旨在表明马克思虽然斯人已逝,但马克思主义作为一种文本性存在,将会是一个持久的过去的在场,它不会随着苏联的解体和冷战的结束而终结,因此需要运用解构主义的策略,通过追逐马克思的幽灵,在对话中解构马克思主义,进而将其"延异"(différance)在永远不能到达目的地的路上。

受德里达幽灵学说的影响,目前西方文学理论界提倡采用"幽灵批评"的方法解读文学文本中若隐若现的、遗留下来的"永远无法定义踪迹",揭示作者通过"寓意"和"反语"等未向读者言明的隐含的文本意义。英国学者戴维·庞特(David Punter)在研究西方哥特文学传统的基础上,第一次明确提出"幽灵批评"(spectral criticism)的文本阅读和阐释方法,后来该文被朱利安·沃尔弗雷斯(Julian Wolfreys)收录在《21世纪批评述介》(Introducing Criticism at the 21ᵗʰ Century)一书中。在该书导言部分,沃尔弗雷斯提出"身份""对话""空间与场所""批评的声音"和"物质与非物质批评"是21世纪西方文学批评的五个

---

① 肖锦龙:《论德里达的幽灵学批评》,《文艺争鸣》2022年第9期。
② [法]雅克·德里达:《马克思的幽灵:债务国家、哀悼活动和新国际》,何一译,中国人民大学出版社1999年版,第192页。

重要的主题。她认为应把幽灵批评归为"物质与非物质批评"的范畴，强调幽灵批评在当前文学批评中的重要意义：

> 许多当代的批评目前正显在或潜在地建立在文学幽灵性的前提之上，并以构成文学的在场和缺席的奇异混合为基础。他（戴维·庞特）从幽灵的角度探讨了哈姆莱特的一些表现，最后做出如下揭示：对幽灵批评来说，即使是文本自身的概念都是幻象，在它死后、在它自身的回声中，在它自己记忆和重述的模糊状态中，它不断地枯萎和暗淡下去。①

"幽灵"与身份、对话、空间与场所和批评的声音均具有相关性。幽灵及其在场和缺场不仅是当代文学批评的一个重要主题，而且文学的幽灵性构成了当前文学批评的前提。然而，沃尔弗雷斯和庞特均没有对"幽灵批评"进行准确的界定，因为"幽灵批评"和"幽灵"的概念本身一样，很难被界定。庞特甚至指出，虽然在弗洛伊德、德里达、阿伯拉罕姆和托洛克等人的作品中"幽灵"频频出现，但很难说确切地存在一种"幽灵批评"的流派：

> 要宣称"鬼怪批评"是一个"学派"，甚至是一种正在出现的传统，还很困难。确切地说，使用这个术语可能是力图将一系列意象和趋势汇聚起来，它们在过去二十多年里出现在批评思想内部，来源各不相同，并且将对未来几十年的批评活动持续产生多少具有幽灵性质的影响。②

---

① ［英］朱利安·沃尔弗雷斯编著：《21世纪批评述介》，张琼、张冲译，南京大学出版社2009年版，第10页。

② ［英］戴维·庞特：《鬼怪批评》，阎嘉编《文学理论读本》，阎嘉、秦璐译，南京大学出版社2013年版，第317页。阎嘉、秦璐将"spectral criticism"译为"鬼怪批评"，本书采用"幽灵批评"的译法。

从庞特的这段模棱两可的论述中或可判断，"幽灵批评"作为一个理论派别尚有争议，然而"幽灵"在当代文学批评中的存在和影响力则是毋庸置疑的。尽管"幽灵批评"概念的内涵与外延不甚清晰，其理论边界也尚待进一步商榷，但是，如庞特所言，这一批评方法和范式在过去二十多年的批评实践中已然"汇聚起来"，并将对未来的批评活动持续产生影响。

本章首先介绍幽灵批评的理论缘起及发展，然后借鉴幽灵批评的方法分析英国当代"新维多利亚小说"，认为新维多利亚小说中的"后维多利亚人"（post-Victorians）是游荡在维多利亚历史文本和后现代理论话语之间的"幽灵"。然后探讨维多利亚人被"幽灵化"的动因，即当代作家受新历史主义理论思潮的影响，在历史叙事理念上发生的深刻变化。

第一节 幽灵批评的理论缘起及发展

目前学界一般将幽灵批评追溯到弗洛伊德（Sigmund Freud）发表于1919年的论文《论怪诞》（"The Uncanny"）。"怪诞"源自德文"unheimlich"，译为英语是"uncanny"，其直译对应于"非家"（unhomely），故中文又译"非家幻觉"[①]。在《论怪诞》一文中，弗洛伊德认为"怪诞"就是"那种把人带回到很久以前熟悉和熟知的事情

[①] 关于"uncanny"，国内有多种译法，如"暗恐/非家幻觉"（童明译，见《暗恐/非家幻觉》，《外国文学》2011年第4期）；"诡异"（於鲸译，见《哥特小说的恐怖美学：崇高与诡异》，《四川外语学院学报》2008年第2期）；"怪异"（何庆机、吕凤仪译，见《幽灵、记忆与双重性：解读〈献给艾米莉的玫瑰〉的"怪异"》，《外国文学研究》2012年第6期）；"恐惑"（王素英译，见《"恐惑"理论的发展及当代意义》，《当代外国文学》2014年第1期）。

的惊恐感觉","被隐藏却熟悉的事物从压抑中冒出",表达了"因处于熟悉与不熟悉或家与非家的一种不确定的困惑状态而产生的恐惧心理"。① 他强调"怪诞"是个体过去遇到的事物,压抑至潜意识,"故个体对这些不再现身于意识中的事物之熟悉度降低,当这些事物以其他面目再次出现,导致个体对该事物产生似曾相识的恐惑感"②。

"怪诞"首先表达了一种奇特的熟悉与陌生的混杂,这是"双重性"的表现——两种相互矛盾抵触的因素正反并存,既是自身又包蕴了其反面。此外,"怪诞"还具有"诡异性":双重性中"熟悉的与不熟悉的并列、非家与家的关联所产生的二律背反"③ 赋予了作品迥异于以往作品的"诡异性"美学风格。"诡异性"既表达了美学风格上的"陌生化",还暗含惊悚、恐怖的意味。弗洛伊德的"怪诞"学说为幽灵批评理论的提出和发展奠定了基础。④

幽灵批评的另一重要理论来源是法国评论家莫里斯·布朗肖(Maurice Blanchot)的《文学空间》(*L'espace Littéraire*,1955)。在该书中,布朗肖关注"死亡和文学声音的不确定性回返",以及那些"模糊性的、释放性的、同时又具有威胁性的文学空间"⑤。布朗肖指出:

---

① Sigmund Freud, "The Uncanny", in D. H. Richter, ed., *The Critical Tradition: Classic Texts and Contemporary Trends*, Boston: Bedford, 2007, pp. 514 - 532.
② 王素英:《"恐惑"理论的发展及当代意义》,《当代外国文学》2014 年第 1 期。
③ 童明:《暗恐/非家幻觉》,《外国文学》2011 年第 4 期。
④ 庞特认为在弗洛伊德的《论暗恐》中,每一行文字都似乎挤满了幽灵暗示,其中一些关于鳄鱼和妓女的段落特别难懂,而鳄鱼和妓女一直成为幽灵推论的话题。参见[英]朱利安·沃尔弗雷斯编著《21 世纪批评述介》,张琼、张冲译,南京大学出版社 2009 年版,第 377 页。
⑤ [英]戴维·庞特:《幽灵批评》,[英]朱利安·沃尔弗雷斯编著《21 世纪批评述介》,张琼、张冲译,南京大学出版社 2009 年版,第 351 页。

文学作品总存在有一个"空间"并不能被显示出来，一部作品总是有待完成与有待阅读的，作为文本写作事件，作品有一个鬼魂般的将来与过去有待在阅读中展开，这个将来或过去以作者之死及完全的缺席为条件。这个"空间"如同遗嘱在作者死后仍发挥着力量，因此作品本身比人更孤寂。这样就不再是此在的向死而在，而就是死去了，但又不可能死去，还幸存着。[①]

在这里，布朗肖的"空间"明显不同于通常意义上的文学空间，因为他更强调的是作品中"不能被显示出来""有待完成与有待阅读"的那个空间。他关注文学声音、死亡和文学空间在阅读过程中的展开，以及作品的"向死而在"。前面已经提到，幽灵（鬼魂）徘徊在在场与不在场之间，现在与过去之间，生者与死者之间，这种特质使文学声音具有晦暗性、模糊性和不确定性。读者在阅读中感受到作品"鬼魂般的将来和过去"，遭遇"已死亡或尚未死亡的事物"，以及"难以言喻、无法表明自己在与死亡、复活、幻影的关系中的位置的情况"，[②] 并试图阐释作品中不能被显示出来的意义。布朗肖的文学空间理论对后来德里达的幽灵学说产生了很大的影响。而且，布朗肖是在对具体文学作品的分析中提出其理论主张的，这同时为幽灵批评提供了方法论借鉴。

此外，亚伯拉罕（Nicholas Abraham）和托洛克（Maria Torok）合著的《狼人的魔力词汇：隐秘》（*The Wolfman's Magic Word: A Cryptonymy*，1986）和《壳与仁》（*The Shell and the Kernel*，1994）也是幽灵批评理论发展史上的力作。在《壳与仁》中，亚

[①] 转引自［英］戴维·庞特《鬼怪批评》，阎嘉编《文学理论读本》，阎嘉、秦璐译，南京大学出版社2013年版，第318页。

[②] ［英］戴维·庞特：《幽灵批评》，［英］朱利安·沃尔弗雷斯编著《21世纪批评述介》，张琼、张冲译，南京大学出版社2009年版，第351页。

伯拉罕和托洛克明确提出了幽灵、隐秘和洞穴的概念。他们指出:"无法用语言说出,无法回忆当初的情景,无法用眼泪表达,所有的东西都必须和那导致丧失的创伤一起吞咽下去。"① 因为羞耻感或其他原因,创伤被埋藏起来,储藏在记忆的洞穴里,人们感受不到它的影响,它就变成无意识里的隐秘。由于被埋藏起来又无法用语言表达,创伤就会找机会以幽灵的方式返回。他们用隐喻的语言描述幽灵的侵扰:"有时,在死寂的深夜,当力比多占上风的时候,被包裹起来的鬼魂就回来吓唬墓园的卫士,给他发射陌生和无法理解的信号,使他出现奇怪的行为,或者使他产生预料之外的感觉。"② 创伤不仅以幽灵的形式侵扰肉体,使遭受创伤的个体做出怪诞的行为举止,而且还会侵扰后代,具有代代相传的机制。亚伯拉罕和托洛克认为,如果孩子的父母有"隐秘",父母的言语和他们没有表达出来的东西不一致的话,被埋藏的父母的语言就会成为一个死亡的"空白缺口",这个缺口在孩子那里并没有一个埋藏的位置。这个未知的幽灵就会从无意识里回来缠绕它的主人,引起恐惧症、疯狂的行为和强迫症。它会在以后的数代存在,决定着整个家族的命运。他们预言,"我们必须准备好,那些承受着冤屈和把无法言说的秘密带到坟墓里去的人是会回来的,它就像有再生能力般地缠绕着一代又一代人"③。

---

① Nicolas Abraham and Maria Torok, *The Shell and the Kernel: Renewals of Psycho-analysis*, Trans. Nicholas Rand. Chicago: University of Chicago Press, 1994, p. 130.

② Nicolas Abraham and Maria Torok, *The Shell and the Kernel: Renewals of Psycho-analysis*, Trans. Nicholas Rand. Chicago: University of Chicago Press, 1994, p. 130.

③ Nicolas Abraham and Maria Torok, *The Shell and the Kernel: Renewals of Psycho-analysis*, Trans. Nicholas Rand. Chicago: University of Chicago Press, 1994, p. 132.

弗洛伊德、布朗肖、亚伯拉罕和托洛克等人的理论为幽灵学和幽灵批评奠定了理论基础。德里达综合前人的研究成果，在《马克思的幽灵》(Spectres de Marx，1994)一书中系统论述了幽灵学的理论主张。德里达最早提出"幽灵"概念是在《多义的记忆——为保罗·德曼而作》一书中，他在引文中提到波德莱尔关于幽灵的故事，并以《现代生活画家》开头的语言重述道："幽灵初次出现，而这正是对过去的挑衅：过去，一面保持了幽灵特有的妙趣，一面将重获光明和重新开始生命的运动，并将变成现在。"[1] 在本书中，他还以怪诞文学和隐秘艺术为对象，探讨了幽灵文本："在一个幽灵文本（texte fantome）中，这些区分，即引号、参照或引语，都会无可挽回地变得不可靠；他们只留下一些踪迹，而我们永远无法定义踪迹，也永远无法定义幽灵——如果不是以寓意和反话的方式求助于一个来解释另一个的话。"[2] 幽灵文本的理论前提是文本被无数前文本以及无法被理解和准确定位表达的前身所侵扰，而前文本中的那些历史、现实、作者、文学传统等因素会对文本形成深远的、挥之不去的、如同幽灵一般的不确定性影响。在德里达看来，读者要对"幽灵文本"中各种在场的"踪迹"进行解码，才能洞见在文本中处于缺场状态的不确定的意义。

如果熟知德里达的解构主义理论，会发现他早期有关幽灵的论述和解构主义思想密切相关。德里达认为文本的幽灵，那些文本中若隐若现、遗留下来的"永远无法定义踪迹"，对于阅读而言至关重要，因为它们处于在场与缺场之间，试图通过"寓意"和"反语"向读者揭示"不可显示的文本空间"。在这里，"文本

---

[1] [法]雅克·德里达：《多义的记忆——为保罗·德曼而作》，蒋梓骅译，中央编译出版社1999年版，第74页。

[2] [法]雅克·德里达：《多义的记忆——为保罗·德曼而作》，蒋梓骅译，中央编译出版社1999年版，第90页。

幽灵"和德里达之前提出的"灰烬"（cinder）的概念略有类同。德里达曾说："它（灰烬）不是在场，也不是缺席，它破坏了自身……它是一种不是任何东西的东西。"① 灰烬作为"在场"，其意义更在于向人们展示在文本中缺席的、先前遭受焚毁的事物。书写或阅读总是处于文本意义的生产和擦抹之间，而过去，恰恰是通过"踪迹"和"文本幽灵"活在我们中间，对我们说话。

"幽灵"是德里达经常用的一个词。除了"文本的幽灵"，他还常提到"结构的幽灵""解构的幽灵""形式的幽灵""本体的幽灵""黑格尔的幽灵""马克思的幽灵"等②。德里达的"幽灵"概念难以被确定，它似乎一直处于动态的意义生成之中，需要结合具体的语境来分析：

> 那幽灵乃是一种自相矛盾的结合体……它既不是灵魂，也不是肉体，同时又亦此亦彼。因为正是肉身和现象性方能使精神以幽灵形式显形，但它却又在显形中，在那亡魂出现或那幽灵回来的时候消失无踪……它恰好就是人们所不知道的某个东西，并且人们也不知道它是否真的是某个东西，它是不是真的存在，是不是真的有一个相应的名字和一个对应的本质。人们并不知道这并非由于无知，而是因为这个非物体，这个非存在的存在，这个存在于彼处的缺席者或亡灵已不再属于知识的范围，至少是不再属于人们认为他可以以知识的名称去认识它的范围。③

---

① 转引自汪民安《身体、空间与后现代性》，江苏人民出版社 2015 年版，第 201 页。
② 岳梁：《幽灵学方法批判》，人民出版社 2008 年版，第 79 页。
③ [法] 雅克·德里达：《马克思的幽灵：债务国家、哀悼活动和新国际》，何一译，中国人民大学出版社 1999 年版，第 11 页。

在这个定义中,"幽灵"具有徘徊于灵魂与肉体、在场与缺场二者之间"非此即彼"同时"亦此亦彼"的"双重性",这恰恰是弗洛伊德意义上"怪诞"的特征。在德里达看来,幽灵是一种自相矛盾的结合体,具有明显的悖论性:它既不是灵魂,也不是肉体;既不真实,又不虚幻。它无影无踪,又可以显形露面;说不清它是死了,还是活着;我们看不见它,它却总在注视着我们。德里达认为幽灵的这种存在状态,超出人类的认知范围,是人类现有的知识无法囊括的。

此外,德里达还从其他角度对幽灵进行阐释。他指出幽灵是"在在场与不在场、实在性与非实在性、生命与非生命之间的对立之外"[1],是"所有既非生亦非死的东西,亦即既不会显现也不会消失,既不是那现象也不是它的对立面"[2],"显形的形式,精神的现象躯体,这就是幽灵的定义。幽灵是精神的现象"[3]。"幽灵不仅是精神的肉体显圣,是它的现象躯体,它的堕落的和有罪的躯体,而且也是对一种救赎,亦即——又一次——一种精神焦急的和怀乡式的等待。幽灵似乎是延宕的精神,是一种赎罪的诺言或打算。"[4] 从上述引文可以看出,德里达的幽灵概念内容庞杂,较难理解。首先,幽灵指的不是实体,也不是传统故事中的鬼怪,而是指某种思想、观念、精神、范畴或理论体系,所以他说"精神的现象躯体,这就是幽灵的定义"[5]。其次,幽灵也指符

---

[1] [法]雅克·德里达:《马克思的幽灵:债务国家、哀悼活动和新国际》,何一译,中国人民大学出版社1999年版,第20页。
[2] [法]雅克·德里达:《马克思的幽灵:债务国家、哀悼活动和新国际》,何一译,中国人民大学出版社1999年版,第66页。
[3] [法]雅克·德里达:《马克思的幽灵:债务国家、哀悼活动和新国际》,何一译,中国人民大学出版社1999年版,第190页。
[4] [法]雅克·德里达:《马克思的幽灵:债务国家、哀悼活动和新国际》,何一译,中国人民大学出版社1999年版,第191页。
[5] [法]雅克·德里达:《马克思的幽灵:债务国家、哀悼活动和新国际》,何一译,中国人民大学出版社1999年版,第192页。

号或词汇,"文本的幽灵"主要是在这个意义上理解的。再次,幽灵是"延宕的精神"。以"马克思的幽灵"为例,德里达首先将马克思主义还原为一种文本性的存在,然后在"文本的幽灵"中将马克思"复活",并在与马克思这个幽灵的对话中解构马克思,将其延宕在永远不能到达目的地的路上。通过将幽灵视为文本中在场与缺场之间的符号游戏,德里达希望在与幽灵的协商和对话中使马克思主义的终极意义被延搁(delay),永远不能道成肉身或显形,成为一个现实中的"在场"。在这个意义上,有论者将德里达的"幽灵学"理解为他"应用解构学的一种策略"——"幽灵即是最高的解构性形象"[①]。

德里达的幽灵学说是他解构主义思想的进一步延伸。幽灵与解构主义的核心概念——"延异"(differance)密切相关。"延异"(differance)是德里达自创的一个单词,是法语动词"to differ"(区分)和"to defer"(延搁)的结合。为了使延异区别于差异(difference),德里达用一个"a"字母换掉"e",并赋予了该词双重的使命:差异与延宕。"差异"主要诉诸空间,指的是符号、文本并不能独立存在,它的意义只能在与别的符号相联系的具体的语境中才能体现,在与别的符号、文本相区别的情况下才有意义。"延宕"主要诉诸时间,指的是符号意义的迟到性和滞后性,即符号的使用将使所指的出场受到拖延。"延异"暗示着符号的意义处在永恒的运动之中,确定一个能指的所指处于无尽的延搁过程之中。如此一来,再也不存在所谓的语词和本义,一切符号意义都是在一个巨大的符号网络中被暂时确定而又不断在区分和延搁中出现新的意义。新的意义进一步在延搁中区分,在区分中延搁。延异消解了存在与历史、共时与历时的对立,而永远成为

[①] 转引自张一兵《文本的深度犁耕:后马克思思潮哲学文本解读》,中国人民大学出版社 2008 年版,第 290 页。

时空经验的起源。语言就是"差异与延缓"的无止境的游戏,永远也得不出最后的结论。

德里达追逐马克思的幽灵,以对话和协商的形式解构马克思主义,并使其终极意义永远被延宕和搁置,这种思路和方法与"延异"一脉相承。德里达用幽灵学的方法阅读马克思的文本,"希望在马克思的《德意志意识形态》、《共产党宣言》、《资本论》等著作中阅读出'看不见的现象',因而如'增补'、'延异'、'他者'、'不可能的经验'、'空间化了的时间'等文字就成为德里达独特的语言现象"[①]。如果说"延异"是德里达幽灵学说的内在方法论基础,那么幽灵与历史的关系则是幽灵学研究的另一重要对象。德里达首先将"幽灵"游荡的背景设定为一个"脱节的时代"。[②]这一时代背景为确定德里达的幽灵历史观奠定了基础。"脱节的时代"暗示着传统意义上历史的连续性不复存在,因为充满了幽灵的游荡,历史并非线性发展,而是各种侵扰徘徊不去的场所。德里达以哈姆莱特父亲的幽灵为例探讨了历史的循环往复,并用它来解释欧洲近代史以及共产主义的命运。他说:"一切都是以幽灵的幻影开始。更确切地说,是以等待幻影开始的。期望顿时变得充满渴望,令人焦灼,让人着迷:这,这事物最终会来的。这个亡魂就要来了。"[③]庞特评论道,因为一切开始于并也继续存在于一种不在场的状态,历史就像哥特文学一样变得永无起源,在这种状态中,"过去拒绝被彻底禁锢,依然要对进步的新开始的显在区域进行侵扰"[④]。换句话说,德里达认为《共产党宣

---

① 岳梁:《出场学视域:德里达的"幽灵学"解构》,《江海学刊》2008年第6期。
② [法]雅克·德里达:《马克思的幽灵:债务国家、哀悼活动和新国际》,何一译,中国人民大学出版社1999年版,第27—28页。
③ [法]雅克·德里达:《马克思的幽灵:债务国家、哀悼活动和新国际》,何一译,中国人民大学出版社1999年版,第4页。
④ [英]戴维·庞特:《幽灵批评》,[英]朱利安·沃尔弗雷斯编著《21世纪批评述介》,张琼、张冲译,南京大学出版社2009年版,第355页。

言》以"一个幽灵,共产主义的幽灵,在欧洲游荡"开始,其叙事形式与哈姆莱特热切等待父亲幽灵出现的哥特文学并无二致。以幽灵和幻象开始的理论与历史注定只会是幽灵出没、侵扰而又徘徊不去的"场所",因而不可能发展成为由进化论支撑的线性历史,即马克思主义如它所宣告的那样取得胜利,成为一个在场的现实性。在这个意义上,历史是一种"幽灵性"存在——"它既缺席,不能被我们看见,却又总是在那里,盘桓在我们上方,是不可见之可见"①。

戴维·庞特则将德里达的幽灵学说应用于文学批评领域并明确提出"幽灵批评"(spectral criticism)的概念。在《哥特病理学》(*Gothic Pathologies：The Text, the Body and the Law*, 1998)一书中,庞特以哥特式写作为基础,从"孤儿法则"(law of the orphan)的角度论述了幽灵批评中文本和历史的关系。"18世纪的哥特式受到詹姆士一世时代的悲剧的影响,而詹姆士一世时代的悲剧又受到希腊戏剧之恐惧的干扰;更深入下去,所有这些文本显现自身又都受到先于文本存在的世界的侵扰"②,所以批评不可能只针对某一个单一文本,而是要进入"不在场的场所",回归到先于某个文本的诸多文本之中,才能触及历史。在这个意义上,文本和历史的关系是矛盾的,历史需要在文本中被显现,然而所有的文本都受制于前文本,它们如同孤儿,"反复诉说着在世上没有归属感、随处漂泊的痛苦"。如此一来,批评也会"迷失在一种前在的空间里,一种既是推开岩石也无法再创的空间里"③。

---

① 转引自张一兵《文本的深度犁耕:后马克思思潮哲学文本解读》,中国人民大学出版社2008年版,第290页。
② [英]戴维·庞特:《幽灵批评》,[英]朱利安·沃尔弗雷斯编著《21世纪批评述介》,张琼、张冲译,南京大学出版社2009年版,第355页。
③ [英]戴维·庞特:《幽灵批评》,[英]朱利安·沃尔弗雷斯编著《21世纪批评述介》,张琼、张冲译,南京大学出版社2009年版,第354页。

此外，在《幽灵批评》一文中，庞特还采用幽灵批评的方法，以阅读笔记的形式，分析了《哈姆莱特》的幽灵父亲，并在文末附有与幽灵批评理论相关的参考文献简介。该文为幽灵批评提供了理论方法和批评范式。在这篇文章中，庞特将"孤儿法则"视为幽灵批评的依据，将哥特文学视为幽灵批评的典型，他提出：

> 幽灵批评根本的修辞是神秘的，不可能清晰地分辨出已知和未知之间的清晰的断裂处，我们可能正处在一个被鲍拉斯（1987）提到的"未加思考的知"（unthought known）的地带，即"认知"的实体无法意识到重现，然而它却形成了我们日常行为的基础。幽灵批评的特有形式不是语言，而是谜语般的"信息"，这种信息被认为始终都被不可理解的东西所遮蔽，总是在自身内部包含了"谜语般"的可能性……文本始终都对可以解释为"替代文本"、错误文本的东西开放，它是被幽灵改变了物质的前在状态，无法被重述。①

在这段引文中，庞特强调幽灵批评在修辞上的神秘性、在信息传递上的"谜语般"的特征。幽灵文本不是由语言构成，而是充满各种"信息"和"踪迹"，有待读者破解和诠释。由此，一个文本会无限地向其他文本开放，将读者引向"被幽灵改变了物质的前在状态"，"甚至进入子宫、怀孕以及创生的母体等意象领域背后的阴影区域"。②

---

① ［英］戴维·庞特：《幽灵批评》，［英］朱利安·沃尔弗雷斯编著《21世纪批评述介》，张琼、张冲译，南京大学出版社2009年版，第362页。
② ［英］戴维·庞特：《幽灵批评》，［英］朱利安·沃尔弗雷斯编著《21世纪批评述介》，张琼、张冲译，南京大学出版社2009年版。

最后值得一提的是班内特和洛伊尔的《文学、批评和理论引论》(*Introduction to Literature, Criticism and Theory*, 1999)。这并非一部专门的幽灵批评理论著作,然而在该书中作者明确将"幽灵"视为批评的本质主题,认为"关于幽灵的反感和悖论深藏在我们称之为文学的特定事物中,以多种的、挥之不去的方式被不停地铭刻在小说、诗歌和戏剧中"[1]。不仅如此,幽灵还是"读者和文本发生一切联系的基质,是阅读发生时的一种不可确定的基础,是对和死者进行一种令人恐怖而又渴望的交流的再次召唤"[2]。值得注意的是,1995年该书初版时并未提及幽灵批评,这从侧面证明,幽灵批评虽出现不久,但在西方批评界越来越受到重视。该书的贡献是大体按时间顺序对关于文学作品中的幽灵研究进行了学术史梳理,为理解"幽灵"的本质提供了多种可能性尝试。

除了上述各位理论家,幽灵批评的理论渊源还有本雅明的寓言说和废墟美学,以及布鲁姆的影响的焦虑理论和处于心理学、医学及文学交叉领域的创伤理论,[3] 因此幽灵批评具有综合性和跨学科性的特征。幽灵批评的研究对象涵盖"阅读过程、作品人物、作者的潜意识、文化学意义上的集体无意识、历史创伤、语言衍变、叙事结构等方面,还包括鬼魂人物、幻影人物、原型人物等人物研究"[4];它既研究作者如何超越文学前辈、摆脱如幽灵般侵扰文本的影响的焦虑,也研究各种创伤,包括个人心理创伤

---

[1] 转引自[英]戴维·庞特《幽灵批评》,[英]朱利安·沃尔弗雷斯编著《21世纪批评述介》,张琼、张冲译,南京大学出版社2009年版,第352页。

[2] [英]戴维·庞特:《幽灵批评》,[英]朱利安·沃尔弗雷斯编著《21世纪批评述介》,张琼、张冲译,南京大学出版社2009年版,第353页。

[3] 申富英、靳晓冉:《论幽灵批评的理论"渊源"、研究范式与发展趋势》,《当代外国文学》2020年第4期。

[4] 申富英、靳晓冉:《论幽灵批评的理论"渊源"、研究范式与发展趋势》,《当代外国文学》2020年第4期。

和群体创伤、历史创伤等的外化形式——鬼魂、幻觉等心理病症投射的作用机制等。此外,幽灵批评关注鬼魂,但更关注文本背后缺场的意义,即"羊皮纸、莎草纸、普通纸张等在文字被擦掉后所能保留下来的物质"①。庞特认为,那些"被擦成空白的物质总是在等待着被书写的现实,它们恰好就是幽灵的实质"②。

综上所述,20 世纪八九十年代幽灵学和幽灵批评的兴起标志着文学批评方法上的一次深刻的革命:"幽灵叙事的形式把人们的注意力从在场与现在转移出来,打破了现在与过去、在场与缺场之间的二元对立,使人们看到了在场与缺场之间、生者与死者之间、现在与过去之间的缝隙,看到了扇子褶皱处被掩藏的意义"③。而这些意义是用我们已知的知识框架和语言无法理解和表述的。幽灵批评主张穿透文本的物质层面,潜入其不在场的超物质领域,因为与在场和已知相比,"幽灵促使我们对缺场和未知给予更多的关注,它让确定的意义像钟摆一样摇动起来,在不确定、不稳定中不断追求事物的本质"④。此外,幽灵批评的阅读方法将文本视为写在羊皮纸、莎草纸上的符号或信息,认为文本的意义要通过"擦抹"后的信息及其背后的蛛丝马迹显现出来,这颇类似于海德格尔"在删除号下的书写",一方面传统的含义不断被删除,另一方面又留下了痕迹。在这个意义上德里达指出:"那个删除号并不仅仅是否定的符号,它是一个时代的最后的文字,在它的笔触下先验意指的在场一方面被删除了,一方面仍然

---

① [英]戴维·庞特:《幽灵批评》,[英]朱利安·沃尔弗雷斯编著《21 世纪批评述介》,张琼、张冲译,南京大学出版社 2009 年版,第 352 页。
② [英]戴维·庞特:《幽灵批评》,[英]朱利安·沃尔弗雷斯编著《21 世纪批评述介》,张琼、张冲译,南京大学出版社 2009 年版。
③ 陆薇:《华裔美国文学的幽灵叙事——以伍慧明的小说〈向我来〉为例》,《当代外国文论》2009 年第 2 期。
④ 陆薇:《华裔美国文学的幽灵叙事——以伍慧明的小说〈向我来〉为例》,《当代外国文论》2009 年第 2 期。

留下了清楚的踪迹。"① 总之，幽灵批评作为近几十年来笼罩在西方文学批评领域的幽灵，不仅深刻影响了传统的文学阅读和批评方式，还必将对将来的文学批评产生更大的影响。

第二节 英国当代新维多利亚小说

作为第二次世界大战后当代英国文坛重要的文学现象，新维多利亚小说的兴起与英国历史小说的复兴这一背景密切相关。安德烈·科奇诺普夫（Andrea Kirchknopf）指出，英国小说从 20 世纪 60 年代开始出现一种令人瞩目的新趋势：大量历史小说与文学传记以批判性的态度介入维多利亚时代以及维多利亚叙事，这是对 19 世纪的后现代书写。此类小说发展如此迅速，越来越成为一种"亚学科"（sub-discipline）。② 拜厄特在《论历史与故事》中也曾论及"历史小说在英国的突然繁荣，它丰富的形式和主题，以及它自身所蕴含的文学能量和真正的创造性"③，指出历史小说的复兴"与关于历史书写本身的复杂自我意识不谋而合"④，并认为当代作家写作历史小说的强大动因之一"是书写被边缘化的、被遗忘的、未留下记录的历史的政治欲望"⑤。

---

① [法]雅克·德里达：《论文字学》，汪堂家译，上海译文出版社 1999 年版，第 61 页。
② Andrea Kirchknopf, "(Re) Workings of Nineteenth-Century Fiction: Definitions, Terminology, Contexts", *Neo-Victorian Studies*, Vol. 1, No. 1, Autumn 2008, pp. 53–80.
③ [英]A. S. 拜厄特：《论历史与故事》，黄少婷译，译林出版社 2016 年版，第 11 页。
④ [英]A. S. 拜厄特：《论历史与故事》，黄少婷译，译林出版社 2016 年版，第 12 页。
⑤ [英]A. S. 拜厄特：《论历史与故事》，黄少婷译，译林出版社 2016 年版，第 12 页。

"新维多利亚小说"是英国当代历史小说的一个分支。这一文类虽始于简·里斯（Jean Rhys）的《藻海无边》（*Wide Sargasso Sea*，1966）和约翰·福尔斯的《法国中尉的女人》（*The French Lieutenant's Woman*，1969），但直到 20 世纪末它作为一种重要的文学现象才引起学界的充分关注。"新维多利亚小说"作为一个正式的命名，由达纳·席拉（Dana Shiller）在 1997 年最先提出，她认为"新维多利亚小说一方面具有后现代主义的特征，另一方面又对 19 世纪小说充满怀旧，表现出鲜明的历史性"[1]。如前所述，新维多利亚小说是在当代文化语境下对维多利亚历史时期进行想象、重访和重构的历史元小说（historiographic metafiction）。曾引发批评界关注的、有代表性的新维多利亚小说如下所示：

简·里斯（Jean Rhys）的《藻海无边》（*Wide Sargasso Sea*，1966），约翰·福尔斯（John Fowles）的《法国中尉的女人》（*The French Lieutenant's Woman*，1969），J. G. 法雷尔（J. G. Farrell）的《克里希普纳围城》（*The Siege of Krishnapur*，1973），格雷厄姆·斯威夫特（Graham Swift）的《水之乡》（*Waterland*，1983）和《从此以后》（*Ever After*，1992），安杰拉·卡特（Angela Carter）的《马戏团之夜》（*Nights at the Circus*，1984），彼得·阿克罗伊德（Peter Ackroyd）的《王尔德的最后遗嘱》（*The Last Testament of Oscar Wilde*，1983）、《查特顿》（*Chatterton*，1987）和《狄更斯》（*Dickens*，1990），彼得·凯里（Peter Carey）的《奥斯卡和露辛达》（*Oscar and Lucinda*，1988）和《杰克·麦格思》（*Jack*

---

[1] Dana Shiller, "The Redemptive Past in the Neo-Victorian Novel", *Studies in the Novel*, Vol. 4, No. 29, 1997, pp. 538–560.

Maggs，1997)，戴维·洛奇 (David Lodge) 的《好工作》(*Nice Work*，1988) 和《作者，作者》(*Author, Author*，2004)，罗杰·麦克唐纳 (Roger McDonald) 的《达尔文的射手》(*Mr. Darwin's Shooter*，1998)，查尔斯·帕利泽 (Charles Palliser) 的《梅花五点》(*The Quincunx*，1989)，A. S. 拜厄特 (A. S. Byatt) 的《占有》(*Possession*1990)、《天使与昆虫》(*Angels and Insects*，1995) 和《传记家的故事》(*A Biographer's Tale*，2000)，米歇尔·罗伯茨 (Michèle Roberts) 的《血淋淋的厨房》(*In the Red Kitchen*，1990)，玛格丽特·福斯特 (Margret Forster) 的《侍女》(*Lady's Maid*，1990)，爱玛·坦南特 (Emma Tennant) 的《苔丝》(*Tess*，1993)，玛格丽特·阿特伍德 (Margaret Atwood) 的《别名格雷斯》(*Alias Grace*，1995)，林恩·特拉斯 (Lynne Truss) 的《丁尼生的礼物》(*Tennyson's Gift*，1996)，贝丽尔·班布里奇 (Beryl Bainbridge) 的《主人乔治》(*Master Georgie*，1998)，萨拉·沃特斯 (Sarah Waters) 的《轻舔丝绒》(*Tipping the Velvet*，1998)、《灵契》(*Affinity*，1999) 和《荆棘之城》(*Fingersmith*，2002)，海伦·汉弗莱斯 (Helen Humphrey) 的《残像》(*Afterimage*，2000)，D. M. 托马斯 (D. M. Thomas) 的《夏洛蒂》(*Charlotte：The Final Journey of Jane Eyre*，2000)，费奥娜·肖 (Fiona Shaw) 的《最甜蜜的事》(*The Sweetest Thing*，2003)，科尔姆·托宾 (Colm Tóibín) 的《大师》(*The Master*，2004)，朱利恩·巴恩斯 (Julian Barnes) 的《亚瑟与乔治》(*Arthur & George*，2005)，盖尔·琼斯 (Gail Jones) 的《六十盏灯》(*Sixty Lights*，2006)，米歇尔·法柏 (Michelle Faber) 的《绛红雪白的花瓣》(*The Crimson Petal and the White*，2008)，凯特·普林格 (Kate Pullinger) 的《一无所有的女人》(*The*

Mistress of Nothing，2009)，艾玛·多诺格 (Emma Donoghue) 的《密封的信件》(*The Sealed Letter*，2009)。

在这些小说当中，《藻海无边》和《法国中尉的女人》的经典地位自不待言；法拉尔的《克里希普纳围城》和拜厄特的《占有》均获得了英国最高文学奖——布克奖。作家当中女性居多，既有被《时代周刊》誉为"1945年以来五十位最伟大的英国作家"之一、五次获布克奖提名的贝丽尔·班布里奇 (Dame Beryl Margaret Bainbridge)，也有入选"二十位当代最好的英语作家"、获布克奖提名的新锐作家萨拉·沃特斯 (Sarah Waters)。这些小说主题多样、风格各异，但都有着共同的精神实质："通过采用特定视角对维多利亚时代的历史进行重访和重构来探讨宗教与科学的冲突、精神同物质的冲突、灵与肉的冲突、个体自由同政治之间的冲突、男性霸权同女性意识的冲突等。"[1]

学者们前期对新维多利亚小说的研究（1997—2010年）主要集中在"怀旧的后现代主义""创伤叙事""幽灵批评"等方面。从近十年的研究成果来看，他们越来越趋向于从文化记忆[2]、帝国话语[3]和性别政治[4]等意识形态层面对新维多利亚小说进行解读。2011年《新维多利亚研究》期刊设置专栏，探讨"新维多利亚小说中的物与景观"，一些学者开始从物质文化批评的角度解读新维多利亚小说，聚焦消费文化语境下物的文化、美学和意识形态建构意义，

---

[1] 汤黎：《后现代女性书写下的历史重构：当代英国女作家"新维多利亚小说"探析》，《当代文坛》2014年第6期。

[2] Kate Mitchell, *History and Cultural Memory in Neo-Victorian Fiction*, London: Palgrave Macmillan, 2011.

[3] Elizabeth Ho, *Neo-Victorianism and the Memory of Empire*, Continuum: Continuum Literary Studies, 2012.

[4] Kathleen Renk, *Women Writing the Neo-Victorian Novel*, New York: Palgrave Macmillan, 2020.

分析作家如何大量使用视觉和文化符码来迎合大众对维多利亚时期的历史想象。[1] 此外，也有学者从书信体、感伤小说等体裁层面探讨当代作家对维多利亚小说的文类挪用。[2]

总体而言，新维多利亚小说的创作在最近十年（2012—2022）虽少有佳作问世，然而学界对新维多利亚小说研究的热情却丝毫没有退减。据笔者不完全统计，最近三年至少有两部专著出版：杰西卡·考克斯（Jessica Cox）的《新维多利亚主义与感官小说》（*Neo-Victorianism and Sensation Fiction*）和凯瑟琳·伦克（Katheleen Reek）的《新维多利亚小说的女性作家》（*Women Writing the Neo-Victorian Novel*）。从幽灵批评的视角对新维多利亚小说的解读最具代表性的理论著作是罗萨里奥·阿里亚斯（Rosario Arias）和帕特丽夏·普尔曼（Patricia Pulham）选编的论文集《新维多利亚小说中的幽灵与幽灵性：占有过去》（*Haunting and Spectrality in Neo-Victorian Fiction: Possessing the Past*，2010）[3]。该书共收录八篇论文，分为"历史与幽灵""女性幽灵""感触过去"和"城市中的鬼魂"四个部分，从不同角度论述了新维多利亚小说中"游荡"的维多利亚幽灵。该论文集出版后虽在学界引起强烈反响，但时至今日仍无从幽灵批评角度研究新维多利亚小说的专著出版。本书尝试将幽灵批评的（超）物质阅读和后现代叙事学理论结合起来，将对新维多利亚小说的文本细读置于消费文化批评、社会历史批评等大的文化研究框架下，系统论述新维多利亚小说中的幽灵叙事在语言、文本、主题和体裁等方面的表征，

---

[1] Nadine Boehm-Schnitker and Susanne Gruss, "Introduction: Spectacles and Things—Visual and Material Culture and/in Neo-Victorianism", *Neo-Victorian Studies*, Vol. 4, No. 2, 2011, pp. 1 – 23.

[2] Jessica Cox, *Neo-Victorianism and Sensation Fiction*, London: Palgrave Macmillan, 2019.

[3] Rosario Arias and Patricia Pulham, eds., *Haunting and Spectrality in Neo-Victorian Fiction: Possessing the Past*, New York: Palgrave Macmillan, 2010.

分析当代作家如何在与幽灵对话与磋商的过程中重构历史。笔者希望在前人研究成果的基础上综合呈现这一文类幽灵叙事的艺术特征，借此抛砖引玉，引发读者对新维多利亚小说叙事美学特征的关注和思考。

对新维多利亚幽灵叙事的分析离不开对叙事声音和作家叙事立场的探讨。戴维斯指出，"新维多利亚小说暗示了和维多利亚时代有关的创作，尤其是主动参与19世纪的小说、文化和历史，而不仅仅只是重复或者是念叨过去的时光（正如'回顾性的维多利亚'可能暗示的那样）"[①]。马克·莱维林（Mark Llewellyn）则把"新维多利亚描述成一种重写历史的欲望，代表了那个时代被忽略的声音，书写性关系的新历史，掺杂着后殖民观点和其他与正统维多利亚人格格不入的观点"[②]。同样，玛丽亚·鲁斯易·克莱克（Marie Lusie Kohlke）认为，"'新维多利亚'的主要任务是释放迷失在历史和公众视野下的声音"[③]。如果我们认同上述观点，从当代作家修正主义的写作立场和为维多利亚他者代言的叙事声音这一层面研究新维多利亚小说，会发现这一文类在历史再现问题上具有鲜明的伦理诉求，充分表达了某种身份政治。戴维斯指出：

> 在新维多利亚小说中，"声音"和社会机构的联系明显相互影响，相互作用。"拥有声音"成为身份政治当中不可或缺的一部分……新维多利亚小说致力于"重新找到声音"，

---

① Helen Davis, *Gender and Ventriloquism in Victorian and Neo-Victorian Fiction: Passionate Puppets*, London: Palgrave Macmillan, 2012, p. 2.
② Mark Llewellyn, "What is Neo-Victorian Studies?", *Neo-Victorian Studies*, Vol. 1, No. 1, 2008, pp. 164 – 185, 165.
③ Marie-Luise Kohlke, "Introduction: Speculations in and on the Neo-Victorian Encounter", *Neo-Victorian Studies*, Vol. 1, No. 1, 2008, pp. 1 – 18.

去为传统历史宏大叙事中消失的主体代言。……当代的小说家正在赋予失声的维多利亚人一种声音……试图挑战并且解决广泛存在于社会文化上的不平等。①

笔者赞同戴维斯等人的观点。新维多利亚小说在对维多利亚时期的叙事重构中表现出明显的政治性和意识形态性，因此它从根本上不同于维多利亚时期再现时代的现实主义小说，尽管两者都是以维多利亚人为描写对象。经后现代意识形态的重新塑形，新维多利亚小说中的维多利亚人整体上呈现为变形的、陌生化的他者形象，有学者将他们称为"后维多利亚人"（Post-Victorian）。作为游走在维多利亚文本碎片和后现代文化观念之间的他者，后维多利亚人兼有两个时代的特征，是一个幽灵般的存在。

第三节　作为"幽灵"存在的"后维多利亚人"

西蒙·乔伊斯（Simon Joyce）曾使用了一个生动的比喻——"后视镜中的维多利亚人"（Victorians in the rearview mirror）来描述当代"新维多利亚主义"对维多利亚时期历史的再现。② 乔伊斯首先援引有关乘客侧汽车后视镜的一个著名警示："镜子里的物体比看起来更近"，然后将后视镜所带来的这种视觉上的"熟悉的不协调感"与当代文化对维多利亚时期的历史重构相提并

---

① Helen Davis, *Gender and Ventriloquism in Victorian and Neo-Victorian Fiction: Passionate Puppets*, London: Palgrave Macmillan, 2012, pp. 2 - 3.
② Simon Joyce, "The Victorians in the Rearview Mirror", in Christine L. Krueger, ed., *Functions of Victorian Culture at the Present Time*, Athens and Ohio: Ohio University Press, 2002, p. 3.

论。他指出：

> 在当代理论话语中，"维多利亚人""维多利亚时期"或"维多利亚价值观"等概念，如同后视镜里的物像一样，是被构建出来的。这一方面因为当代作者对维多利亚时期的历史再现掺杂了诸多我们自己时代的信息；另一方面也暗含着历史再现中不可避免的"变形"——向后看必然会产生变形：维多利亚时期是如此的异质，以至于我们无法在不模糊它与我们自己的相似性的前提下构建一个关于过去的批判性论点。①

在乔伊斯的理论中，"后视镜"成了历史再现的隐喻。乘客侧的后视镜是凸出的，凸面镜通过呈现出更宽的视野来减少驾驶员对该侧的盲点。然而，由于这种后视镜会对物像造成轻微的扭曲，这使得镜中的映像看上去比实际更远。后视镜的成像原理及其对物像的扭曲暗合了当代历史书写中经由意识形态的塑形对过去事实的叙事再现。笔者认为，"后视镜中的维多利亚人"首先表述了一种幽灵般扭曲的幻影，而非真实的维多利亚人。经过后视镜的投射，传统意义上的时空概念被打破，维多利亚人似乎就在我们的对面，与我们相互凝视。这或可归功于视觉艺术和大众文化的影响，"电影、绘画、建筑、戏剧等表现形式将过去以'现在在场'（the present presence）的形式直接呈现给观众，而这种共时性的平面化展出大大缩短了历时性的时间跨度"②。历时性的

---

① Simon Joyce, "The Victorians in the Rearview Mirror", in Christine L. Krueger, ed., *Functions of Victorian Culture at the Present Time*, Athens and Ohio: Ohio University Press, 2002, p. 3.

② 杜丽丽：《新维多利亚小说历史叙事研究》，中国社会科学出版社2017年版，第37页。

时间观念被打破，维多利亚人和当代人在"新维多利亚主义"的叙事时空中面对面"遭遇"（encounter）。当代人作为"后视镜"观看的主体，和作为再现对象的维多利亚人被共时性地联系在一起，构成相互凝视和对话的关系。

"后视镜中的维多利亚人"作为一个幽灵般的存在，他们身上既带着明显的维多利亚印记，又传达着后现代的审美文化观念。"性爱、同性恋、灵媒等维多利亚权威话语（主要体现为科学至上、进步理念和男性沙文主义）拼命压制、在经典中表现为严重缺失的这部分内容，经由后现代作家的想象和重构，被注入新的活力。"[①] 但是在当代文化中获得新生的维多利亚人完全不同于维多利亚经典小说中采用现实主义的逼真幻镜描摹出来的维多利亚人——他们是"鬼魂附体"的后维多利亚人。以萨拉·沃特斯（Sara Waters）的《灵契》《荆棘之城》和《轻舔丝绒》等新维多利亚小说为例，作家采用腹语术，模仿维多利亚小说的词汇、句法和叙事风格为读者呈现了"拟真"的维多利亚人物形象和社会历史景观。但是，她笔下的女性人物与维多利亚经典小说中"家中天使"的女性形象大相径庭。沃特斯糅合维多利亚小说中的常见叙事要素，如狄更斯成长小说中的"孤儿"主题、哈代小说中的"堕落的女人"的主题、《简·爱》中的"阁楼上的疯女人"主题、《白衣女人》中"被囚禁的神秘少女"主题等，然而她将叙事中心转向女同性恋者、女囚犯、女欺诈犯、女变装演员等另一类维多利亚人身上，描绘出了在维多利亚文学史版图中缺失的、被边缘化的女性的历史。因此，她笔下的诸多维多利亚女性，如堕落的妓女南茜（Nancy）、女社会活动家弗洛伦斯（Florence）、出身贼窝的女仆苏（Sue）、被禁于荆棘之城的孤女

[①] 杜丽丽：《新维多利亚小说历史叙事研究》，中国社会科学出版社2017年版，第42页。

莫得(Maude)、女服刑犯"劝导员"玛格丽特(Margret)和遭受监禁的灵媒塞丽娜(Selina)等都属于后维多利亚人。这些人物身上既带有维多利亚时代的印记,又传达着后现代的审美文化观念,是在两个时代之间游走的幽灵。

后维多利亚人在本质上具有幽灵的属性。丹尼尔·坎特拉·鲍曼(Daniel Candela Bormann)在界定"新维多利亚小说"时指出:"新维多利亚小说是一种虚构的文本。首先,它预设的背景是当代作家意识到时间的流动性,进而在维多利亚过去和现在之间的微妙平衡中创造意义。其次,新维多利亚小说在与维多利亚历史的对话中,处理涉及历史、历史编纂和/或历史哲学等领域的相关问题。再次,新维多利亚小说是在叙事层面参与意义生成和阐释的。"[①] 在这一定义中,鲍曼强调新维多利亚小说在连接维多利亚时代和当代两大时空的对话中,以不同的叙事话语形式,参与当前学界对历史、历史编纂、历史哲学等相关问题的思考。如果认同新维多利亚小说的这种双重时空性和对话性特征,就不难理解"后维多利亚人"的"幽灵性"本质。在新维多利亚小说中,"后维多利亚人"身上同时映现了当代语境下的自我和维多利亚他者,并在两者互为镜像的观照中反思历史书写的叙事性本质,以及如何在当代语境下重新发掘被维多利亚主流叙事掩盖的历史真相等问题。

"后维多利亚人"的幽灵性特征在"新维多利亚传记小说"(Neo-Victorian Fictional Biography)中表现得尤为突出。一些新维多利亚小说糅合传记和小说两种文体样式,有意模糊两者之间的体裁界限,以亦实亦虚的方式叙述维多利亚历史名人的生平故事。这些新维多利亚传记小说中的"后维多利亚名人"完全颠覆

---

① Daniel Candel Bormann, *The Articulation of Science in the Neo-Victorian Novel: A Poetics (And Two Case-Studies)*, Frankfurt am Main: Peter Lang, 2002, p.62.

了读者的阅读期待。A. S. 拜厄特的《婚约天使》从丁尼生的妹妹的视角,以长诗《悼念集》为基础,重新讲述了19世纪桂冠诗人丁尼生和他的挚友亚瑟·哈勒姆和妻子艾米丽·丁尼生之间的故事。拜厄特对丁尼生的重构凸显了诗人在悲悼亡友的过程中所体现出来的物质性焦虑及其所折射出的维多利亚时代唯灵论和进化论剧烈冲突的时代精神。格丽特·福斯特(Margaret Forster)的《侍女》(*Lady's Maid*)从女仆威尔逊的视角重构了布朗宁夫人的生活。有限的叙事视角以及维多利亚底层边缘人物的叙事立场,使伊丽莎白·布朗宁的形象遭到扭曲,她悲悯穷人的救世情怀也深受质疑。本书凸显了维多利亚时期的阶级问题、阶层差异、底层人民的生存状况以及社会道德的虚伪,嘲讽了布朗宁夫人很少接触底层人们的生活却创作了诸如"孩子们的哭声"("Cry of the Children")等政治抒情诗的造作行为。作为维多利亚时期的文坛巨匠,狄更斯也是新维多利亚传记小说重点关注的对象。丹·西蒙斯(Dan Simmons)的《德鲁德》(*Drood*),马修·珀尔(Matthew Pearl)的《最后的狄更斯》(*Last Dickens*),弗拉尼根(Richard Flanagan)的《渴望》(*Wanting*)和格纳·阿诺德(Gaynor Arnold)的《穿蓝裙子的女孩》(*Girl in a Blue Dress*)等均从不同方面对狄更斯进行了叙事重构。《穿蓝裙子的女孩》讲述了狄更斯和他被抛弃的"疯妻子"凯瑟琳之间的故事。从凯瑟琳的人生反观狄更斯这位各种光环笼罩下的伟大作家,他自私、虚伪、冷漠和男性沙文主义的另一面被揭示得淋漓尽致。彼得·凯里(Peter Carey)的《杰克·麦格思》(*Jack Maggs*)将《远大前程》(*Great Expectation*)里的边缘人物杰克·麦格思设为叙事的中心,作家狄更斯化身为托比斯·欧茨出现在小说中,他不仅被描述为帝国话语的代言人,而且贪财好色,并未遵循现实主义原则如实书写麦格思的流亡史,而是像做数学题那样进行抽象推理，编造情节，预设了麦格斯之死的结局。总之，新维多利亚传记小说悖论性地将真实和想象、传记事实和虚构结合在一起，关注创作事实、虚构真相和诗性真实等问题。新维多利亚小说作家深刻质疑传统的传记写作再现历史的真实性问题。他们借用传记的形式，通过召唤维多利亚时期文学前辈的"幽灵"，深刻质疑在叙事意义上再现另一个人真实生活的可能性，引导读者反思历史叙事的虚构性本质。总之，上面提到的"后维多利亚人"是游荡在维多利亚历史文本和后现代理论话语之间的"幽灵"，具有怪诞性和双重性的特质。这颠覆了读者对维多利亚时期人物形象的传统认知，表达了当代作家的"修正主义"叙事立场。

新维多利亚小说并不追求对维多利亚历史的客观再现，而是重在表达作家在当代语境下，在两大时空的对话中，对历史、历史编纂、历史哲学等相关问题的反思。笔者认为，当代作家深受新历史主义理论思潮的影响，他们在历史叙事理念上的深刻变化是促使后维多利亚人"变形"的重要原因。维多利亚时期的作家服膺启蒙主义的以进步论为核心的线性历史观念，认为历史是一种连续性叙事，具有必然性、承接性、发展性的因果联系。受福柯、海登·怀特等的影响，新历史主义者质疑传统的历史叙事理念。在《词与物》中，福柯指出连续不断进步的历史是一种话语表述。在之后出版的《知识考古学》中，他继续着对传统历史观的解构。他用"考古学"来命名自己的研究方法，指出考古学的目的不是发现所谓的"历史真相"，而是对当时的话语体系进行描述。他将文献作为遗迹，考察它们的成因，揭示它们在叙述中隐藏的秘密——它们在记录什么，回避什么，它们是如何叙述的，又是为什么要这样叙述。在知识考古学的理论烛照下，历史叙述被还原为"人们区分、组合、寻找合理性、建立联系、构成整体"[1]的叙事过程,呈现出鲜明的文本性特征。

如果说福柯使我们认识到了历史的文本性的话,后结构主义历史学家海登·怀特则使我们进一步看到了作为文本的历史内在的文学性。海登·怀特指出历史事件虽然真实存在,不过它属于过去,对我们来说无法亲历,因此它只能以"经过语言凝聚、置换、象征以及与文本生成有关的两度修改的历史描述"[2]的面目出现。我们感受历史,感受的并不是真实的历史事件,而是事件的描述性建构。传统的历史学家认为历史话语中的叙述是中性的,不影响其对历史事件的再现。事实却是,在历史修撰过程中,由于历史学家所面对的是无序的事件,他需要通过包容、排除、强调、从属等手段对其裁剪、拼贴。如此一来,"一个叙事性陈述可能将一组事件再现为具有史诗或悲剧的形式和意义,而另一个陈述则可能将同一组事件——以相同的合理性,也不违反任何事实记载地——再现为闹剧"[3]。同样的历史事件,通过不同的情节编排,完全可能具有截然不同甚至相反的意义。

新历史主义倡导"文本的历史性"(historicity of texts)和"历史的文本性"(textuality of history),这深刻影响了当代作家的历史叙事理念。所谓"文本的历史性",指的是"所有的书写文本——不仅包括批评家研究的文本,而且包括人们处身其中的社会大文本——都具有特定的文化具体性,镶嵌着社会的物质的内容"[4]。所谓"历史的文本性",指的是由于我们无法回归并亲历完整而真实的过去,我们体验历史,就不得不依靠残存的历史文

---

[1] [法]米歇尔·福柯:《知识考古学》,谢强等译,生活·读书·新知三联书店1998年版,第6页。

[2] H. Aram Veeser, ed., *The New Historicism*, Routledge, 1989, p. 297.

[3] [美]海登·怀特:《后现代历史叙事学》,陈永国、张万娟译,中国社会科学出版社2003年版,第325—336页。

[4] H. Aram Veeser, ed., *The New Historicism*, Routledge, 1989, p. 20.

献。但是这些文献不仅携带着历史修撰者的个人印记,而且是"经过保存和抹杀的复杂微妙的社会化过程的结果"[①]。在新维多利亚小说中,作家们不再遵循维多利亚时期传统的线性历史叙事,恰恰相反,在讲述维多利亚时期的故事时,他们深刻质疑现实主义客观再现外部真实的能力,表达了对历史叙事问题的自觉反思。

综上所述,当代作家在新维多利亚小说中为读者呈现了全新的"后维多利亚人"形象。新维多利亚小说或采用单一维多利亚叙事时空,或采用维多利亚和当代双重时空构架,但是隐含作者特有的后现代意识形态、新历史主义的立场观念和复杂的审美趣味渗透到作品中,使后维多利亚人具有鲜明的当代性。新维多利亚小说文本属于德里达意义上的幽灵文本,穿插了大量维多利亚历史文献的"踪迹",但是就其本质而言,它属于当代作家模仿维多利亚风格的"原创"之作。采用德里达意义上"删除号下的书写"策略,他们一方面质疑了维多利亚时期的价值观念,另一方面在涂抹的同时也保留下了原文本的"踪迹"。"在场一方面被删除了,一方面仍然留下了清楚的踪迹。"[②] 在这个意义上,新维多利亚小说文本具有空间性和对话性的特征,同时向维多利亚和当代两大时空敞开。新维多利亚小说作家如同伟大的腹语大师,他们代表"边缘化的声音、新的性史、后殖民观点",通过书写召唤维多利亚时代的幽灵,在与幽灵的对话和磋商中专注于为"被迫失语的群体或者被排除在公共记录之外的历史"代言。[③]

[①] H. Aram Veeser, ed., *The New Historicism*, Routledge, 1989, p. 20.

[②] [法] 雅克·德里达:《论文字学》,汪堂家译,上海译文出版社1999年版,第61页。

[③] M. L. Kohlke, "Introduction: Speculations in and on the Neo-Victorian Encounter", *Neo-Victorian Studies*, Vol. 1, No. 1, 2008, pp. 1 – 18.

第二章　腹语术：新维多利亚小说幽灵叙事的语言表征

> 依据维多利亚时代词与词之间的关系，按照维多利亚的秩序，在维多利亚的语境下写作维多利亚的文字，是我所能想到的表明我们能聆听到维多利亚故人的唯一方法。
>
> —— A. S. 拜厄特《论历史与故事》

"腹语术"（ventriloquism）由拉丁词"venter"（belly 肚子）和"loquil"（speak 言说）合成，指用肚子说出的话。"腹语术最早出现在古希腊的预言占卜和娱乐活动中，后泛指古希腊假面具、木偶戏等表演中演员通过声音塑造角色的表现技巧。近代以来逐渐与魔鬼附体、通灵术、模仿多种或遥远声音、以及通过腹部、子宫等非口腔发声的现象联系在一起。"[①] 由于从"腹语者"（ventriloquist）肚子发出的声响通常被当作亡者的声音，腹语者通过与亡灵沟通，传达和解释亡灵的心声，因此，"腹语术"作为一种特殊的言说方式，与幽灵亦产生了密切关联。在本书中，笔者将"腹语术"视为新维多利亚小说幽灵叙事在语言层面的表征。新维多利亚小说作家假托维多利亚历史人物，模仿维多利亚

---

① 徐蕾：《当代英国历史小说与"腹语术"——兼评 A.S. 拜厄特〈论历史与故事〉》，《当代外国文学》2016 年第 3 期。

时期的语言风格和叙事手法，创作了大量的"伪维多利亚"（faux-Victorian）文本。这些腹语术文本因其内在的双重时空性有效地连接了在场与缺场、历史与当下，开启了维多利亚和后现代两大意识形态和审美价值观念之间冲突和对话的平台。

第一节 腹语术与新维多利亚小说的历史书写

拜厄特在《论历史与故事》中曾论及当代英国作家对历史小说的青睐，认为"历史小说比许多与时俱进、直面当下现实的小说更具生命力……它丰富的形式和主题、它自身所蕴含的文学能量和创造性，都值得关注"①。笔者认为英国当代作家转向历史、创作新维多利亚小说是为了汲取传统思想、继承文学遗产、与过去对话交流，是用充满想象力的文字为维多利亚时代的文学亡灵"招魂"。在新维多利亚小说的幽灵叙事中，作为维多利亚伟大传统的现实主义叙事传统并没有被抛弃，而是以"腹语术"（ventriloquism）的形式被借用，成为新维多利亚幽灵叙事的语言表征。

德里达认为历史与当代文化有着一种"幽灵学"（Hauntology）的关系，过去以无数种方式出现在当代，就如同游荡的幽灵。笔者认为当代作家采用"腹语术"，模仿维多利亚小说的词汇和风格，是复活亡灵、与亡灵交流和磋商的重要历史再现策略。拜厄特在《论历史与故事》中曾提出在历史书写中还原历史真相的两种方法。一种是"直观感受"（immediate feel）呈现法：

---

① ［英］A. S. 拜厄特：《论历史与故事》，黄少婷译，译林出版社2016年版，第11页。

即由历史事件的经历者出面直接表现他们当时的真情实感。另一种是历史景象还原法：采用腹语术，由当代人出面间接表现过去的情景、词语、声音、精神、灵魂等。① 拜厄特将自己的作品《占有》，福尔斯的《蛆虫》和彼得·阿克罗依德的作品视为后一种历史书写的典范。较之戏仿（parody）和拼盘杂烩（pastiche），拜厄特更推崇"腹语术"，认为"腹语术"的小说叙事对于历史再现具有独特的意义，因为它在模仿的同时，更强调"过去的存在及其与现在的距离、差异性、死亡和艰难的再生"②。笔者认为腹语术模仿亡灵的声音，既是新维多利亚幽灵叙事的外在表现，同时也构成了它在语言风格上的内在特征。

事实上，不少文学评论家已经注意到以拜厄特为代表的新维多利亚小说作家对"腹语术"的娴熟运用。戴安娜·华莱士（Diana Wallace）讨论了拜厄特、沃特斯和米歇尔·罗伯茨在新维多利亚小说作品中使用的女性灵媒作为当代女性历史小说家的一个象征，用腹语术模仿过去的声音发话。③ 凯瑟琳·伯纳特（Catherine Bernard）指出，"许多当代作家都是腹语大师……不得不被过去所言说，他们没有超越过去"④。古特莱本认为，"腹语术的概念也许不仅可以作为痴迷过去的人们的隐喻，也能隐喻许多当代作家的写作方式"⑤。她指出：

---

① 肖锦龙：《回到历史存在本身——拜厄特〈论历史与故事〉中的真理论历史观发微》，《外国文学研究》2019 年第 7 期。

② ［英］A. S. 拜厄特：《论历史与故事》，黄少婷译，译林出版社 2016 年版，第 61 页。

③ 转引自 Helen Davis, *Gender and Ventriloquism in Victorian and Neo-Victorian Fiction: Passionate Puppets*, London: Palgrave Macmillan, 2012, p. 2。

④ Catherine Bernard, "Forgery, Dis/possession, Ventriloquism in the Works of A. S. Byatt and Peter Ackroyd", *Miscelanea: A Journal of English and American Studies*, No. 28, 2003, pp. 11 – 24.

⑤ Christian Gutleben, *Nostalgic Postmodernism: The Victorian Tradition and the Contemporary British Novel*, Amsterdam and New York: Rodopi, 2001, p. 15.

第二章 腹语术：新维多利亚小说幽灵叙事的语言表征

腹语术可能只是一个比喻，但这不仅仅是针对小说中那些沉迷于过去的人物而言，它更是当代作家整体创作状况的隐喻。事实上，20世纪80年代和90年代的英国作家无意于寻找当下的新时尚，反而激活了过去，尤其是维多利亚时代的声音。[①]

古特莱本的分析说明了腹语术是新维多利亚重写19世纪的核心要素。海伦·戴维斯进而将新维多利亚小说创作过程本身理解为一种腹语术实践，"可以为向维多利亚人言说时卷入的各种声音和目的提供一种理论模式"[②]。在前人研究的基础上，本书在新维多利亚小说幽灵叙事的语言层面阐释"腹语术"，注重从声音层面分析腹语术的运用使新维多利亚小说呈现出的复调性，以及腹语术的幽灵特征最终形成的小说在时间和空间上的悖论。

前面已经提出，腹语术是一种特殊的言说方式，是当代作家模仿维多利亚时期的语言，为维多利亚人"代言"。这一行为本身表达了他们在当代语境下"复活"维多利亚人，并与其进行灵魂交流的内在叙事动机，如戴维斯指出的，"新维多利亚小说的出现说明了文学界有着显而易见的欲望，用某种方式回应维多利亚人，回顾那个年代的社会和文化"[③]。那么我们和维多利亚时代进行的历史对话究竟如何展开？安德亚·柯其克诺夫（Andrea Kirchknoof）指出，大多数新维多利亚小说文本展现了一种趋势：

[①] Christian Gutleben, *Nostalgic Postmodernism: The Victorian Tradition and the Contemporary British Novel*, Amsterdam and New York: Rodopi, 2001, pp. 15-16.

[②] Helen Davis, *Gender and Ventriloquism in Victorian and Neo-Victorian Fiction: Passionate Puppets*, London: Palgrave Macmillan, 2012, p. 166.

[③] Helen Davis, *Gender and Ventriloquism in Victorian and Neo-Victorian Fiction: Passionate Puppets*, London: Palgrave Macmillan, 2012, p. 1.

它们采用了和维多利亚时代小说相似的文本长度和结构……模仿了 19 世纪类似的小说类型,包括成长小说,或者社会、工业和惊奇小说……。这些小说的叙事涉及作者尝试模仿的他们维多利亚前辈的风格,所以大都采用了 19 世纪文本普遍使用的叙事声音,即第一人称或者第三人称全知全能叙事。[1]

这种语言和叙事风格上的模仿行为本身可以视为新维多利亚小说使用腹语术的隐喻。举例来说,萨拉·沃特斯的《轻舔丝绒》(*Tipping the Velvet*, 1998) 模仿了维多利亚时期主流的"成长小说",并且运用了第一人称人物叙事,而在她的《荆棘之城》(*Fingersmith*, 2002) 中我们可以看到维多利亚"惊悚小说"的影响因素。当我们谈及简·里斯 (Jean Rhys) 的《藻海无边》(1966),不自觉地就会想起夏洛特·布朗特的《简·爱》(1847),我们就会更加感觉到和维多利亚时代的紧密联系。或者威尔·塞尔夫 (Will Serf) 的《道林:一场模仿》(*Dorian: An Imitation*),尽管威尔重写了奥斯卡·王尔德的《道林格雷的画像》,把时代背景设置在 20 世纪 80 年代到 90 年代,没有放在原本的维多利亚背景下,但是该书的人物、情节和主题都和王尔德的原著如出一辙。

前面已经提到,腹语术可以在多个层面来解读,而对叙事风格和叙事声音的模仿是腹语术的重要特征之一。戴维斯指出,"当代历史小说家为重现过往声音与文本风格所采用的腹语术写作应引起关注,腹语术的隐喻应被置于新维多利亚小说创作讨论的核心"[2]。

---

[1] Andrea Kirchknopf, "(Re) workings of Nineteenth-Century Fiction: Definitions, Terminology, Contexts", *Neo-Victorian Studies*, Vol. 1, No. 1, 2008, pp. 53–80.

[2] Helen Davis, *Gender and Ventriloquism in Victorian and Neo-Victorian Fiction: Passionate Puppets*, London: Palgrave Macmillan, 2012, p. 4.

研究新维多利亚小说对维多利亚小说的腹语术式的模仿行为很难忽视"声音"的问题。那么我们该如何看待腹语术中的叙事声音？是新维多利亚小说为维多利亚时代失声的人群发声？还是维多利亚时代作者和文本通过新维多利亚小说文本在为自己发声？

第二节 腹语术与新维多利亚小说中的叙述声音

拜厄特在创作理念上服膺腹语术，她曾一再阐述自己对"腹语术"的偏爱，认为它可以避开"充满道德暗示的戏仿和拼盘杂烩"[①]。拜厄特的《占有》和《婚约天使》涉及唯灵论、降神会和鬼魂，属于典型的幽灵叙事。拜厄特通过模拟人物在维多利亚时代背景下的独特声音，再现历史人物的魅力；她凭借腹语术的语言魔力，让逝去的声音附体于小说人物。比如，在《占有》中，她假借两位虚构的维多利亚时代诗人艾什和拉莫特之手，融合丁尼生、布朗宁、克里斯蒂娜·罗塞蒂等诗人的语言，创作了多首具有维多利亚时代风格的旧体诗，这些诗歌穿插进小说叙事之中，构成了小说中精美的腹语艺术。接下来笔者以拜厄特的创作为例，探讨腹语术中的"声音"。

在《占有》中，拜厄特借助腹语术模仿布朗宁的风格创作了《北欧众神之浴火重生》，托名为艾什所作。而且小说中还插入了大量以腹语术形式创作的艾什写给拉莫特的书信。这些既是作家拜厄特在阅读布朗宁文学作品的基础上，通过历史想象，对布朗宁的创造性历史再现，同时也是她自己文学观念和艺术理念的表

---

① ［英］A.S. 拜厄特：《论历史与故事》，黄少婷译，译林出版社 2016 年版，第 61 页。

达。下面摘录部分艾什和拉莫特的往来书信内容,艾什向拉莫特倾诉他在维多利亚这个"历史科学化的时代"里,对创作中真实与虚构关系的思考:

> 所以说,如果我建构了一则虚拟的见证词——那说辞十足有理十足可信——是不是等于我在用我的虚构为真理注入生命呢——还是说,我在用我一发不可收拾的想象力,把个大大的谎言说得言之凿凿呢?我这么做,是不是就跟那些福音传道士一样,只是在翻造来生的种种?还是说,我跟那些虚妄的先知一样,一再把空气吹入不实的幻象里?我是不是像个巫师一样——一如《麦克白》里那几个巫婆——把真话和谎言掺和成亮丽的模样?还是说,我只是个无足轻重、抄写着预言书的人——诉说的真理其实全来自己身,使用的故事其实就是属之于我……
>
> 你知道吗——唯一能让我感到真真切切的生命力乃是想象的生命力。不论在这个古老的死而复生的故事里——到底存在着什么绝对真理——抑或假理——诗可以让那个人的生命,与你以及其他人对他的信仰同等绵长。我不敢说我像他一样——将生命施予了拿撒勒——但可说是和伊莉莎一样——躺在死尸身上——将生命呼送到它里面——①

艾什一方面认同虚构在文学创作中的重要作用,认为作家的虚构和想象力可以"为真理注入生命"。另一方面他又对作家自身的身份心存疑虑:作家究竟是巫师,"把真话和谎言掺和成亮丽的模样"?还是"无足轻重、抄写着预言书的人"?艾什认为想

---

① A. S. Byatt, *Possession: A Romance*, Beijing: Foreing Language Teaching and Research Press, 2000, P. 352. 以下引自该书的内容均在引文后标明页码。

象力非常重要,可以复活传统,将生命施于亡魂。在此值得探讨的一个问题是,这段借助腹语术发出的声音是谁的声音?

首先,毋容置疑,这是小说中的人物艾什的声音,表达了维多利亚诗人在以科学理性为标榜的物质主义和传统基督教信仰之间的摇摆,以及对艺术创作中写实和虚构问题的困惑。

其次,这是历史人物布朗宁发出的声音,因为"许多批评家都曾指出,艾什与拉摩特对通灵术的不同态度以及小说中有关通灵部分的情节设置在很大程度上是以诗人罗伯特夫妇的经历为原型"①。在这一点上,拜厄特在《占有》扉页援引的布朗宁《斯拉奇先生:灵媒》的长诗片段可为佐证:

> 有时泡泡吹得太大,就可能破裂;
> 如果能透过虚假窥见现实;
> 你看到了什么?
> 过去的事情被扭曲?
> ……
> 也许,可能,我加入了一点小小的谎言,
> 才会如此——斯拉奇在说谎!
> 为何如此大惊小怪?
> 我甚至赶不上你们的诗人
> 他们歌咏本不该被赞叹的希腊人
> 编排在特洛伊从未发生过的战争,
> 颂扬这件或那件不可能实现的伟大事迹!
> 为什么我要比附诗人?
> 他们不过常人眼中的二道贩子,

---

① 金冰:《语境中的通灵之争——〈占有〉中的幽灵叙事》,《国外文学》2016年第2期。

用简单的散文素材写成诗篇,
不借助谎言,他们能做什么?
每个诗人都在陈述规律、事实和事情的表面
好像无所不知,事实上
他们不过是找到了自认为合适的材料,
对不合适的视而不见,
只记录能证明自己观点的
其他的避而不谈。
这就是世界历史——
蜥蜴时代、印第安人时期、古国战争、杰罗姆·拿破仑……
只要是你喜欢的,
一切按作者所想书写。
这样一个抄写员,
你为其付出,为其颂赞。
为着他把生命刻进岩石里,
将烟火消弭在尘雾中
让过去成为你的世界。
"如何设法抓住
指引你穿过迷宫的那条线?"
"如何无中生有,
制造出如此结实的织物?"
"如何用少许的素材
写出这个传说?"
"是传记,还是叙事?"
如此多的问题,归根结底,
"到底需要多少谎言才能编造出
你在此呈现给我们的郑重的真实?"

——罗伯特·布朗宁的《斯拉奇先生：灵媒》[①]

在这首长诗中，诗人自称神灵附体的斯拉奇先生，滔滔不绝地为自己的问亡术辩护，声称经由自己的法术，生人可以与亡魂对话。有意思的是，这位灵媒先生将自己的虚幻法术与叙事的虚构性相提并论，并暗示两者之间同质的欺骗性："到底需要多少谎言才能编造出你在此呈现给我们的郑重的真实？"（《占有》扉页）与此形成互文的是拜厄特在小说中以腹语术创作的《被施了魔法的木乃伊》。这篇托名为艾什所作的长诗同样采用了灵媒的视角，以戏剧独白的形式叙述艺术创作和灵媒的类比：

艺术也有自己的灵媒

花腔女高音，蛋彩画，抑或石材

透过颜料的媒介，永恒之母的完美形象得以显现

（尽管模特可能只是某个卑微的女仆并无特别之处，我们可以这样推测）

通过语言的媒介，伟大的诗人

使完美成为永恒，就像比阿特丽斯

依然对着我们倾诉，尽管但丁的肉身早已化为尘埃

透过这个可怜肉身的媒介，

伴随着汗水、呻吟、恶心

还有动物般的痛苦呐喊，最伟大的灵魂

也会在那些静坐、等待的人面前现身

透过这同一具肉身，它们激发出那些超凡的技巧

可以点燃磷光火柴，给线条打结

[①] 本诗被题于《占有》扉页，中文为笔者所译。

或是从地毯上托起沉重的椅子。(第 442 页)

将布朗宁的原创诗歌《斯拉奇先生:灵媒》和拜厄特的腹语术之作《被施了魔法的木乃伊》并置,会发现虚构人物艾什的声音和历史上著名诗人布朗宁的声音几乎融为一体。在这个意义上,腹语术的运用一方面使维多利亚诗人布朗宁"起死回生",另一方面也展现了作家拜厄特高超的仿写艺术。

琼·斯特罗克(June Sturrock)在《布朗宁和拜厄特如何让死者起死回生》一文中指出,布朗宁和拜厄特的腹语术艺术可以理解为某种"媒介主义"(mediumistic)写作,因为它架构了沟通生者与死者声音的桥梁。[①] 布朗宁的斯拉奇先生和拜厄特的灵媒——索菲·希基和莉莉斯·帕帕盖——都是创造性艺术家的化身。拜厄特把莉莉斯认同为"小说家曼奎",把索菲描述为诗人般的人物。与之相反,布朗宁的斯拉奇先生也被批判性地塑造为一个"腐朽"的艺术家形象,因为斯拉奇(Sludge)在英语中和"污泥"同音。通过斯拉奇先生的长篇独白,布朗宁探索了叙事艺术家在真理、虚构和谎言之间的斡旋。斯特罗克认为,"布朗宁和拜厄特通过他们的腹语术以及他们的叙述和人物,在以作家为媒介的文本中展示了一种共同的反唯我主义美学"[②]。换言之,腹语术使他们在想象中沟通了他们自己和亡灵,通过与幽灵的合体,在对话和磋商中再现了历史。

最后,这也是作家拜厄特的声音。依托古人,拜厄特也在表

[①] June Sturrock, "How Browning and Byatt Bring Back the Dead: 'Mr. Sludge, the Medium' and 'The Conjugial Angel'", *Journal of Literature and the History of Ideas*, Vol. 7, No. 1, 2009, pp. 19–30.

[②] June Sturrock, "How Browning and Byatt Bring Back the Dead: 'Mr. Sludge, the Medium' and 'The Conjugial Angel'", *Journal of Literature and the History of Ideas*, Vol. 7, No. 1, 2009, pp. 19–30.

达自己的艺术创作理念。在这一点上,她在论文集《论历史与故事》中谈及《占有》时的创作感想可为佐证:"《占有》和上述这些点都有关,腹语术,对死者的爱,文学文本作为持久的幽灵或灵魂的声音出现。我头脑里一直回旋着布朗宁采用复活法写就历史诗作的意象——布朗宁在《环与书》中将自己同时比作带给死尸以生命的浮士德和以利沙。"① 如同布朗宁曾用复活死人的腹语术方式创作出了《环与书》,拜厄特也在模仿布朗宁,用腹语术方式创作《占有》。

在这个意义上,我们也可以说上面托名为艾什创作的腹语术诗篇同时也是作家拜厄特发出的声音。拜厄特曾说,"作为作家,我非常明白一个文本即是其中全部的词,不仅仅是那些词,还有以前的其他的词,驻留徘徊,在其中回响……"② 她在小说中还借人物艾什之口,在自己采用腹语术精心炮制的艾什写给学术收藏家库珀祖母的信中直接论及写作和腹语术的关系。艾什写道:

> 我曾经用腹语术说话。我将我的声音借予过去已逝的声音和生命,将我自身的生活融于其中,它们如此这般在我们的生活中复苏,让我们见到与我们自身生活紧紧相扣的过去,犹如一种警惕,成为一种前车之鉴,而这也正是每个具有思考能力的男男女女所该做的事情。(第134页)

艾什认为作家的职责是"与死者交流",赋予过去新的声音。这种观点与文学理论家拜厄特在《论历史与故事》中针对腹语术表

---

① A. S. Byatt, *On Histories and Stories*: *Selected Essays*, Cambridge, Mass.: Harvard University Press, 2000, p. 45.
② A. S. Byatt, *On Histories and Stories*: *Selected Essays*, Cambridge, Mass.: Harvard University Press, 2000, p. 46.

达的观点如出一辙。腹语术的声音既是维多利亚时代诗人前辈借助腹语术文本为自己发声，也是作家拜厄特借助维多利亚话语为自己发声。这段话可以理解成作家拜厄特使用腹语术写作手法，模仿布朗宁的戏剧性独白从而塑造艾什这个虚构的维多利亚时代人物。同时，也可以理解为拜厄特在创作艾什这个角色时的真实想法，通过艾什之口构建她所理解的维多利亚时代。在这个意义上，艾什的腹语术文本在为过去的历史发声，这些声音也表达了拜厄特作为文学家后代的真实想法。借助腹语术，拜厄特不仅要继承前辈的思想，还要融入自己的想法，反过来为自己"发声"。

从《论历史与故事》中的论述可以看出，拜厄特对采用腹语术创作历史小说具有高度的理论自觉。她曾阐明了在当代语境下仍要采用腹语术的方式"复活"死者声音的必要性："腹语术之所以变得必要，是因为我感受到了当前文学批评和它在某种意义上探讨的文学文本的话语之间的鸿沟。现代批评很强大，将自己的叙事和重点加诸被它当作原材料来源或出发点的作品……这让我作为读者和作者都深受困扰。"[①] 基于对目前学界在文学文本和文学批评两者之间本末倒置状况的不满，拜厄特创作《占有》，是为了抛弃当代文学理论对维多利亚时期的意识形态建构，"把维多利亚时代复杂的思想者们从福尔斯、利顿·斯特拉奇（Lytton Strachey）颇具现代意味的戏仿以及利维斯（Leavis）、艾略特（尤其是对诗人的）轻贬意味的嘲讽中解救出来"[②]。前面引用的腹语文本也可以理解为她在主动代替维多利亚先辈发声。作为

[①] A. S. Byatt, *On Histories and Stories: Selected Essays*, Cambridge, Mass.: Harvard University Press, 2000, p. 46.

[②] A. S. Byatt, *On Histories and Stories: Selected Essays*, Cambridge, Mass.: Harvard University Press, 2000, p. 79.

腹语者（ventriloquist），她的声音和作为傀儡（dummy）的艾什/布朗宁的声音同时存在。

戴维斯在《腹语术与性别政治》中曾论及腹语术中"腹语者/傀儡"的关系：

> "腹语术"这个词总是让我们联想起一个人在用一个傀儡说话。这种情形下，声音的起源和实际操纵者并没有太大的冲突；充当傀儡可能会和腹语专家顶嘴，但是我们知道腹语表演者和傀儡之间的对话完全是由表演者操纵的。尽管并不为人所知，在新维多利亚文学关于腹语术的文学评论文章中，腹语者/傀儡的二元对立一直存在。但是，这样看来，腹语术这个说法带来的局限性不言自明了。腹语术这个概念，要求我们确定说话声音的出处，但是究竟谁是主宰者，却在力量较量中摇摆不定。这种情况下，就暗含着关于美学和道德的意味。①

在《占有》的大量腹语术文本中，究竟是谁扮演了傀儡？新维多利亚小说究竟是为新维多利亚人"发声"还是维多利亚前辈们最终操纵了新维多利亚文本，让当代作家成了木偶人从而丧失了自己的声音？学者们对此或有争议，笔者认为针对不同的新维多利亚文本，"腹语者/傀儡"之间的关系也会呈现为不同的模式。比如在约翰·福尔斯的《法国中尉的女人》中，腹语术的运用主要表现为对维多利亚时代背景惟妙惟肖的还原，对维多利亚叙事风格的逼真复现。如果从叙事声音的层面分析腹语术文本中"代理人/傀儡"的关系，会发现在这部小说中当代作家的叙事声

---

① Helen Davis, *Gender and Ventriloquism in Victorian and Neo-Victorian Fiction: Passionate Puppets*, London: Palgrave Macmillan, 2012, p. 6.

音始终处于主动地位,而维多利亚人则如同被操纵的傀儡。换句话说,在创作《法国中尉的女人》时,福尔斯并未被维多利亚人"附体",而是与那个时代保持了一定的"反讽"距离。福尔斯在《法国中尉的女人》的"前言"中指出,"19世纪的英国是一个极富侵略性的国家,它不仅对外不讲自由,对内亦无自由可谈。实际上,我的小说主题就是写在这样一个毫无自由的社会里,一个地位卑贱的女子是怎样获得自由的"[①]。作家先在的意识形态设定决定了维多利亚时期的价值观念很难被认同,作家虽然模仿了维多利亚时期的语言和叙事风格,然而并没有承担为维多利亚人发声的责任。潜在维多利亚表层叙事之下的完全是当代作家的叙事声音。他有时甚至不甘于被腹语术束缚,直接跳出来以元叙述者的身份表达自己对虚伪造作的维多利亚价值观念的批判。

拜厄特的《占有》中"腹语者/傀儡"的关系则是另一种情况。由前面分析可知,拜厄特对腹语术具有高度的理论自觉,她一直主动为维多利亚前辈艺术家代言,试图通过腹语术还原维多利亚知识分子的精神风貌。布朗宁等维多利亚诗人作为亡灵,无法自行发出自己的声音,只能通过当代作家的文字发出声音。然而,笔者认为,在《占有》中,幽灵作为被动发声的一方,并非任由代理人言说,而是会反过来"占有"作家,居于主动地位。仍以小说中艾什/布朗宁为例,细读文本会发现,作为幽灵,他的叙事声音一直在小说中回响。

首先,拜厄特在小说文本中引用了布朗宁的诗歌,他在直接发出自己的声音。如《占有》扉页所引用的长诗《斯拉奇先生:灵媒》,那是布朗宁通过维多利亚历史文献直接为自己发声。塔蒂亚娜·昆图(Tatiana Kontou)认为,小说中引用的历史文本,

---

[①] [英]约翰·福尔斯:《法国中尉的女人》,刘宪之、蔺延梓译,百花文艺出版社1986年版,中译本前言。

作为物质化的（materialized）鬼魂，不仅可以视为作家召唤亡灵的开场，也让作品本身成为"文本的降神会"[1]。布朗宁的《斯拉奇先生：灵媒》通过被引为《占有》的卷首语，它在新的文本语境中被作家赋予新的意义。作家的幽灵被召唤出来，与当代读者交流，让读者如同降神会的宾客一样在文本的降神会中共同参与对历史文本的理解和阐释。

其次，布朗宁通过拜厄特创作的大量腹语术诗歌和书信文本发声，比如前面提到的托名为艾什所作的《北欧众神之浴火重生》和《被施了魔法的木乃伊》等长诗。在这些利用腹语术创作的仿维多利亚诗作中，读者不必经由维多利亚和当代之间语境的转换，直接通过维多利亚式的文字感受到以布朗宁为代表的维多利亚诗人在科学和信仰之间的困扰，他们对想象力的推崇，以及在诗歌艺术上的不断探索。至少从读者的阅读体验上看，布朗宁如同起死回生的幽灵在为自己发声。拜厄特强调，再现历史应从古代人物的文化身份与艺术气质出发，模拟人物在具体历史情境中的独特声音，作家借由语言穿梭时空的魔力让逝去的灵魂附体于人物。在这个意义上可以说，拜厄特甘愿被诗人布朗宁附体，借助自己文字的媒介复活这位维多利亚历史上的伟大诗人，并通过他构建那个令作家本人无限着迷的维多利亚时代。

那么回到先前的问题，腹语术在不同的新维多利亚文本中会表现为"腹语者"和"傀儡"之间力量较量上的摇摆不定。戴维斯认为我们要确定说话声音的出处，究竟谁是主宰者，谁是傀儡，而"这种情况下，（腹语术）就暗含着关于美学和道德的意味"[2]。也是

---

[1] Tatiana Kontou, *Spiritualism and Women's Writing: From the Fin de Siècle to the Neo-Victorian*, New York: Palgrave Macmillan, 2009, p. 200.

[2] Helen Davis, *Gender and Ventriloquism in Victorian and Neo-Victorian Fiction: Passionate Puppets*, London: Palgrave Macmillan, 2012, p. 6.

在这个意义上，古特莱本认为腹语术是艺术尝试上的失败——现在的作家只是在用他们前辈的话语来发声。[1] 这种观点与弗雷德里克·詹姆逊如出一辙，后者曾表达了对后工业社会"拼贴杂糅"（pastiche）文化的批判，认为当代作家已经失去了原创性，唯有在"已经失去活力的语言中再造山河"[2]。笔者更倾向于认为新维多利亚小说中理想的"腹语者/傀儡"关系是维多利亚幽灵和当代作家的叙事声音和平共存，如同小说《占有》题目所暗示的，相互占有，彼此势均力敌。有学者指出，"《占有》中有各种不同的占有关系……最终究竟是学者们通过自己的研究和占有大量的资料从而在某种意义上占有了研究对象/过去还是研究对象/过去占有了研究者？拜厄特潜在地提出了这个问题，并且似乎想要表明，他们之间是一种互相占有的关系"[3]。笔者认同这种观点，在腹语术中，维多利亚人和作家只有相互"占有"，才能通过和平共存的平等对话关系最大限度地还原历史真相。

第三节　腹语术与新维多利亚小说再现历史的政治

历史与现实是通过文本、词语联系起来的，而采用维多利亚风格写成的腹语术文本是连接过去和现实的重要通道。腹语术文本带有过去和现在两种特征、两种声音，本身就是维多利亚和后现代两种意识形态借助文字和文本的媒介进行的交流和碰撞。拜

---

[1] Gutleben Christian, *Nostalgic Postmodernism*: *The Victorian Tradition and the Contemporary British Novel*, Amsterdam and New York: Rodopi, 2001, p. 15.

[2] Fredric Jameson, *Postmodernism, or The Cultural Logic of Late Capitalism*, London: Verso, 1991, p. 17.

[3] 宋艳芳:《占有之惑，〈占有〉之谜》，《当代外国文学》2004 年第 4 期。

厄特反对将当代社会现实与维多利亚的历史和传统完全割裂开来的行为，她主张回到维多利亚时代，在一个被科学和宗教之间的冲突所震动的世界里重新思考灵魂与肉体、精神与物质、生命与死亡等一系列问题。在《占有》中，拜厄特采用腹语术仿作了大量的诗歌、书信和日记，试图以第一人称"见证"的形式，从历史的内部"浮现"维多利亚时代已故前辈诗人的声音。这些腹语术文本是徘徊于历史与现实之间的幽灵所发出的声音，他们来自过去，却无可奈何地从当代作者口中说出，受制于当代语境下作者对维多利亚诗人和社会现实的理解与阐释。

拜厄特对于后现代思潮中将历史等同于文本，彻底放逐历史的观念表示了深刻的质疑，在《占有》中，她频频召唤布朗宁、罗塞蒂等维多利亚时代的不朽诗魂，努力倾听亡故诗人的声音，重现历史上的他人话语，寻找历史与现实的关联。但同时受怀特、福柯等后现代历史观念的影响，她也意识到实在论意义上的历史真实往往不可迄及，因此，她在对历史的重构中努力捕捉的只是来自过去的文本中的一些"微弱的声音"。在《占有》中，她如此描述当代学者罗兰阅读艾什著作时的感受：

> 他看见了树，果实，水流，女人，草地和蛇，形式单一又五花八门。他听到了艾什的声音，肯定是他的声音，他那准确无误的声音，他听到语言在周围流动，不受任何人、任何作者或读者之限，组合成自己的范式。他听到维柯在说初民们都是诗人，最初的词语就是物的名字……（第511页）

虚构人物罗兰的这种感受可以视为作家拜厄特真实心境的写照。罗兰在阅读中听到语言在周围流动、听到前辈艾什的声音、听到历史上维柯的声音，这种感受与拜厄特在《论历史与故事》

中的观点如出一辙。拜厄特指出,"作为一个纯然的读者我学会了一次又一次地倾听文本,直到它们显露出完整的形状,它们的声音,它们的思想和情感的节奏"①。这一方面呼应了前面所论及的拜厄特推崇腹语术是出于对当代批评理论对文学文本的过度阐释行为的反驳;另一方面也反证了拜厄特的腹语术创作是基于对文学创作中语言和真实悖论性关系的深刻反思。

拜厄特在《思想的激情》中曾引用艾瑞斯·默多克的话:"我们对语言的认识已经发生了很大的变化,我们不再理所当然地把语言当成交流的媒介。我们就像那些长久以来看向窗外,忽略了玻璃的人们那样——有一天开始注意起玻璃来。这种自我意识使诗人感觉到,语言整个的指涉特点已经成为一种无效的烦扰或羁绊。"②她还暗示了语言的"自我指涉"性给自己的创作带来的困扰:"文学理论关于语言是一个自我支持的系统、与事物没有关系的说法使我非常懊恼。因为我没有这样的体验。我不是幼稚地认为词语和事物是一一对应的,而是相互交织,如事物表面上覆盖着一个大的花网。"③换句话说,在拜厄特看来,后现代语境下我们既不可能天真地认为语言和事物存在固有的对应关系,亦不应该全盘否定语言的指涉和表意功能,而是应该在对语言的指涉功能保持自我意识的前提下,致力于探索表达"词与物的接近性",不要轻易放弃用自己的语言最大限度地传达真理的可能性。

拜厄特不赞成以德里达为代表的解构主义学者"文本之外,

---

① [英] A. S. 拜厄特:《论历史与故事》,黄少婷译,译林出版社 2016 年版,第 63 页。
② A. S. Byatt, *Passions of the Mind: Selected Writings*, London: Chatto & Windus, 1991, p. 177.
③ Michael Levenson, "Angels and Insects: Theory, Analogy, Metamorphosis", in Alexa Alfer and Michael J. Noble, eds., *Essays on the Fiction of A. S. Byatt: Imaging the Real*, Westport, Connecticutand London: Greenwood Press, 2001, p. 164.

别无它物"的观点。她虽然意识到历史书写不可避免的主观性和意识形态性，但仍然保持对"词语指涉事物"的执着，坚持维多利亚传统现实主义的叙事方法："我很喜欢那些维多利亚小说。读这些小说到结尾时，你会知晓每个角色的整个一生，从故事的结束到他们生命的终点。我喜爱这种写法，它让我愉快。"① 拜厄特坚持现实主义写作，但同时赋予现实主义以新的内涵，即对语言指涉事物的有限性的自觉意识。她希望"依据维多利亚时代词与词之间的关系，按照维多利亚的秩序，在维多利亚的语境下写作维多利亚的文字"②，这种腹语术文本为读者提供了可以栖居于其中的文本的物质世界，是重构维多利亚复杂多变的精神世界的基础。

拜厄特在《占有》和《婚约天使》中采用"腹语术"的形式成功达到了"寓过去于现在"的叙事目的，并实现了过去和现在在文本中的交流和对话。腹语术文本属于幽灵文本，既包含了"过去的现在见证"，又采用"寓言方式"推动这些已经死亡的见证"重新说出"它们和我们这个时代的联系。③ 幽灵的声音讲述了过去对现在的持久的萦绕，并以其双重时空性有效地连接了在场与缺场、历史与当下，开启了维多利亚和后现代两大意识形态和审美价值观念之间冲突和对话的平台。

在《占有》和《婚约天使》中，拜厄特有意在作家和灵媒之间进行类比，以隐喻的形式表达了历史小说家需具有的沟通过去和现在的"通灵"之能。有学者在论及拜厄特笔下的女性灵媒及

---

① Eleanor Wachtel, "Interview with A. S. Byatt", *Writers and Company*, Toranto: Knopf, 1993, p. 88.
② A. S. Byatt, *Passions of the Mind: Selected Writings*, London: Chatto & Windus, 1991, p. 46.
③ [英]霍华德·凯吉尔等：《视读本雅明》，吴勇立等译，安徽文艺出版社 2009 年版，第 149 页。

其隐喻时指出：

> 灵媒与作家/历史小说家、腹语术通灵与腹语术创作这两组互相映照的关系有极为突出的体现。在作者笔下的降神会演出中，灵媒一方面是被腹语术操纵的傀儡，另一方面也通过腹语术与在场或不在场的声音进行对话与协商，成为更为私人化和情感化的历史的书写者。为读者再现失落的世界、营造出"文本的降神会"的作者拜厄特也化身灵媒，搭建了沟通历史与当下的桥梁。[1]

艺术家/灵媒的身份类比可以说是拜厄特的《占有》《天使与昆虫》《孔雀与藤》等多部历史小说中的一个重要主题。在《思想的激情》中，拜厄特指出，新维多利亚时期信仰危机催生了大批怀疑主义者："人们需要在这个世界上听到和看到祖先和死去亲人的亡灵"[2]，而"唯灵论恰恰提供了亡故者灵魂存在的证明——他们（幽灵）的确可以被触摸并且为我们的感官所知觉"[3]。笔者认为拜厄特自比灵媒，是希望通过自己的虚构艺术，当下的读者与维多利亚时期的前辈亡灵可以进行对话和交流。《占有》中，"降神会"作为一种隐喻而存在，暗示拜厄特创作《占有》是要在虚拟的文本世界里实施一场今人与古人的想象性对话。而实现这一对话的重要途径就是作者的"腹语术"。如同降神会参与者希望通过灵媒的中介作用（包括灵视、自动书写、对自动书写的阐释等）召唤逝

---

[1] 闫琳：《腹语与通灵：拜厄特笔下的女性灵媒及其隐喻》，《英美文学研究论丛》30（2019 春），上海外语教育出版社 2019 年版，第 139 页。

[2] A. S. Byatt, *Passions of the Mind: Selected Writings*, London: Chatto & Windus, 1991, pp. 61–62.

[3] Nicola Bown and Carolyn Burdett, eds., *The Victorian Supernatual*, Cambridge: CambridgeUniversity Press, 2004, p. xv.

去的亡灵，与他们进行对话。同样，作家拜厄特希望读者通过她精心炮制的腹语术文本，经由小说家这一媒介进入虚构的文本与历史对话。在这个意义上，腹语术文本如同降神会上灵媒的自动书写文本，是在场或不在场的声音进行对话与协商的物质性媒介。

拜厄特在论文集《论历史与故事》中指出，《婚约天使》中的灵媒帕帕盖夫人是"化身布朗宁的'斯拉奇先生'，作为艺术家或历史学家的灵媒"[1]。帕帕盖夫人被描述为"了不起的故事编撰家"，经常从流言蜚语的线索中或是对他人的表情、语言和情感的观察中编织故事[2]；她还是"出色的心理学家"，擅长从不同的角度揣测人们的心理（第206页）。在降神会上，她对自动书写的运用也有赖于她对宾客细致入微的观察、了解与想象。索菲作为她的搭档，在诗歌韵律方面别有天赋。二人的组合，想象力、洞察力与诗性表达齐备，代表了拜厄特眼中的创作者身份。拜厄特指出，帕帕盖夫人热衷于唯灵论的实践，这并不完全源于信仰危机，更来自对当下生命体验的渴望与深入："无论是写作、癫狂还是胡言乱语都是为了当下，为了现在生活得更好。""与死人沟通是了解、观察和热爱活人的最好方式，不是了解他们客客气气推杯换盏时候的样子，而是能进入他们隐秘的自我，他们最深的欲望和恐惧之中。"（第186页）将作家与灵媒类比，小说文本无异于作家采用腹语术创作的大型"自动书写"文本，声音虽由维多利亚幽灵发出，但是最终的叙事目的却是通过与亡灵沟通，使当下人更好地生活。或如利文森所言，"拜厄特采用一种不只是聪明的类比，把圣经和19世纪小说的'后世'（afterlife）联结了起来。我们生活在

---

[1] A. S. Byatt, *On Histories and Stories*: *Selected Essays*, Cambridge, Mass.: Harvard University Press, 2001, p. 106.

[2] A. S. Byatt, *Angels and Insects*, London: Vintage, 1995, p. 182. 以下引自该书的内容均在引文后标明页码。

两者的阴影中。但我们的任务,正如拜厄特所领会的,不是逃离阴影走进当代的白昼之光,而是尊重和热爱我们老传统的需要,忠于信仰"①。《占有》与《婚约天使》中灵媒与腹语术的隐喻是历史/幽灵对话方式的生动体现。无论对小说中的人物还是小说外的读者来说,与历史对话的愿望是为了重塑自身与当下的现实。

小说中如此描述帕帕盖夫人在自动书写状态创作的幽灵文本:"涂涂抹抹中出现一条信息或者一张脸,如同一支漫步的铅笔溜进一双浓眉下会说话的眼睛的讲述中,改变节奏,从没有意义的记号到心急火燎的精确叙述。"(第 215 页)灵媒如同被幽灵力量操纵的傀儡,为其代言。可这种代言又绝非机械的模仿,而是具有个人风格的创造性表达。昆图认为,降神会上的自动书写文本是一种"对现实主义叙事和对目的论的、筛选过的、精英化的历史的反抗"②。与此类比,拜厄特等人的新维多利亚小说创作也不是一种傀儡式的被动模仿,而是维多利亚原作阅读体验的"中间桥梁"③,是解读与对话的呈现。

总之,新维多利亚小说中的腹语术表现了当代历史小说创作中独特的语言风格,它具有双重时空性和对话性的特征,表达了当代作家以自我怀疑、自我质询的风格探寻重新把握已远去的文学经典和历史的冲动。布鲁姆在《影响的焦虑》中告诫当代作家,"我们并不是与死亡角逐的新人。我们更像向亡灵问卦的巫师,竖起耳朵想听听死者的声音"④。迈克尔·利文森(Michael Levenson)也指

---

① Alexa Alfer and Michael J. Noble, eds, *Essays on the Fiction of A. S. Byatt*: *Imaging the Real*, London: Greenwood Press, 2001, p. 5.

② Tatiana Kontou, *Spiritualism and Women's Writing*: *From the Fin de Siècle to the Neo-Victorian*, New York: Palgrave Macmillan, 2009, p. 2.

③ Mark Llewellyn, "What is Neo-Victorian Studies?", *Neo-Victorian Studies*, Vol. 1, No. 1, 2008, pp. 164 - 185.

④ Harold Bloom, *The Anxiety of Influence*, Oxford: Oxford University Press, 1977, p. 154.

出,"创作历史小说的行为本身就是唤起死者,就是使已埋葬的过去复活"①。在这个意义上,腹语术为当代作家提供了一种书写维多利亚历史的新的语言风格和写作范式。"腹语术"打造了当代作家、读者与维多利亚他者相遇和对话的文本场域。通过对维多利亚时代杰出诗人创作技法和文字风骨的复活,或者对被维多利亚主流价值观念边缘化的"另一种维多利亚人"的修正主义书写,新维多利亚小说中腹语术的使用,使得维多利亚亡灵在"通过他者言说"和"被他者言说"的矛盾张力中实现其身份构建,②同时也实现了作家在与幽灵的磋商中重新书写历史的叙事目的。

---

① Michael Levenson, "Angels and Insects: Theory, Analogy, Metamorphosis", in Alexa Alfer and Michael J. Noble, eds., *Essays on the Fiction of A. S. Byatt: Imagining the Real*, Westport: Greenwood, 2001, p. 172.

② 徐蕾:《当代英国历史小说与"腹语术"——兼评 A.S. 拜厄特〈论历史与故事〉》,《当代外国文学》2016 年第 3 期。

第三章　游荡的场所：新维多利亚小说幽灵叙事的空间维度

本体论的空间性使人类主体永远处于一种具有塑造能力的地理位置，并激发了对认识论、理论构建以及经验性分析进行一种激进的重新概念化的需要。构建一种空间化的本体论，仿佛是地理探索和地理发现的一次远航。

——爱德华·W. 苏贾《后现代地理学：重申批判社会理论中的空间》

时间和空间问题是现代主义和后现代主义小说中的重要论题。在艾略特的《荒原》中，诗人以现代主义笔法描写了梦想破碎的现状，从而造成时空连续性的缺失，但是潜在的空间结构仍旧依稀可辨：现代主体前三章一直在以伦敦为中心的欧洲荒原上徘徊，然后第四章开始转向西亚，并在第五章奔走于西欧、北欧和南欧之间，最后空间的箭头停留在了亚洲南部，从而"绘制了一副若隐若现的路线图，以作为对话片段空间模式的补偿。语言地图大范围的位移则象征着现代人类痛苦的心灵诉求"[1]。换言之，现代主义的意识流叙事虽然打破了传统的时间和空间概念，呈现为复杂、凌乱和破碎的空间结构，然而在"内心关联的完整

---

[1] 郭方云：《文学地图学》，商务印书馆2020年版，第162页。

图式"或"内心关联的原则"意义上，这部作品的空间结构具有整体统一性。[1]

不同于现代主义小说，新维多利亚小说中的幽灵叙事使小说文本呈现出空间本体性的特征。幽灵批评将历史理解为"各种侵扰徘徊不去的场所"，新维多利亚小说文本是幽灵游荡的场所，是当代人和维多利亚幽灵"遭遇"和对话的物质性媒介。本部分结合空间叙事理论探讨新维多利亚小说幽灵叙事的空间维度。W. J. T. 米切尔（W. J. T. Mitchell）将文本的空间属性划分为四个层面：文本物理存在的字面层；表征、描绘或象征世界的描述层；描绘情节顺序的时间序列层；抽象化的主题意义呈现层。[2] 加布里埃尔·佐伦（Gabriel Zoran）将时间因素纳入对文学空间本质的探讨，将上述四个层面重构为文本结构层次、时空体结构层次和地形学结构层次。米切尔和佐伦的文本空间结构理论为本部分对幽灵叙事空间维度的分层论述提供了理论支持。

佐伦在《走向叙事空间理论》一文中将文本和文本所再现的世界视为一个整体空间，从水平与垂直两个轴研究了空间的不同层次。从纵向上看，文本空间结构可分为三个层次：①地志学（topographical）层次，即作为静态实体的空间；②时空体（chronotopic）层次，即事件或行动的空间，也可以简称为"时空"；③文本（textual）层次，即符号文本所表现的空间。结合纵向的空间层次划分，佐伦还从水平维度上将空间结构划分为三个层次：即总体空间（total space）、空间复合体（the complex of space）与空间单位（units of space）。[3] 结合上述文本空间结构分层理论，本章从三个

---

[1] 郭方云：《文学地图学》，商务印书馆2020年版，第162页。

[2] W. J. T. Mitchell, "Spatial Form in Literature: Toward a General Theory", *Critical Inquiry*, No. 6, Spring 1980, pp. 550–553.

[3] Gabriel Zoran, "Toward a Theory of Space in Narrative", *Poetics Today*, Vol. 5, No. 2, 1984, pp. 316–320.

层面展开论述：首先，"新维多利亚羊皮纸"与幽灵叙事的文本空间，主要从文本物理存在的字面层展开论述；其次，"幽灵"与空间本体性，主要从幽灵"在场又缺席，游离不定，无处不在，又不受时空局限"的属性探讨幽灵叙事的空间本体性；最后，从幽灵文本的（超）物质性，探讨新维多利亚小说的"总体空间"。"幽灵"的侵扰、游荡及其对历史的不同言说，使新维多利亚小说文本成了当代作家与幽灵冲突、磋商和对话的"场所"，历史的线性发展观念受到颠覆和质疑。

第一节 "新维多利亚羊皮纸"与文本的物质性

德里达曾提出"幽灵文本"（texte fantome）的概念："在一个幽灵文本中，这些区分，即引号、参照或引语，都会无可挽回地变得不可靠；他们只留下一些踪迹，而我们永远无法定义踪迹，也永远无法定义幽灵——如果不是以寓意和反话的方式求助于一个来解释另一个的话。"[①] 德里达在读者阅读的意义上界定了幽灵文本所具有的介于在场与缺场之间的悖论性特征。他认为"踪迹"作为文本中幽灵的物质显现，对于阅读至关重要，因为它们通过"寓意"和"反话"向读者揭示"不可显示的文本空间"。

纳丁·伯姆和苏珊·格鲁斯指出，新维多利亚小说"创造了一个虚构的空间……对物质空间的虚构性渲染暗含着一个认识论上的问题，即读者如何在新维多利亚时代的文本中接近过去"[②]。作为

---

① ［法］雅克·德里达：《多义的记忆——为保罗·德曼而作》，蒋梓骅译，中央编译出版社 1999 年版，第 90 页。

② Nadine Boehm-Schnitker and Susanne Gruss, "Introduction: Spectacles and Things—Visual and Material Culture and/in Neo-Victorianism", *Neo-Victorian Studies*, Vol. 4, No. 2, 2011, pp. 1–23.

幽灵文本，新维多利亚文本的"在场"表现在它自身的文本性存在，小说文本构成了读者"接近过去""触摸过去，看见过去"的物质性媒介。[1] 新维多利亚的"缺场"主要表现为作为叙事对象的维多利亚人，尤其是在历史叙述中被遗忘的另一类维多利亚人，他们处于不可避免的缺席状态。新维多利亚小说的幽灵叙事是通过历史书写召唤幽灵，但其意义更在于"向人们展示在文本中缺席的、先前遭受焚毁的事物"[2]。新维多利亚小说的幽灵文本具有空间性和开放性的特征，其文本意义一直"在生产和抹擦之间"，而过去通过"踪迹"和"文本幽灵"活在我们中间，对我们说话。[3]

在这个意义上，马克·卢埃林（Mark Llewellyn）在《什么是新维多利亚小说研究》一文中提出"新维多利亚羊皮纸"的概念，用以描述新维多利亚小说的幽灵文本特征。他说："羊皮纸的重要性不在于旧瓶装新酒，而在于一页纸上同时存在两种叙述，占据同一篇幅，并使用怪异、晦涩、不同的语言进行交流。"[4]新维多利亚小说是"对19世纪某个事件的回写，目的是将前文本的要旨以新鲜的、更有活力的方式传递给当代"[5]。这一概念类似于德里达"删除号下的书写"（writing under erasure）。德里达认为，对于一些不易全盘否定的概念，如言语、自然、理性、在

---

[1] Nadine Boehm-Schnitker and Susanne Gruss, "Introduction: Spectacles and Things—Visual and Material Culture and/in Neo-Victorianism", *Neo-Victorian Studies*, Vol. 4, No. 2, 2011, pp. 1–23.

[2] ［法］雅克·德里达：《多义的记忆——为保罗·德曼而作》，蒋梓骅译，中央编译出版社1999年版，第166页。

[3] ［法］雅克·德里达：《多义的记忆——为保罗·德曼而作》，蒋梓骅译，中央编译出版社1999年版，第166页。

[4] Mark Llewellyn, "What is Neo-Victorian Studies?", *Neo-Victorian Studies*, Vol. 1, No. 1, 2008, pp. 164–185.

[5] Mark Llewellyn, "What is Neo-Victorian Studies?", *Neo-Victorian Studies*, Vol. 1, No. 1, 2008, pp. 70–171.

场等，都可以在删除号下来书写，它们在又不在，肯定又否定，有形又无形，传统的既定的含义一方面被删除了，一方面又留下了踪迹。德里达说："那个删除号并不仅仅是否定的符号，它是一个时代的最后的文字，在它的笔触下先验意指的在场方面是被删除了，一方面仍然留下了清楚的踪迹。"①

面对被加上删除符号的语词，事实上读者根本无法知道这词还剩下多少先有的含义来供他领会。如给"在场"一词加上删除号，这无疑就是一笔勾销了"在场"这词所表达的具体内容，让人只盯住白纸黑字却无法思考"能指"背后的"所指"。德里达理论中的另一个中心概念"踪迹"（trace）也与此相关。德里达认为，给特定的语词加上删除号，虽然消抹了这个词，但毕竟留下了形迹，而正是这形迹或者说回声赋予话语以即兴式的意义，使它转瞬即逝，片刻便无踪影。如此，传统概念和范畴踪迹仍在，但内涵与外延却与先时不可同日而语了。德里达还指出：

> 无论是在书写还是口说的话语中，没有哪个要素能不联系到另一个本身不是种单纯在场的要素，而能起到符号的功能。这联系意味着每一"要素"，无论是声音的还是字符的，都是连涉它自身内部同一系统中其他要素的踪迹，而得以构成。这联系，这一张交织网，就是文本，它完全是生成于另一个文本的转化。诸要素也好，系统本身也好，其间绝无单纯的在场和缺场。一切都是差异，都是踪迹的踪迹。②

---

① ［法］雅克·德里达：《论文字学》，汪堂家译，上海译文出版社1999年版，第52页。
② ［法］雅克·德里达：《多重立场》，余碧平译，生活·读书·新知三联书店2006年版，第37—38页。

第三章 游荡的场所:新维多利亚小说幽灵叙事的空间维度

德里达的"幽灵"和他的"删除号下的书写""踪迹"等概念密切相关。幽灵文本如同"羊皮纸"(palimpsest),布满各种"信息"和"踪迹",有待读者破解和诠释。一个文本会无限地向其他文本开放,将读者引向被幽灵改变了物质的前在状态,关注文本背后缺场的意义,即"羊皮纸、莎草纸、普通纸张等在文字被擦掉后所能保留下来的物质"[①]。庞特认为,那些"被擦成空白的物质总是在等待着被书写的现实,它们恰好就是幽灵的实质"[②]。幽灵批评的阅读方法将文本视为写在羊皮纸、莎草纸上的符号或信息,认为文本的意义要通过"擦抹"后的信息及其背后的蛛丝马迹显现出来。

如果将新维多利亚文本解读为"羊皮纸",可以认为它构成了小说叙事的物质性层面,是作家、读者、维多利亚历史文本和维多利亚幽灵之间交流的媒介。小说中插入的大量维多利亚历史文本如同被加上删除号的文字,一方面维多利亚时期的历史需要借助这些散落的文本"碎片"来还原,另一方面当代作家通过把这些历史文献"挪用"到新的语境,不可避免地造成文本意义的迁移、置换、修正和再生产。这表现在两个方面:首先,作家以置换的方式使处于边缘和碎片的历史逸事达到中心的位置;其次,作家在重访历史时怀旧和反讽等意识形态的介入,使挪用的原文本意义被"漂移"和"修正"。

新维多利亚羊皮纸式的历史写作使文本物理存在的字面层呈现出碎片化特征。新维多利亚小说"挪用"了大量的维多利亚历史文本。这些"嵌入的文本"(imbedded texts)本身即是来自历

---

① [英]戴维·庞特:《幽灵批评》,[英]朱利安·沃尔弗雷斯编著《21世纪批评述介》,张琼、张冲译,南京大学出版社2009年版。
② [英]戴维·庞特:《幽灵批评》,[英]朱利安·沃尔弗雷斯编著《21世纪批评述介》,张琼、张冲译,南京大学出版社2009年版。

史深处的"幽灵"的声音，它们作为"踪迹"被嵌入叙事之中，使历史被文本化，成为"各种侵扰徘徊不去的场所"。前面已经提到当代作家在"挪用"历史文本的过程中涉及怀旧和反讽等意识形态植入。事实上，在当代理论话语体系中，"挪用"是一个重要的概念。新历史主义把"挪用"纳入自己的理论体系之中，使之从日常用语转向了文学理论术语，给予其丰富的文化诗学理论内涵。"挪用"是一种互动互渗的积极的重读、重写和建构。斯蒂芬·格林布拉特（Stephen Greenblatt）在《莎士比亚的商讨》一书中指出，历史现实与文学文本、意识形态等之间存在着一种社会能量的"商讨"和"交换"，这种能量具有"产生、塑造和组织集体身心经验的力量"[①]。文学文本是社会能量"挪用"的场所和载体，而文本实现有效增殖的途径即是"挪用"。社会能量的流通只能通过各种社会历史文化因素之间的多元化"挪用"和整合来实现。

我们无法回归并亲历完整而真实的过去，我们体验历史不得不靠残存的历史文献。这些文献不仅携带着历史修纂者的个人印记，而且是"经过保存和抹杀的复杂微妙的社会化过程的结果"[②]。新维多利亚小说对维多利亚历史文本的大量"挪用"，是对"历史的文本化"的"再文本化"。当"挪用"的原文本植入新维多利亚小说新的语境中时，文本意义被再次置换、修正和再生产，同时也不断流通、扩散和增殖，使得历史被无限地文本化和再文本化。"挪用"作为一种文学手法在新维多利亚小说中的大量使用，不仅拼凑出了后现代消费文化语境下的维多利亚历史景观，实现了"现在对过去的意识形态殖民"，而且更重要的是，

[①] Stephen Greenblatt, *Shakespearean Negotiations*, University of California Press, 1989, p. 101.

[②] H. Aram Veeser, ed., *The New Historicism*, Routledge, 1989, p. 20.

挪用使维多利亚时期的历史在文本化和再文本化的过程中,确定的意义不断被"延宕"(differance),稳定封闭的文本结构被消解成没有终极意义的多元文本结构,历史在被放逐为"遥远的异国他乡"的同时,有关历史叙事和再现的本体问题被凸显出来,引发读者的思考。

以《法国中尉的女人》为例。这部小说每一章之前几乎都有引语。这些引语大都取自维多利亚时期的真实历史文献,既包括马克思的《资本论》等经典历史文献[1]和达尔文的《物种起源》,也包括丁尼生和哈代等维多利亚著名诗人的诗作[2],甚至还包括一些维多利亚时期的社会调查报告。例如第35章前同时引用了哈代的诗歌《她的不朽》和1867年的《儿童雇佣委员会报告》:

我甜蜜地逗留在这里,
唯一的力量就在你身上。

——哈代《她的不朽》[3]

在医院里,许多十四岁——甚至十三岁——到十七岁的姑娘受孕了以后,被禁闭在这儿。姑娘们承认,在她们去田里干活或干活回来的时候,她们的大祸临头了……这段年龄的小伙子和姑娘们去干活,得走五六英里或六七英里路,他们沿着大街小巷成群结队地走。我曾亲眼看到十四到十六岁之间男女少年不堪入目的非礼行为。有一次,我看到一个姑娘在路边被五六个小伙子侮辱。其他一些年长的人们离他们

---

[1] 在《法国中尉的女人》中,有五则引文来自马克思作品,分别是《资本论》(第7章)、《1844年经济学哲学稿》(第12章)、《德意志意识形态》(第30章)、《共产党宣言》(第37章)和《神圣家族》(第42章)。

[2] 其中引自丁尼生《悼念集》9则、《莫德》11则,哈代诗歌9则。

[3] [英]约翰·福尔斯:《法国中尉的女人》,陈安全译,云南教育出版社2007年版,第189页。以下引自该书的内容均在引文后标明页码。

约二十至三十米远，但他们熟视无睹。姑娘大声叫喊，使我停住脚步。我也曾看到一些小伙子在小溪里沐浴，而十三至十九岁的姑娘们则在岸上观看。

——《儿童雇佣委员会报告》(1867)（第 190 页）

哈代的诗歌在《法国中尉的女人》中被引用了 9 次，而且小说开篇对莱姆海湾、大海、海岬、防波堤、孤独地站在海岬一头的黑衣女郎（女主人公萨拉）的描写与托马斯·哈代对景色、人物的描绘非常相似，是对哈代叙述风格的刻意模仿。笔者认为福尔斯引用哈代诗歌、模仿其叙事风格，主要是试图通过历史人物哈代的"声音"，还原 1867 年故事发生时新英格兰地区的历史文化语境。这也解释了为何福尔斯紧接着将前面那段引自 1867 年的《儿童雇佣委员会报告》的历史材料与哈代诗歌并置。为了将 1867 年新英格兰地区的历史"文本化"，作者引用了诸多相关的历史文献，比如下面这段托马斯·哈代的医生仍在世的女儿的"见证"："19 世纪农场工人的生活和现在大不相同。例如，婚前怀孕在多塞特的农民中完全是正常的，等到肚子藏不住了才结婚……原因是工人工资低，每个家庭都需要保证有更多的人手去挣钱。"（第 191 页）这段证词与前面所引《儿童雇佣委员会报告》相互印证，都是为了说明维多利亚时代英格兰农村的性状况远非当代读者想象得那样保守："当时比较纯朴的社会所谓的'尝后再买'（用我们现在的行话就叫婚前性交）是规则而不是例外。"（第 190 页）此外，福尔斯还引用了 1867 年詹姆斯·弗雷泽牧师的日志进行佐证。弗雷泽牧师在叙述中指出，囿于居住条件恶劣，在新英格兰地区"体面是难以想象的事。乱伦现象十分普遍"（第 190 页）。

这些历史"碎片"被作者穿插到小说文本之中，构建了虚构人物查尔斯和萨拉活动的"真实"历史语境。然而它们属于"删除号下"的文字，被"挪用"到新的文本语境中之后，其文本意义也被修正和再生产。第35章卷首所引《她的不朽》是哈代采用超自然的元素写给表妹特里费纳的情诗。在这首诗中，特里费纳的鬼魂被赋予了话语权，诉说自己去世多年，没有几个人记得她，诗人回应她的爱意，与她约定"我甜蜜地逗留在这里／唯一的力量就在你身上；／我完全信赖你的衷心，／无论天长还是日久"。哈代在诗中述说着他与特里费纳超越生死的爱情，这是来自历史深处哈代的"幽灵"发出的声音。然而元叙事者以全知叙事口吻说：

> 一八六七年，哈代二十岁，从伦敦学完建筑回到多塞特郡，深深地爱上了十六岁的表妹特里费纳，并且和她订了婚。可是五年之后，婚约莫名其妙地解除了。现在虽然还不能绝对证明，但事实似乎已经很清楚，原因是有人向哈代透露了家族中一段十分丑恶的隐情：特里费纳不是他的表妹，而是他的私生的同父异母妹妹的私生女儿。哈代的许多诗歌对此均有所暗示：《小门旁》《她没有回头》《她的不朽》。（第192页）

不仅如此，《她的不朽》还被作者加了脚注："在哈代写的有关这一问题的诗歌中，这一首不是最好的，但是它透露的信息最多。"（第190页）所以哈代"我甜蜜地逗留在这里／唯一的力量就在你身上"这两句诗，如同加了"删除号的文字"，在新的语境中它们的字面意义被剥离，而文字背后被遮蔽的历史真实浮现出来。读者借助福尔斯"羊皮纸式的历史书写"，窥见了"哈代竭力保护的他自己和他父辈性生活的秘密"。在这个意义上，《法国中尉的女人》对《儿童雇佣委员会报告》(1867)，哈代的医生仍在世的女儿的"证词"和詹姆斯·弗雷泽牧师的日志（1867）等历史文献的引用都是为了证明这一"新维多利亚羊皮纸"浅层叙事背后的历史真相。福尔斯还安排元叙事者以当代人的身份，直接告诉读者"哈代是试图打开维多利亚时代中产阶级性生活潘多拉之盒的第一人……哈代的秘密直到20世纪50年代才被发现"（第190页）。

在这个意义上，《法国中尉的女人》既是对维多利亚时代小说的重构，也是对它的解构。这部小说叙事的表层是通过对维多利亚历史文献的拼凑所讲述的查尔斯、萨拉和欧内斯蒂娜的爱情故事。然而，维多利亚历史文本被嵌入新的文本语境，尤其是经过游离于故事层之外的元叙事者当代视角的聚焦，挪用的历史文本原来的意义被修正，并在"再文本化"的过程中不断产生意义增殖。仍以前面所引第35章为例，笔者认为对哈代家族乱伦丑闻的揭示只是"羊皮纸的一面"，一层又一层铺展开来，尤其是经元叙事者的当代阐释，更多的意义不断生成。福尔斯通过精心选取历史文献重构了1867年维多利亚时期新英格兰地区人们的性生活状况，但是他毫不避讳自己对材料的选取过程和叙事动机：

在每一个时代，大多数见证人和记者都属于受过良好教育的阶级，因此在整个历史发展进程中就产生了一种少数人歪曲现实的现象。我们认为维多利亚时代的人过分拘谨，坚持清教徒式的生活准则，而且还渐渐把这种观点扩大到维多利亚社会的一切阶级，其实那只是中产阶级对中产阶级精神特质的看法。狄更斯小说中的工人阶级人物个个都很滑稽可笑（或者很可怜），堪称举世无双的一系列怪人，但是如果我们要寻找客观的现实，我们必须到别的地方去找——查梅休的著作，查各种委员会的报告等。最能反映这种客观现实的是他们生活中有关性方面的内容，而狄更斯（他自己就缺乏某种真实性）和其他一些与他齐名的作家却把这方面的内容全部略去。（第191页）

这里的叙事者是深谙当代理论话语的元叙述者，他戏仿维多利亚全知叙事者的声音，揭露了维多利亚时期所谓的经典叙事对历史事实的意识形态遮蔽和刻意删减，并认为最能反映历史真实的是梅休的社会学著作和各种委员会的报告等历史资料，通过引入这些边缘性的历史文献，不同于官方叙事和主流叙事的声音不断浮现出来。当然从这段夫子自道式的元叙述中，读者能明显感知作家福尔斯修正主义的叙事动机。

不仅自揭虚构，在对哈代的历史重构中，元叙事者一再从当代视角诠释父辈的乱伦事件对哈代创作的影响。可怕的家族秘密迫使哈代和特里费纳分手，之后，作家以她为原型创作了许多诗歌和小说。元叙事者指出：

这种精神紧张状态——在色欲与克制、无穷的思念与不断地抑制诗情的宣泄与悲剧式的责任之间，在肮脏的事实与其高尚用途之间所造成的，使当时最伟大的作家之一充满了活力，也诠释了他的创作，还超越作家本身，构造了整个时代。（第192页）

元叙述者采用这种超越故事时间的当代视角，引导读者跳出维多利亚时代的价值观念，重新思考"羊皮纸上"一再涂改、擦除和重新书写的文字，使读者洞悉历史叙事的意识形态建构性本质。问题是，作家本人在羊皮纸上新添的对哈代的叙事是真实可靠的吗？未必。作家坦陈这同样经过了他本人的材料筛选过程和当代理论话语的意识形态重构。

以上通过对《法国中尉的女人》的细读，从文本物理存在的字面层论述了"新维多利亚羊皮纸"式的历史书写对挪用的历史文献所进行的意义修正，在此基础上扩充了叙事的文本空间。"羊皮纸"的每一页上都存在两种叙述，占据同一篇幅，如同被添加了删除号的文字，它们在新的语境中获得新的意义，同时也与原来的意义进行交流。在文本物理存在的字面层，另外值得一提的是《法国中尉的女人》大量使用的别出心裁的脚注。

据笔者考察，这些"脚注"所涉及的材料是真实存在的历史文献和作者虚构的历史材料的混合。林达·哈琴（Linda Hutcheon）认为，脚注的形式，一方面有利于叙述者对维多利亚传统进行点评，显示自己的学识和叙述的权威性，另一方面还有利于他天马行空地穿梭于历史与当下、虚构与现实之间，随心所欲地批评和揶揄维多利亚时代的保守和虚伪。林达·哈琴说：

> "脚注"作为自我指涉（self-reflexive）的符号，一方面使读者确信所引历史资料的真实性；另一方面打断了我们的阅读过程，使我们无法创造一个连贯而又完整的叙事虚构。换句话来说，"脚注"既离心地又向心地在起作用。[1]

"脚注"除了"自我指涉"之外，更重要的功能是大大扩充了《法国中尉的女人》的文本空间。比如，同样在第 35 章，当元叙事者对当代人与维多利亚人的性观念和性生活做了一阵对比之后，仿佛为一篇论文寻找历史资料，采用"脚注"的形式，权威

---

[1] Linda Hutcheon, *Narcissistic Narrative: The Metafictional Paradox*, London: Routledge, 1980, p. 211.

而又一本正经地叙述了维多利亚时期的人们如何使用避孕套,试图破除读者对维多利亚人呆板节欲的模式化想象。然而,作者这种学究性的论述却暗含讥讽,使读者强烈感受到维多利亚人道貌岸然的滑稽形象:

> 第一个尝试写作现代"性知识手册"的是乔治·德赖斯代尔博士,他的书名起得有些拐弯抹角:《社会科学要素;或肉体的、性的与自然的宗教。论三大罪恶——贫困、卖淫和禁欲——的真正根源和唯一对策》。该书于1854年出版,读者甚众,且译成多种外文。下面是德赖斯代尔的实用性建议,包括最后括弧内泄露天机的说明:"避免怀孕的方法有:射精之前把阴茎抽出(已婚和未婚男人使用此法极为普遍);使用阴茎套(此法也很常用,但是欧洲大陆比英国更普遍);往阴道里塞进一片海绵……或者在性交后立即往阴道里注入温水。"(第229页)

此处,"脚注"不仅为作者的观点(即维多利亚时期人们性观念的虚伪性)提供了史料支持,而且使小说的文本空间无限扩大,几乎可以囊括与维多利亚时期相关的一切边缘性历史资料,同时还包括作家对这些历史资料的主观诠释。与前面所述"新维多利亚羊皮纸"式的历史书写结合起来,"脚注"构成了羊皮纸边缘的解释性文字,以"自我指涉"的元小说叙事形式揭示了那些一再被涂改和重写的羊皮纸上的文字背后的秘密。

综上所述,在文本物理存在的字面层,新维多利亚小说表现出"羊皮纸"式涂抹性书写本质。读者不能仅仅停留在叙事的表面,而是要进入"不在场的场所",回归到先于某个文本的诸多文本之中,在与幽灵的对话中触及历史的"真相"。在这个意义上，幽灵叙事的文本空间可以向前无限延伸，因为所有的文本都受制于前文本，以此类推，无可穷尽。空间性的文本容纳了相互冲突的多种"声音"，不仅有在场的声音，还包括幽灵的声音。小说文本由此成了幽灵和当代作家以及读者对话和磋商的物质性场域。

第二节　幽灵叙事与空间化本体性

　　幽灵批评认为文学文本充满各种幽灵的侵扰。这些幽灵可能是作者隐秘的思想历史无所不在的侵入、来自无数前文本的萦绕、当代意识形态的介入；也可能是作者或人物潜意识中被压抑的欲望和储藏在记忆洞穴里的创伤以幽灵的方式返回。新维多利亚小说采用幽灵叙事描写维多利亚幽灵对当代人的萦绕，小说叙事时间和整个叙事结构呈现为空间化的特征。因为幽灵在场又缺席，游离不定，无处不在，不受时空局限，新维多利亚小说对幽灵的再现显然无法按照传统的线性时间展开。笔者认为当代作家有意将小说文本视为幽灵出没的"场所"和埋藏各种创伤的"洞穴"。通过小说的文本空间，维多利亚幽灵被唤醒，在"洞穴"周遭游荡，与当代读者"遭遇"，并通过超越时空的对话与磋商，努力还原"创伤"历史的真相。在这个意义上，新维多利亚小说呈现出空间化本体性的特征：叙事围绕创伤发生的"此时此地"（now and here）展开，将文本还原为"各种侵扰徘徊不去的场所"[1]。在本部分中，笔者借用列斐伏尔和苏贾的后现代空间理

---

[1]　[英] 戴维·庞特：《幽灵批评》，[英] 朱利安·沃尔弗雷斯编著《21世纪批评述介》，张琼、张冲译，南京大学出版社2009年版，第355页。

论,在空间本体化的层面论述新维多利亚小说中的幽灵叙事。

"空间化本体性"是爱德华·苏贾提出的概念。苏贾借用福柯、伯杰、詹姆逊、特别是列斐伏尔的观点,试图使传统的历史叙事空间化。而这种"空间化转向"不是语言学的或者说地理学的学科性质上的,而是全面的本体论化的建构。值得注意的是苏贾的"空间化本体论"概念是在对萨特和海德格尔存在与时间的本体论进行批判的基础上提出的。海德格尔的《存在与时间》从"此在"出发追问存在的意义,把时间看成"此在"存在的境域,对"此在""世界"以及"在之中"的阐释都是依据"时间性"来进行的。"在之中"不是一物现成地在另一物之中,不是空间上的在。是"此在"在世界中的历史性、时间性的展开活动。因此,世界不是一种现成的空间或场所,而是"此在"本身的展开状态,它是"此在"通过现身、领会、言谈组建、构成或开展出来的。苏贾不赞成海德格尔存在主义理论中对"空间性"的放逐,明确指出问题不是"存在与时间",而是"存在与空间":

> 这涉及一种本体论的抗争,以恢复对存在和人类意识进行有意义并基于存在的空间化,建构一种社会本体论,其中空间从一开始便至关重要。我参与这一抗争,首先是对萨特和海德格尔歪曲时间的本体论进行批判性的重新评价,他们是20世纪关于存在问题的最具影响力的理论家;然后对安东尼·吉登斯提出的时间—空间构建经过翻新的社会本体论进行分析和拓展。以吉登斯为依据,人们可以更清楚地看到一种以存在为结构的空间拓扑学以及附丽于在世界中存在的状态的普通概念,这是对体现于多层次地理学的社会存在的一种基本语境化。这种多层次地理学是由社会创造和社会区

分的结点性区域，以不同的规模存在于游移不定的人类私人空间和人类居住地更加固定的公共场所周围。这种本体论的空间性使人类主体永远处于一种具有塑造能力的地理位置，并激发了对认识论、理论构建以及经验性分析进行一种激进的重新概念化的需要。构建一种空间化的本体论，仿佛是地理探索和地理发现的一次远航。[①]

即使海德格尔后期也提出了关于存在的空间—时间性问题，肯定了"位置"作为隐匿于历史的一种基本的本体论范畴的重要性。但是，他并没有对此进一步展开，更不用说建构体系化的空间性本体论。苏贾的本体论的空间性是在"存在"问题上对海德格尔理论的质疑和完善。苏贾致力于寻求恰切的本体论和认识论上的空间性定位，即在西方的哲学传统中的一种积极的空间"位置"。他认为西方的哲学传统将时间分离于空间，而且在本质上将时间性置于优先考虑的地位，勾销了空间性的本体论和认识论的重要性。他主张在安东尼·吉登斯提出的时间—空间构建理论基础上建立本体论意义上的、以存在为结构的"空间拓扑学"，真正还原世界中存在的空间化状态。他认为本体论的空间性可以打破人类思想史上时间对存在意义的束缚，使人类主体永远处于一种具有塑造能力的地理位置。苏贾解释道：

> 空间—时间辩证关系的本体论边缘，这是横向体验与纵向体验两者之间的一种存在主义的张力，即对空间、时间和存在进行一种平衡的阐释的可能性。然而，时间的首要性是无法抵制的。海德格尔用以下的方式回答了自己提出的问题：此在

[①] [美] 爱德华·W. 苏贾：《后现代地理学——重申批判社会理论中的空间》，王文斌译，商务印书馆 2004 年版，第 11 页。

的建构及其之所以成为此在的诸种方式。惟有建基于时间性，这在本体论上才有可能，不论这一实体是不是发生于时间。[①]

在《存在与时间》中，海德格尔主要是依据时间性和周围世界的性质来阐释空间性，空间并不具有与时间对等的地位。虽然海德格尔当时已意识到以时间性理解空间性的某些不妥，但最终还是将"此在的空间性"也归结到"时间性"上去，认为"此在"特有的空间性奠基于时间性。苏贾的本体论的空间性立足于存在主义哲学中时间—空间的辩证关系。苏贾不赞同海德格尔将存在建构于时间性之上，提出空间性本体论是为了"对空间、时间和存在进行一种平衡的阐释的可能性"。苏贾区分了三种空间：物质空间、心理空间和社会空间，认为"将三者之间的彼此联系的阐释捆绑在一起的，是关于空间性动力以及关于（社会）空间和时间、地理与历史之间的各种联系的一种关键假定"[②]。他还指出，"空间性的存在从本体论的角度看是一种转换过程的产物，但在物质生活的各种语境中始终准备接受进一步的转换"[③]。

总之，苏贾的空间性本体性理论第一次从存在本体论的意义上讨论空间，将存在从"时间性"回归到了"存在的存在主义空间性"[④]。就小说叙事而言，本体论意义上的空间叙事不仅在于打破传统线性时间叙事对空间的"禁闭"，更在于以空间性"场所"

[①] ［美］爱德华·W. 苏贾：《后现代地理学——重申批判社会理论中的空间》，王文斌译，商务印书馆2004年版，第207页。
[②] ［美］爱德华·W. 苏贾：《后现代地理学——重申批判社会理论中的空间》，王文斌译，商务印书馆2004年版，第185页。
[③] ［美］爱德华·W. 苏贾：《后现代地理学——重申批判社会理论中的空间》，王文斌译，商务印书馆2004年版，第185页。
[④] ［美］爱德华·W. 苏贾：《后现代地理学——重申批判社会理论中的空间》，王文斌译，商务印书馆2004年版，第201页。

为单位,通过绘制空间化的历史地图,还原事件发生的"此时此在",以空间而不是时间为单位推动整个叙事进程。在这个意义上,新维多利亚小说中的幽灵叙事具有空间化本体性的特征。小说叙事呈现为以"创伤"发生的"此时此在"为中心的空间化的网状结构,"时间性"被放逐,生和死、有形与无形、肉体理论与灵魂、过去和现在、在场与缺席的明确界线不复存在,幽灵在超越时空的维度上游荡,循环往复。下面聚焦《法国中尉的女人》和《水之乡》两部作品,对新维多利亚小说中幽灵叙事的空间化本体性展开论述。

《法国中尉的女人》的一个重要主题是人只有突破进化论时间的禁锢才能实现真正的自由。小说的主人公查尔斯把"垂直"的进化论时间观说成是一个"大谬误",认为时间和存在的真正本质应该是平面的,即所谓的"生存没有历史,永远是现在"(第229页)。在传统的时间观中,时间从过去流向现在再流向将来,时间的流动是单向的,是不可逆转的,由此历史的进化呈现为一种由低向高的垂直状态。相反,存在主义的时间观提倡与当下生存体验直接相关的"当下时间"。萨特认为时间应该被理解为一个整体,一种立体的过去、现在、将来相结合的三维时间结构,因为过去的事物难免受到现在立场的诠释;将来并不是时间线性序列中将要来临的时刻,而是现在朝着它超越的可能[1]。《法国中尉的女人》以隐喻的形式表达了主人公查尔斯对时间空间化的感悟:"现在,他对于人类对时间的虚幻看法有了一种更加深刻而又真切的体会,时间并非人们想象的那样,像一条路——你时时刻刻都知道自己在哪里,可能会到哪里去——事实更应该是这样的:时间是一个房间。"(第229页)在这里,

---

[1] [法]萨特:《存在与虚无》,陈宣良等译,生活·读书·新知三联书店1997年版,第145页。

"时间是一条路"暗示着传统的线性时间观念,而"时间是一个房间"则明显地将时间空间化为一个"场所"。由于"房间"四壁的阻隔,我们看不清过去和将来的路途,一切都只能聚焦为现在的"此时此地"。小说描述了查尔斯在一步步突破机械性的、进化论的时间和空间束缚的情况下,在"当下时间"中不断获得自由的过程;这也是作家福尔斯打破线性历史叙事,以空间化的叙事形式最终获得写作上的自由的过程。在这个意义上,《法国中尉的女人》印证了萨特"时间上的自由"的观点,即作者可以打破传统的线性时间,在时间的三维结构中自由表现。

"时间是一个房间"充分展示了主人公查尔斯针对时间问题在认知上的飞跃。事实上,将时间视为空间化的"场所"也是空间叙事学的一个重要观点。埃辛顿在《安置过去:历史空间理论的基础》一文中指出:"历史占据并制造空间,这一点很重要,因为历史的场所几乎就是人类过去的地图。"[①] 他将"场所"视为历史地图的基本单位,并具体解释了"场所"的意义:

> 我用"场所"这一术语来表示过去这一特殊的地点……已知的过去(场所)以一种构成世界历史多视角地图的方法,被绘制在其他已知的过去之上。历史是过去的地图,但那幅地图不仅仅是一幅图画。"场所"以种种方式触及实质性的问题,它们不仅是时间问题,也是空间问题,它们只能在时空坐标中才能得以发现、阐释和思考。"场所"不是自由漂浮的能指。历史是过去的地图,其基本单位是场所。在我涉及这个术语的最近的作品中,场所表示(经验的)地点——

---

① [美]菲利普·J. 埃辛顿:《安置过去:历史空间理论的基础》,杨莉译,《江西社会科学》2008年第9期。

时间和（自然的）时空的交叉点。①

换句话说，埃辛顿一方面主张在对历史的书写中要通过凸显空间问题以实现对时间霸权的消解；然而他并非一味地拒斥时间，而是认为应该在具体的"场所"中将时间和空间结合起来阐释历史。因此当代历史学家所绘制的"历史地图"应由历史上无数个具体的时间和空间交叉的截面构成——是"（经验的）地点—时间和（自然的）时空的交叉点"②。

《法国中尉的女人》中"时间是一个房间"的隐喻已经触及了历史小说家应打破时间禁锢，以空间"场所"为单位再现历史的理论主张。在这部小说中，最能体现空间化本体性理论的叙事策略莫过于福尔斯别出心裁地设定的三个并立性结尾。三种结局的并置使得封闭性的线性情节结构被打断，故事在空间层面构成了一个"交叉小径的花园"。爱德华·苏贾在提及"交叉小径的花园"的隐喻时，认为它是一个"充满同存性和悖论的无限空间"，并论述了空间同在性和语言的依次性之间的必然冲突。③ 小说中三个结尾的并置（juxtaposition）使每个故事在时间上都可以随意回到小径交叉的原点，三者相互否定又相互联系。女主人公萨拉的形象在这种迷宫式的空间化叙事中显得不可捉摸，她随意时空穿梭的幽灵特征越发得到凸显。

总体来说，空间化本体性叙事在《法国中尉的女人》中主要作为一种叙事理念存在，真正将空间化本体性叙事在作品中付诸实施的是 20 世纪 80 年代之后的一批新维多利亚小说作家。以格

---

① ［美］菲利普·J. 埃辛顿：《安置过去：历史空间理论的基础》，杨莉译，《江西社会科学》2008 年第 9 期。
② ［美］菲利普·J. 埃辛顿：《安置过去：历史空间理论的基础》，杨莉译，《江西社会科学》2008 年第 9 期。
③ ［美］爱德华·W. 苏贾：《后现代地理学——重申批判社会理论中的空间》，王文斌译，商务印书馆 2004 年版，第 3 页。

雷厄姆·斯威夫特（Graham Swift）为例，笔者认为他的《水之乡》（*Waterland Graham Swif*，1983）是一部以"场所"为单位为芬斯洼地绘制的"自然历史"地图。从整体来看，《水之乡》是一本自传性小说，但不同于传统的自传小说按照时间铺排故事，这部作品最显著的特征是按照回忆中的"场景"（此时此地）串联故事，但又插入各种游离于故事层面之外的、与洼地历史相关的各种体裁的资料，使得小说的碎片性、空间化特征尤为突出。比如，第一章"关于星星与水闸"至少包含三种体裁：爱情童话故事（汤姆与玛丽约会）、儿童成长心理小说（汤姆和玛丽对性的好奇、尝试和家庭的反对）以及哥特风格的谋杀和侦探小说（迪克将弗雷迪杀死）；第三章"关于芬斯"和第十五章"关于乌斯河"采用的是地理学的描述方式；第九章是关于英国历史的写实；第二十六章"关于鳗鱼"是一篇自然科学文字；第五十一章"关于黏液"是一条百科全书条目。斯威夫特将这些异质的文本穿插进叙事之中是为了打断线性的时间叙事，使叙事以"此时此地"的场景化形式在空间维度上展开，以方便作家表达对历史叙事本体意义上的思考。

《水之乡》中始终存在三种时间维度：过去、"此时此地"与未来。这三者间本来存在因果关系：通过追溯历史上发生的真相来确证此时此地的存在，而此时此地的存在则是为了解释未来的可能性与潜藏性。可是，空间化碎片化的叙事使时间之间连接的因果关系不复存在：没有未来，取消过去，"此时此地"成为无尽延宕的现在。斯威夫特深刻地呈现了主人公汤姆被困于"此时此地"的悲剧境地。小说对过去的追溯从双重的叙事中展开：历史老师汤姆的私人史与法国大革命史。实际上，这看似无关的双重书写有着内在的契合：大历史中悲剧性的轮回突转、"向前发展同时向后退步"的悖谬在个人史中同样存在。在个人史的叙述中，读者会发现历史老师汤姆一直在讲述"此时此地"，发掘在那一时空点上"事情出错"的原因：他自己与玛丽错种的爱情之果导致了白痴哥哥迪克杀死弗雷迪这一永恒的"此时此地"的悲剧性事件；年少轻率的性冲动给玛丽造成一辈子的创伤，导致她日后的不孕与窃婴；母亲海伦与外公的不伦之恋导致白痴哥哥迪克出生……汤姆试图重构过去，却无奈地发现自己挖掘出的个人史和大历史一样存在错位、失误、突转以及时间上的循环。本来是为了确立当下的意义而追索历史，却发现个人经历中那些永恒的谬误根本无法为现在的"存在"提供合理性证明。未来同样充满虚妄：汤姆的外公与母亲乱伦生下的孩子迪克，曾被寄托着家族复兴的梦想，被期待着能成为走向未来的"救世主"；可迪克最终当着家人的面跳河自杀，剪断了有关未来最后的一点希望。《水之乡》中，过去与未来被否定后，时间的因果链被切断，只剩下悬置的存在——"此时此地"。

在《水之乡》中，汤姆的整个叙述就是他记忆深处的、时刻在萦绕他的一个个"此时此地"的拼贴。故事开始于1943年7月的一天，弗雷迪的尸体被发现。接着直接跳入了汤姆叙述时所处的1980年。妻子在超市盗婴的精神失常事件、学生在历史课上的抗议成为促发汤姆回忆过去的导火线。然而在此之后小说没有接着讲述发现弗雷迪尸体之后的情景，而是详细记述了汤姆父辈祖先和母辈祖先的历史，以及洼地的历史。即使在讲述1943年发生的一系列事件时，汤姆也没有连贯地讲述，在叙述当时的事情时他甚至插入了一章人类研究鳗鱼的历史简述。因为汤姆的记忆中有空白、有重复、有重叠，也会有"修正"，这些"此时此地"不可能被整合成有序的叙事。

汤姆深陷"此时此地"的萦绕，处于永恒迭延的现在，无法走向未来。他在对历史的反思中得出一个结论——历史是从"出错"开始的。他将弗雷迪凶案发生之前的时间说成他和玛丽"史前的青春骚动期"——"那是在我和玛丽十五岁的时候,史前的青春骚动期,我们本能地、不需要事先安排地来到我们的约会地点。"[①] 那时汤姆和玛丽生活在时间和历史之外,但随着一系列事件的发生,他们走进了历史,走进了时间。汤姆认为在历史的建构中,重要的不仅仅是时间,更是空间(由人物、地点、时间构成的一个个场景),一个又一个的"此时此地"。"此时此地"是一个记忆中时间与空间的结合体,它们如同一个个历史地图中的坐标,共同勾勒出了个人历史的空间图形。而在这些"此时此地"中,芬斯洼地无疑是汤姆构建个人、家族史中最重要的时间和空间坐标。以下结合汤姆的"自然历史观"对此展开论述。

汤姆将由宏大叙事所建构的历史(如革命、帝国等)称为"人造历史"(artificial history),他叙述自己的历史,讲述发生在自己身上的一个个"此时此地",是为了将历史还原为本来的状态,建构一部"自然历史"(natural history)。芬斯洼地是"自然历史"的隐喻和象征,是"人造历史"的对立面。汤姆讲述了阿特金森家族在 18、19 世纪的兴盛,也讲述了这个家族的衰败及其在大火中的覆灭。汤姆借此想要说明的是任何"人造的历史"(如阿特金森家族的"进步"史、"帝国"神话)都难免颠覆的命运,历史是一个循环的过程。而在此过程中,作为"自然历史"的芬斯洼地"哪里也不去。它坚持自我。它永恒地返回它的原点"(第 185 页)。

与叙事的空间化和场所化相应,小说中的许多地点(格林尼治区、芬斯洼地)同时被赋予了时间方面的意义。汤姆和玛丽现在居住在英国的格林尼治区,他们经常去零度经线穿过的格林尼

[①] [英]格雷厄姆·斯威夫特:《水之乡》,郭国良译,译林出版社 2009 年版,第 46 页。以下引自该书的内容均在引文后标明页码。

治公园散步。零度经线也称本初子午线,是世界计算时间和地理经度的起点,本身即象征了在时间(空间上)起点与终点的合二为一。在这个意义上,"它在小说中也暗指不可超越的创伤点,无论人们怎样规避创伤,怎样试图逃离那个创伤点,最终仍不可避免地要面对它"[①]。因此,汤姆和玛丽站在这一交会点上,无法迈步。

不仅如此,在《水之乡》中,斯威夫特还尝试将个人史、家族史与自然史三者并置起来讲述芬斯洼地的历史。芬斯洼地(第三章)、长期生活于其中的鳗鱼(第二十六章)、梭子鱼(第四十五章)以及流淌而过的乌斯河(第十五章)、零度经线(第十六章)都被作者以单独的章节标题的形式编织进他所讲述的个人、家族史中。同时,他还穿插进了法国大革命、攻占巴士底狱(第十四、二十三、二十五、三十七章)等宏大历史事件。笔者认为斯威夫特在《水之乡》中这种章节安排形式是对他在小说中一再提及的"自然历史"观的具体践行。比如在第二十六章有关鳗鱼的一段描述:

> 它们(鳗鱼)一直这样生活着,重复着这古老如史诗般的故事,远在亚里士多德认定它们出自泥土之前。在普林尼提出他的岩石摩擦说时,在林奈提出他的胎生说时,它们就这样生活着了。当法国人冲破巴士底狱时,当拿破仑和希特勒在谋划进攻英国的时候,它们也这样生活着。而在1940年7月的一天,当弗雷迪·帕尔从捕鳗的陷阱中拣起它们当中的一员,塞入玛丽·梅特卡夫藏青色的内裤时,它们仍然这样生活着,重复着祖先们代代相传的这远渡重洋的生命之旅。(第184页)

[①] 苏忱:《再现创伤的历史:格雷厄姆·斯威夫特小说研究》,苏州大学出版社2009年版,第131页。

在斯威夫特看来，真正的历史应该是"自然历史"，如同洼地以及亘古以来生存于其中的鳗鱼。人类历史与自然历史一样，并非必然地走向进步："历史一次向两个方向前进……它迂回曲折。别以为历史是个纪律严明、不屈不挠的方阵，会始终不渝地向未来迈进。"（第117页）在斯威夫特看来，真正意义上的历史如同芬斯洼地里的淤泥，它拒绝线性时间以及与之相关的革命、战争的进步神话，"它在前进的同时也在后退。它是个循环"（第117页）。时刻萦绕人类的不是进步的神话，而是那些毁灭、屠杀、大战等创伤事件。这些创伤构成了人类历史中的一个个"此时此地"。

综上所述，以《水之乡》为代表的新维多利亚小说倾向于采用空间化的"场所"推动叙事进程。"场所"作为叙事单位，在小说中标识着个人或者人类历史中"创伤"发生的"此时此地"，它们可能是战争、屠杀等宏大历史事件，也可能是"弗雷迪将鳗鱼塞入玛丽内裤"这一造成创伤的卑微个人琐事。这些"此时此地"无法在人们的记忆中被抹除，它们被储存在"洞穴"中，以幽灵的形式"返回"，侵扰着一代又一代人。幽灵叙事以创伤事件发生的"此时此地"为地图上的空间标识，借助与幽灵的对话和磋商，试图以地图的形式还原历史可能的真相，从而打破传统的时间性叙事对事件真相可能造成的意识形态遮蔽。在这个意义上，幽灵叙事属于苏贾意义上的空间本体性叙事。在空间化本体论的基础上，苏贾探索一种源于时间连续性与空间同存性相交互的批判观点。历史决定论扼杀了人们的空间敏感性，所以苏贾借阐释性的人文地理学来解构与重构历史叙事，希望"建立更具批判性的能说明问题的方式，观察时间与空间、历史与地理、时段与区域、序列与同存性等的结合体"[1]。在这个意

---

[1] ［美］爱德华·W. 苏贾：《后现代地理学——重申批判社会理论中的空间》，王文斌译，商务印书馆2004年版，第3页。

义上，新维多利亚小说中的幽灵叙事可以为文学作品中的空间化本体论叙事提供借鉴。新维多利亚小说以"此时此地"为时空坐标绘制历史地图的叙事实践展示了空间叙事在本体意义上的可行性。或如苏贾所言，"遮挡我们视线以致辨识不清诸种结果的，是空间而不是时间；表现最能发人深思而诡谲多变的理论世界的，是'地理学创造'，而不是'历史的创造'"[①]。所以重申批判社会理论中的空间以及空间化的本体论的建构具有特殊意义。

第三节　幽灵叙事与总体空间

"总体空间"（total space）是加布里尔·佐伦（Gabriel Zoran）在1984年发表的《走向叙事空间理论》一文中提出的概念。前面已经提到，佐伦把叙事的空间看作一个整体，先是从垂直维度上划分了文本空间结构的三个层次：地志学层次，时空体层次和文本层次。然后又在水平维度上划分了总体空间、空间复合体与空间单位三个层次。佐伦把场景视为构成空间复合体的一个基本单位：与地志层面相关的场景是地点（place），和时空层面相关的场景是行动域（zone of action），和文本层面相关的场景是视场（zone of action）。视场是佐伦空间叙事理论中比较抽象的一个概念，涉及读者的阅读解码和心理感知。佐伦指出："它（视场）是重构世界中的一个空间单位，它是由语言传达出的感知，而不是由'这一世界'的特

[①]　[美]爱德华·W. 苏贾：《后现代地理学——重申批判社会理论中的空间》，王文斌译，商务印书馆2004年版，第1页。

第三章 游荡的场所:新维多利亚小说幽灵叙事的空间维度　93

性来决定。"① 因此,它是读者阅读时对文本的理解以及个人记忆回溯的综合体验,是读者感受身处虚构世界之中"眼前"所见和所感知的空间。当然,这一空间单位也与文本有关。文本为构成空间框架提供了若干信息,并为读者的综合感知提供了连贯的言语/文字基础。

在阅读的过程中,读者视场的转换是一个自然流动的过程,不受制于段落或章节,因此空间的再现并不是众多单独场景的组合,而是由一系列流动场景建构的复杂、精细的空间复合体组成,涵盖了地志的、时空的和文本的多种因素,包括地点、行动域和视场。在上述概念的基础上,佐伦提出了"总体空间":

> 总体空间是一种连接不同本体区域的无人之境。它不仅是文本中重塑世界的直接延续,也是读者真实世界、外部参照体系、叙述行为本身和更多其他领域的延续。这一空间具有一种不透明的特征,尽管读者可以根据地名或者零散的片段进行推断,但由于语言的选择性和叙述的时序等原因,总体空间所呈现出的状态总是不完整的,缺乏细节的、完备的信息,例如:故事中一扇从未开启过的门后到底是怎样的呢?类似的不确定信息往往创造了超越读者视场的物理空间,使总体空间相对于空间复合体而言,成为一个结构更复杂、范围更广泛的概念,它不仅是文学文本对现实世界空间模糊的复制,还是一种有着自身存在模式和机能的空间组成,指涉了空间再现中的方方面面。②

---

① Gabriel Zoran, "Toward a Theory of Space in Narrative", *Poetics Today*, Vol. 5, No. 2, 1984, pp. 316-320.
② Gabriel Zoran, "Toward a Theory of Space in Narrative", *Poetics Today*, Vol. 5, No. 2, 1984, pp. 316-320.

总体空间既超越了文本中重塑的世界，还超越了读者真实世界、外部参照体系、叙述行为本身和更多其他领域，因此属于超越读者视场物理空间的空间，指涉了空间再现中的方方面面。笔者认为新维多利亚幽灵叙事所再现的空间属于"总体空间"的范畴。幽灵批评关注文学声音、死亡和文学空间在阅读过程中的展开。读者在阅读中感受到作品"鬼魂般的将来和过去"，遭遇"已死亡或尚未死亡的事物"，以及"难以言喻、无法表明自己在与死亡、复活、幻影的关系中的位置的情况"[①]，并试图阐释作品中"不能被显示出来"的意义。在这个意义上，庞特在论述幽灵批评时指出，幽灵是"读者和文本发生一切联系的基质，是阅读发生时的一种不可确定的基础，是对和死者进行一种令人恐怖而又渴望的交流的再次召唤"[②]。

在本章第一节，笔者关注文本的物理存在的字面层，认为新维多利亚小说表现出"羊皮纸"式涂抹性书写本质。所以，读者的阅读不能仅仅停留在叙事的表面，而是要回到前文本，进入"不在场的场所"。这里"不在场的场所"属于佐伦意义上的"总体空间"，笔者认为从（超）物质批评的理论视角解读新维多利亚幽灵叙事的"总体空间"可以为阐释幽灵叙事的空间维度提供新的理论支持。（超）物质批评（amaterial criticism）是汤姆·科亨（Tom Cohen）提出的概念，涉及叙事的物质性和超物质性两者之间的辩证关系。物质性指的是历史再现中的"物质能指"，包括字母、声音、文字记载等，它们维系着语言记忆和程序感受（或阐释）[③]。（超）物质性，即幽灵物质性，"并不将具有参考价

[①] ［英］朱利安·沃尔弗雷斯编著：《21世纪批评述介》，张琼、张冲译，南京大学出版社2009年版，第351页。
[②] ［英］朱利安·沃尔弗雷斯编著：《21世纪批评述介》，张琼、张冲译，南京大学出版社2009年版，第351页。
[③] ［英］朱利安·沃尔弗雷斯编著：《21世纪批评述介》，张琼、张冲译，南京大学出版社2009年版，第382页。

值的真实或经济的过程设为本体论的证明前提,而是将自身置于语言行为与历史事件、前在程序与记忆投射、书写与'体验'的中间环节"①。"说其是物质性的,是因为它坚持了文本的符号物质性和社会物质性的基本观念;说其是超物质性的,是因为这种物质性并不存在于物质性文本之内,而是作为话语'踪迹'穿行回响于古往今来的各种物质性文本之间。"② 本部分以拜厄特的《婚约天使》为例,借鉴科亨的(超)物质批评以及佐伦空间叙事理论中"视场"和"总体空间"等概念,分析新维多利亚幽灵叙事所再现的文本空间。

在佐伦看来,视场是读者阅读时对文本的理解以及个人记忆回溯的综合体验,是读者感受身处虚构世界之中"眼前"所见和所感知的空间。从读者的阅读体验来看,《婚约天使》首先是一部模仿维多利亚时期叙述的语言、讲述维多利亚时期故事的"腹语术小说"。作家拜厄特采用降神会上"集体故事讲述"的写作框架,对小说中主要人物的意识世界进行了灵活聚焦。读者追随叙述者先后进入帕帕盖夫人、索菲、艾米丽和丁尼生的意识世界,了解了不同人物不同的内心活动。在这一过程中,读者会听到对同一事件的不同叙述声音。"哈勒姆之死"无疑是《婚约天使》中参与通灵活动的各个人物的意识聚焦点。在艾米丽和丁尼生对哈勒姆的回忆中常常出现重叠的场景,但相同的场景往往唤起读者不同的情感和反应。例如,追随老年艾米丽的回顾性目光,读者可以看到,在丁尼生家屋外的草坪上,"在微微下陷的柳条椅的扶手中间,他们的两只手几乎触到地上的草皮,一只伸向另一只,一只是土棕色,另一只白皙并且保养良好"(第

---

① [英]朱利安・沃尔弗雷斯编著:《21世纪批评述介》,张琼、张冲译,南京大学出版社2009年版,第381页。
② 张进:《论物质性诗学》,《文艺理论研究》2013年第4期。

262页)。叙述者还提到,每当艾米丽想起萨默斯比的花园,那两只"无声地指向对方"(第262页)的手便会出现在她的脑海之中。同一画面也出现在丁尼生的回忆中,"他记得,有一次,他和亚瑟在萨默斯比的草坪上一整天都在讨论事物的性质、创造、爱、艺术、感觉和灵魂。在雏菊盛开的暖洋洋的草坪上,亚瑟的手离他自己的手只有几寸的距离"(第297页)。然而丁尼生一直试图用诗性的语言既揭开又掩盖他和哈勒姆关系中情欲的一面:"与妻子之间温馨平静的感情相比,如果他讲真话,他和亚瑟手指之间的那段空隙,蕴含着更多令人激动的能量,那是一个灵魂向另一个灵魂发出耀眼的信号,那是心灵的呼应、思想的共鸣。"(第301页)这样从不同主体立场对同一事件的重复言说方式构成了《婚约天使》中"多声部"的复调结构。丁尼生和艾米丽的叙事声音既相互印证、又互为消解,而且在这一过程中还糅合了灵媒帕帕盖夫人和索菲的叙事声音。读者在阅读过程中追随不同人物的叙述声音,被迫参与对历史真相的阐释过程,在空间化的文本中和不同人物的意识世界之间进行平等对话。

佐伦把场景视为构成空间复合体的一个基本单位,与地志层面相关的场景是地点,和时空层面相关的场景是行动域,和文本层面相关的场景是视场。在《婚约天使》中,小说并非时间意义上的线性推进,而是空间化的场景追随人物意识活动在叙事中的铺展和反复出现,小说整体上呈现为空间复合体的特征。地志层面上,除了几次降神会发生的具体地点真实可感外,其他地点均在人物回忆中展开,所以场景在叙事中呈现为人物意识流动中的碎片。此外,在文本层面上,小说的视场也呈现为多层面的特征。读者在阅读过程中需要甄别不同的叙事声音,需要对反复出现的场景做出判断,以个人的经历和认知参与对历史真相的探索过程，从而对小说涉及的维多利亚时期的历史和文化现象进行解码，从心理上感知和重构维多利亚人复杂多元的精神世界。

佐伦认为，读者阅读的过程中视场的转换不受制于文本物理层面的段落或章节，文本再现的空间是由一系列流动的场景建构的空间复合体组成的。前面已经具体分析了《婚约天使》中的场景的重复出现、读者视场的重构性，以及小说本身空间复合体的特征。不过在佐伦看来，"所有这些因素的总和也不足以概括和形容叙述过程中再现的总体空间"[①]。在佐伦的理论体系中，总体空间首先涵盖了上述诸种空间叙事因素，但又不等同于它们的总和。笔者认为这是一个超越文本空间的超物质空间，读者、作者、文本和前文本等在此展开交流和对话。

在《婚约天使》中，读者在阅读过程中不仅能感受到场景的复现和流动，还能听到作家、批评家拜厄特采用"作者式侵入"的形式发出"幽灵般"的后现代声音。在《论历史与故事》中，拜厄特谈起小说的创作缘起，"《婚约天使》直接源于我曾做的关于亚瑟·哈勒姆以及丁尼生《悼念集》的讲座……如果写成学术论文的形式，可以概括为诸如'亚瑟·哈勒姆，阿尔弗雷德·丁尼生，艾米丽·丁尼生与艾米丽·丁尼生：男性友谊与维多利亚妇女'或者'维多利亚人想象中的死后生命'之类的主题"[②]。在这个意义上，有学者将这部小说称为批评小说，因为它整体上基建在拜厄特大量阅读维多利亚时期的文学、文化著作及其对维多利亚"时代精神"的把握之上。换句话说，《婚

[①] Gabriel Zoran, "Toward a Theory of Space in Narrative", *Poetics Today*, Vol. 5, No. 2, 1984, pp. 316–320.

[②] A. S. Byatt, *On Histories and Stories: Selected Essays*, Cambridge, Mass.: Harvard University Press, 2000, p. 92.

约天使》是拜厄特以修正主义和女性主义为视角，在维多利亚传统传记书写和她的后现代历史、文学、文化先在观念之间展开的一场对话。而对话的场域则是《婚约天使》这部小说本身。拜厄特以拼贴的形式插入了大量内文本，如丁尼生的诗歌、来自《圣经》、斯威登堡、济慈等文本的意象、主题等，形成了一个相互阐释又相互消解的互文网络。读者在这诸多前文本构成的物质性文本空间中，不由自主进入"不在场的场所"，在与维多利亚幽灵的对话中完成对历史人物丁尼生和艾米丽的重构，并形成对维多利亚时代人们精神世界的整体认识。

诸多前文本构成的互文空间是超越故事层面的"超文本"（Hypertext）空间。张进在《论物质性诗学》一文中指出：

> 文本作为一个方法论的场域，其空间不再属于其自身，确切地说，视其在特定时间内所处的关系网络，文本的空间具有了开放性、多样性和变换性；文本的意义、阅读文本时产生的理解，不完全受文本自身的物质性即书页上印刷词汇的束缚，即文本最终是未完成的，它向时间性敞开了大门。由于文本的未完成性和不完整性，它就开辟了另外一种空间：抗拒性的空间。要想阅读它，就必须把那些与之相吻合和相抵牾的因素都考虑在内。这使文本成为一种"超文本"，即用超链接的方法将各种不同空间的文字信息组织在一起的网状文本。[1]

超文本空间是超越文本物质性空间的开放性空间，关涉特定时间内的文本关系网络产生的新的阐释意义。一方面，读者阅读

---

[1] 张进：《论物质性诗学》，《文艺理论研究》2013年第4期。

文本时产生的理解，不完全受文本物质性的束缚，向时间性敞开；另一方面，读者的阅读要将那些与之相吻合和相抵牾的因素全部考虑在内，在大量的互文本中展开，这不可避免赋予文本以"超文本"（hypertext）的空间维度：各种不同空间的文字信息在读者的阅读过程中形成网状链接的超文本。超文本空间和佐伦的总体空间具有某种共通之处，可相互印证。拜厄特在《婚约天使》中插入了大量维多利亚时期的历史文本，读者在阅读中不断被这些故事层面之外的"或与之相吻合或相抵牾的"前文本打断，并经由自己的阐释，产生新的意义，文本无限敞开，在这一过程中，佐伦意义上的"总体空间"生成。佐伦认为总体空间既超越"文学文本对现实世界空间模糊的复制"，还超越了读者真实世界、外部参照体系、叙述行为本身和更多其他领域。[1] 它属于超越读者视场物理空间的空间，既包含文本物质性又涉及超物质性：一方面向"不在场的领域"敞开，另一方面保留了文本"自身存在模式和机能的空间"[2]。约翰·史都瑞（John Storey）指出，"虽然一个文本的物质性，确实出自一个生产的过程，意义却总是在文化消费中被创制出来的……作者以特定的方式创制了文本的物质性（把这些字眼这样安排等），但仍必须透过小说的读者（包括作家本身），在实际的文化消费实践中创造出意义"[3]。在《婚约天使》中，拜厄特建构了一个物质性的文本，但是文本意义的生成需要读者的阅读和阐释来完成，这不可避免导向（超）物质性的文本空间。

---

[1] Gabriel Zoran, "Toward a Theory of Space in Narrative", *Poetics Today*, Vol. 5, No. 2, 1984, pp. 316–320.

[2] Gabriel Zoran, "Toward a Theory of Space in Narrative", *Poetics Today*, Vol. 5, No. 2, 1984, pp. 316–320.

[3] ［英］约翰·史都瑞：《文化消费与日常生活》，张君玫译，台北：巨流图书有限公司2002年版，第213页。

超物质性的文本空间是读者在互文性的文本网络中经由阅读生成的总体空间。以《婚约天使》为例，在小说临近结尾的部分，拜厄特参照了弗莱恩·丁尼生·杰斯（艾米丽的孙女）所记载的有关艾米丽参加降神会的相关历史资料。根据弗莱恩的记载，一次降神会上，亡灵通过自动书写告知艾米丽，在来生她将同哈勒姆重新结合在一起；艾米丽没有答应，她掉转身，对丈夫杰斯船长说道："理查德，我们可能并不总是那么融洽，我们的婚姻可能也算不上成功，但我认为这是一个极不公平的安排，并且决不会接受。我们一起在这个世界上度过了艰难的时刻，我想，唯一正当的选择是我们在来生一起分享美好的时光，假定我们有来生。"[1]《婚约天使》中，拜厄特几乎一字不差地引用了这段话，使"现实与虚构的艾米丽在此相互重叠"[2]。维多利亚时期的历史资料作为前文本，构成了历史再现中的"物质能指"。作者拜厄特通过引用这些历史文本引领读者进入故事层面之外的不在场的"超物质"空间，直接倾听历史人物的幽灵发出的声音。然而在读者与文本的交流过程中，作家拜厄特并没有缺席，她的意识形态话语也参与了总体空间的建构，并在这一过程中与读者、文本和前文本展开对话。

拜厄特借助对丁尼生和艾米丽的重构表达了自己站在后现代立场上对维多利亚时代的认识和理解。维多利亚人一直徘徊在"建立在牺牲、死亡与复活等宗教神话之上的精神世界"和"后基督时代赤裸裸的物质世界"之间，[3] 他们对灵魂和肉体、物质

---

[1] A. S. Byatt, *On Histories and Stories: Selected Essays*, Cambridge, Mass.: Harvard University Press, 2000, pp. 103-104.

[2] 金冰：《维多利亚时代与后现代历史想象：拜厄特"新维多利亚小说"研究》，北京大学出版社2012年版，第172页。

[3] Michael Levenson, "Angels and Insects: Theory, Analogy, Metamorphosis", in Alexa Alfer and Michael J. Noble, eds., *Essays on the Fiction of A. S. Byatt: Imagining the Real*, Westport, Connecticut and London: Greenwood Press, 2001, p.173.

和精神、科学和宗教等问题进行了深刻的反思,既表达了信仰丧失之后的危机感,又表现了时代特有的物质性焦虑。然而,面对过去的亡灵以及与此相关的历史和传统,拜厄特并不主张生者如丁尼生一般沉浸在持久的"悲悼"中,她认为更重要的是此在。这可以解释为何小说的结尾不是艾米丽与哈勒姆的灵魂结合在一起,而是灵媒莉莉斯与失踪已久的丈夫重逢:"真正复归的不是哈勒姆冰冷的亡灵,而是阿图罗温暖、结实的怀抱。"[1] 笔者认为小说的结尾本身表达了拜厄特对丁尼生《悼念集》的再阐释,是她和历史人物丁尼生的对话。

在《悼念集》中,丁尼生对上帝的信仰最终战胜了怀疑和恐惧,诗人坚信哈勒姆已经超越了肉身的羁绊,融入自然和上帝永恒的怀抱,如同《悼念集》第 130 首所昭示的那样:"你的声音在滚滚空气里,/在流水里我也听到你,/你在升起的太阳中屹立,/落日里有你美好的姿容。"[2] 这首诗是关于哈勒姆死后永生世界的描述,然而在拜厄特的重构中,哈勒姆的亡灵并未与上帝合一,而是艰难地徘徊在一个死后的"腐朽"世界——没有天使、没有光,冰冷、黑暗、无所归依。拜厄特对哈勒姆死后世界的重构是建立在对以丁尼生式为代表的维多利亚价值观念反思的基础之上。维多利亚时期的诗人、小说家喜欢描述自己灵魂与肉体的冲突,以及对宗教信仰的怀疑和迷茫,可是,悖论的是,如同《悼念集》,大部分的叙事都引向一个圆满的结尾——人们对上帝的信仰终将战胜一切。拜厄特的重构表达了她对宏大叙事所遮蔽的一个更为复杂的维多利亚世界的还原:在她看来,维多利亚时代

---

[1] 金冰:《维多利亚时代与后现代历史想象:拜厄特"新维多利亚小说"研究》,北京大学出版社 2012 年版,第 192 页。

[2] [英]阿尔弗雷德·丁尼生:《丁尼生诗选》,黄杲炘译,上海译文出版社 1995 年版,第 216 页。

的人一直在达尔文主义和唯灵论之间挣扎，信仰危机贯穿他们生命的始终，无从解脱。拜厄特在《婚约天使》中采用腹语术的形式，通过刻意模仿的、真实可感的维多利亚时期的文字创造出一个"读者似乎可以栖居之中"的物质的世界，并试图以此来捕捉维多利亚的时代精神。《婚约天使》的腹语术文本如同降神会上的"自动书写"，拜厄特以这一形式引领读者进入了一个精神与肉体剧烈冲突、灵魂无处安置的维多利亚时代，并努力将后现代的思想文化观念与维多利亚的时代精神同时融入这一物质性的文本之中，实现在两大历史时期的类比中进行交流和对话的目的。

综上所述，幽灵叙事使以《婚约天使》为代表的新维多利亚小说文本展示出（超）物质性的总体空间。当代作家对维多利亚时期的历史重构不可避免地求助于当时的文献、档案、言论、手稿等，于是大量的"前文本"历史文献被编织进新维多利亚小说的历史叙事之中，形成"互文"的超文本空间。互文本也译作"文本间性"，指的是一个文本通过其他文本建构而成，承受了其他文本的符号。伯克霍福认为，"文本间性可以指一个文本从一个或多个其他文本中吸取材料，把它们当作前文本，也可以表示一个文本是如何作为前文本而被其他文本利用的"[①]。大量的前文本相互作用构成互文空间，在特定的阅读关系条件中，"文本之间关系的社会组织"[②] 不可避免地卷入进来，使得文本向社会性开放。读者在阅读中不断深入"前文本"的社会历史语境，进入"不在场的空间"，在总体空间与幽灵遭遇和对话，并经由自己的阐释实现对维多利亚时期历史的意识形态重构。

[①] ［美］伯克霍福：《超越伟大故事：作为文本和话语的历史》，邢立军译，北京师范大学出版社 2008 年版，第 39 页。

[②] ［英］约翰·史都瑞：《文化消费与日常生活》，张君玫译，台北：巨流图书有限公司 2000 年版，第 97 页。

第四章　书写疗法：新维多利亚小说幽灵叙事的创伤主题

> 创伤和重复的概念之间有着内在关联，用弗洛伊德的著名格言来说就是：不能记忆的，就必定要重复；创伤从定义上说是不可记忆、即无法使其成为象征叙事部分来加以回忆的；为此，它便无穷地自我重复，不断归来，萦绕纠缠当事人。
>
> ——齐泽克《论信仰》

创伤（trauma）原意指身体上受到的伤害。随着西格蒙德·弗洛伊德（Sigmund Freud）于19世纪末20世纪初将创伤研究引入心理学的维度，现代创伤的意义便不再局限于身体方面，心理方面的伤害成为创伤研究关注的重点。弗洛伊德对创伤的研究描述中包含"延宕"概念，强调受伤者对原初经历或记忆、意象的追踪，从而在时间上产生了一种断裂，这对当代创伤理论研究产生了重要影响。20世纪90年代初期，美国学者凯西·卡鲁斯（Cathy Caruth）将创伤研究引入文学批评，为当代创伤诗学的形成和发展做出了重要贡献。本章借鉴创伤叙事理论，探讨新维多利亚小说中的创伤主题及其与幽灵叙事的关联。

卡鲁斯在《不言的经历：创伤、叙事和历史》（*Unclaimed Ex-*

perience: Trauma, Narrative and History）中对创伤及其特征进行了明确的界定：

> 就总体定义来看，创伤被描述为对某个或某一系列始料不及或巨大暴力事件的反应，这些事件发生之时未有充分理解，但是过后在闪回、梦魇和其他重复性现象中不断余烬复起。创伤经验因此超越了相关受难主体的心理维度，它意味着一个悖论：暴力事件当时所见却一无所知，而矛盾的是，它马上就变身为了迟到的形式。①

创伤首先指涉一种突如其来或灾难性的不可抗拒的经历，人们对创伤的反应常常是延迟的，不可控制的，并以幻觉或其他侵入方式重复出现。卡鲁斯对创伤的描述强调了创伤的"延宕性"及其"通过幻觉或其他闯入方式反复出现"的特征，这和幽灵的"萦绕"存在理论上的共通之处。

朱利安·沃尔弗雷斯（Julian Wolfreys）肯定了卡鲁斯对弗洛伊德创伤经验强制重复特征的拓展分析。他进而指出，"在学会如何阅读书写以回应创伤时，人们必须听取、了解和表征"；"在涉及到创伤和证言相关的批评，要在挖掘和分析见证的同时，来挑战和质询我们的见证"②。沃尔弗雷斯指出创伤的原始事件难以确切还原，而这也恰恰造成了对当事人的萦绕。他认同卡鲁斯将"让历史成为一部创伤的历史"的观点，并详细分析了历史叙事和幽灵的关系：

---

① Cathy Caruth, *Unclaimed Experience: Trauma, Narrative, and History*, Baltimore: The Johns Hopkins University Press, 1996, pp. 91-92.
② ［英］朱利安·沃尔弗雷斯：《创伤及证词批评：见证、记忆和责任》，［英］朱利安·沃尔弗雷斯编著《21世纪批评述介》，张琼、张冲译，南京大学出版社2009年版，第180页。

第四章　书写疗法:新维多利亚小说幽灵叙事的创伤主题

> 创伤可以被视为一种幽灵……正如卡拉普拉指出的，"过去的某些东西永远留在那里，只不过它是以一个纠结不散的鬼怪或是频露痕迹的幽灵形式出现"。因此，创伤性就是幽灵性或幻象性……创伤的主体静止不动，无法走出创伤留下的挥之不去的结果，而只能以有害的、重复的方式体验着分离的幽灵。①

创伤被埋藏于洞穴，挥之不去。由于创伤事件超出了人的常规体验尺度，并且具有骤发性与毁灭性的特点，对受害者的身心产生巨大的冲击，所以创伤体验难以用文字表述。然而，叙事有治疗的功能，书写创伤本身即是对创伤的挖掘和治疗，受害者可以借助叙事整合体验帮助自身走出危机。新维多利亚小说对维多利亚时期创伤历史的再现，不论是个体的精神创伤，还是历史上被迫"失声"的殖民地人们、少数族裔、女性群体等的集体性心理创伤的再现，均糅合了幽灵和创伤叙事。当代作家努力挖掘历史纵深处中的集体无意识创伤，揭示它们对当代人的萦绕，试图在与幽灵的对话和磋商中以叙事为媒介，实现对创伤的治疗和救赎。如克里斯蒂安·古特莱本指出的:

> 新维多利亚小说常涉及严重的历史暴力行为和长期的文化和政治影响之间的关系，这在20世纪和21世纪仍引起共鸣。与此同时，新维多利亚小说也再现与个人危机（个人身份、家庭、信仰和继承）以及集体灾难相关的个人创伤。在许多情况下，这些创伤叙事也与当代人的担忧产生了惊人

---

① ［英］朱利安·沃尔弗雷斯:《创伤及证词批评:见证、记忆和责任》，［英］朱利安·沃尔弗雷斯编著《21世纪批评述介》，张琼、张冲译，南京大学出版社2009年版，第178页。

的共鸣，比如，关于贫困和痛苦的忏悔文学，以儿童和性虐待为主题的文学。新维多利亚小说既反映了也积极地促进了当前在个人和公共、个人和集体、国家和全球之间开展的创伤讨论，因为无数过去和现在的创伤相互交织，争夺我们的注意力。①

新维多利亚小说创伤叙事与其他类型的创伤叙事的不同之处在于其双重时间。通过对真实创伤事件及其影响的回顾性叙述，当代作家在叙事中重新经历了这些历史事件，并以迟到的见证的形式将其编织进文学作品，由此维多利亚时期成为历史创伤调查的重要场所。此外，通过建构持续对现在造成侵扰的不同版本的过去的历史，新维多利亚小说既反映也促成了创伤话语和文化政治。而且，鉴于创伤的"不可再现性"，新维多利亚小说采用比喻性语言表达了"不可言说"的核心悖论，质疑了当代理论对创伤的挪用和政治化，以及由此产生的关于他者痛苦的伦理困境。

总之，幽灵叙事与创伤存在密切的联系，因为以幽灵的形式对现在造成侵扰的多是记忆中挥之不去的创伤，在这个意义上历史书写即是对创伤的挖掘和治疗。本章主要从三个方面展开论述：幽灵、种族历史记忆与创伤书写；幽灵、女性历史记忆与创伤书写；幽灵、个人历史记忆与创伤书写。通过挖掘个人或集体文化记忆中的创伤，释放"洞穴"（secret cave）里的鬼魂并与之冲突、对话，新维多利亚小说建构了有关创伤叙事的书写疗法。

---

① Christian Gutleben, "Shock Tactics: The Art of Linking and Transcending Victorian and Postmodern Traumas in Graham Swift's *Ever After*", *Neo-Victorian Studies*, Vol. 2, No. 2, Winter 2009/2010, pp. 137 - 156.

第一节　幽灵、种族历史记忆与创伤书写

庞特曾指出幽灵批评与后殖民主义理论的关联："后殖民批评反复让人们关注后殖民主义文本中的幽灵存在，而后殖民主义文本是关注暴力、帝国主义和剥削的历史，它们是构成后殖民主义写作的前提；根据这些观点，历史被再次理解为是关于幽灵、幻象和鬼魂出没地之类的事物。"[①] 庞特这一观点的理论前提在于自工业革命以来西方殖民者对殖民地人们带来的精神创伤，这种创伤储藏于"被挫败民族具有爆发性的洞穴"中，成为整个种族的集体无意识，然而这种"被潜抑的事物"会在适当的场合"复归"，变成幽灵，侵扰子孙后代。在这个意义上，后殖民书写借助"幽灵般的再现"将侵略的愿望"以其真实的颜色展现出来，而同时它本质上的软弱，以及伴随着暴力而产生的恐惧就会从镜子里瞪着我们，并蒙着死亡的衣衫"[②]。换言之，幽灵叙事以"幽灵复归"的形式再现了被殖民种族的精神创伤，提供了以历史书写的形式挖掘并治愈种族创伤的历史叙事文本。

维多利亚时期是英国历史上的"黄金时代"。1815年英国军队在滑铁卢战场上彻底击败了拿破仑军队，奠定了英国在欧洲列强中的霸主地位。在随后近一个世纪的岁月中，大英帝国的版图

---

① [英]戴维·庞特：《幽灵批评》，[英]朱利安·沃尔弗雷斯编著《21世纪批评述介》，张琼、张冲译，南京大学出版社2009年版，第362页。
② [英]戴维·庞特：《幽灵批评》，[英]朱利安·沃尔弗雷斯编著《21世纪批评述介》，张琼、张冲译，南京大学出版社2009年版，第363页。

不断扩大,它的触须几乎延伸到世界的每一个角落。主张"客观再现"这一历史时期的经典维多利亚小说把帝国观念、形象和在殖民地的经验以特有的文学叙述形式文本化了,再把这些以文本形式固定下来的意识灌输给英国的读者大众。在这个意义上,帝国意识为维多利亚小说打上了深深的殖民烙印,它不仅体现在康拉德和吉普林这些殖民小说家身上,也体现在19世纪的以国内生活为主要写作对象的小说家(如狄更斯、勃朗特、萨克雷等)的作品中。在这些小说家的写作中,英国的海外殖民扩张扮演着重要角色,在小说中形成了一种关于殖民意识的集体无意识。

玛丽·路易丝·科尔克(Marie-Luise Kohlke)和古特莱本编辑的论文集《新维多利亚小说的创伤隐喻:作为19世纪承受苦难的见证的政治》(*Neo-Victorian Tropes of Trauma: The Politics of Bearing After-Witness to Nineteenth-Century Suffering*)归纳了新维多利亚小说中的创伤主题,包括信仰、身份和性的危机,真相和记忆的危机,民族、帝国和后视(afterimages)危机,等等。他们认为帝国危机不局限于英国本土,还涉及澳洲、印度、爱尔兰等殖民地,包括殖民主义给殖民地民族带来的创伤。在本论文集中,黑尔曼的论文揭示了爱尔兰大饥荒与性别以及家庭的关系以及大饥荒沉淀在人们意识中变为民族创伤的事实。[1]伊丽莎白·威瑟琳(Elisabeth Wesseling)在论文《失去男子气的异国情调:〈异教徒之书〉中基督教男子气概的崩溃》中指出,新维多利亚小说中的"帝国异域风情"通常涉及征服或魅惑,通常出现女性化的客体(东方主义中的东方通常被女性化)

---

[1] Marie-Luise Kohlke and Christian Gutleben, eds., *Neo-Victorian Tropes of Trauma: The Politics of Bearing After-Witness to Nineteenth-Century Suffering*, Amsterdam-New York: Rodopi, 2010, p.291.

和一个代表着男性气质的主人公。① 在欧洲殖民者眼里，被殖民民族往往被想象为食人族，几乎无人可以逃脱被动物化的命运。②

受后殖民主义思潮的影响，当代语境下对维多利亚经典的重写难免带有对殖民意识进行颠覆和重构的修正主义叙事动机。以萨义德、霍米巴巴为代表的后殖民理论家从不同角度对维多利亚经典小说中的殖民话语进行了批判。如萨义德指出，这些小说"把为社会所需要和授权的故事空间安排在英国或欧洲，然后，通过编排、设计动机和故事的发展，把遥远的边缘的世界（爱尔兰、威尼斯、非洲和牙买加）联系起来。出现这些地方虽然是故事的需要，但却是处于附属地位的"③。佳亚特里·斯皮瓦克（Gayatri Spivak）在《三个女性文本和一种帝国主义批判》中也指出："被理解为英国社会使命的帝国主义在利用文化霸权再现英国社会现实中发挥了至关重要的作用，如果不将这一点铭刻在心，就不可能读懂19世纪英国文学。文学在文化再现的生产中发挥的作用不容忽视。"④ 基于上述原因不难理解在"新维多利亚小说"重述经典的作品中，后殖民小说占据了很大比重，而且作家多来自非英国本土的前殖民地。代表性的作家作品有英国作家简·里斯的《藻海无边》和J.G.法雷尔的《克里希普纳围城》，

---

① Marie-Luise Kohlke and Christian Gutleben, eds., *Neo-Victorian Tropes of Trauma: The Politics of Bearing After-Witness to Nineteenth-Century Suffering*, Amsterdam-New York: Rodopi, 2010, p. 314.

② Marie-Luise Kohlke and Christian Gutleben, eds., *Neo-Victorian Tropes of Trauma: The Politics of Bearing After-Witness to Nineteenth-Century Suffering*, Amsterdam-New York: Rodopi, 2010, p. 320.

③ [美]爱德华·W.萨义德：《文化与帝国主义》，李琨译，生活·读书·新知三联书店2003年版，第70页。

④ Gayatri Spivak, "Three Women's Texts and a Critique of Imperialism", in Zhang Zhongzai, Wang Fengzhen and Zhao Guoxin, eds., *Selective Readings in 20th Century Western Critical Theory*, Beijing: Foreign Language Teaching and Research Press, 2002, pp. 658–659.

加拿大女作家玛格丽特·阿特伍德的《别名格雷斯》，澳大利亚作家彼得·凯里的《奥斯卡和露辛达》《杰克·麦格思》，等等。

伊丽莎白·霍（Elizabeth Ho）在《新维多利亚主义与帝国记忆》（Neo-Victorianism and the Memory of Empire）中，从后殖民理论框架下对新维多利亚小说中的帝国主题进行了系统研究。霍提出了"新维多利亚后殖民小说"（Neo-Victorian Postcolonial Novel）的概念，并使用这一术语指涉"以殖民主义及其影响为主题的新维多利亚小说"[1]。在当今全球性想象中，维多利亚时代就是帝国的缩写，它代表了英帝国霸业的巅峰时刻，这种帝国意识形态在当今社会仍然发挥着重要影响。霍指出，"19世纪英国历史与当今及将来的新帝国主义并没有本质区别……新维多利亚文学与文化成为了解历史的重要概念与美学术语，反过来又为当今的类似历史问题提供应对策略"[2]。在这个意义上，对维多利亚时期的反思是重新思考后殖民政治与经验的方式。换言之，"在后殖民语境中，新维多利亚主义是一种策略，以此舒缓以及根除英帝国衰落过程中所产生的种种焦虑与不确定性……对大部分人而言，帝国的经历及其后继影响塑造着我们的民族、文化和政治身份"[3]。因此，新维多利亚小说是后殖民理论的补充与延伸，后殖民时期的新维多利亚小说揭示了殖民主义与帝国主义的持续性影响。

安妮·黑尔曼（Ann Heilmann）在题为《今天的新维多利亚主义》的演讲中也指出，新维多利亚小说改编/改写了维多利亚时代的经典作品，以传记小说的形式重访了维多利亚时代的人

---

[1] Elizabeth Ho, *Neo-Victorianism and the Memory of Empire*, Continuum: Continuum Literary Studies, 2012, p. 6.

[2] Elizabeth Ho, *Neo-Victorianism and the Memory of Empire*, Continuum: Continuum Literary Studies, 2012, p. 6.

[3] Elizabeth Ho, *Neo-Victorianism and the Memory of Empire*, Continuum: Continuum Literary Studies, 2012, p. 7.

物，创造性地改写了维多利亚时代，或重新想象了维多利亚时代与当代并置的文化记忆。"如果说二战后维多利亚研究作为一门学科的建立与后现代主义的兴起相吻合，这两个因素同时促进了新维多利亚主义的出现。作为一种元叙事类型，新维多利亚小说专注于一种自反性的镜像游戏，因此它被琳达·哈琴称为'历史元小说'。在这种自我指涉的游戏中，新维多利亚小说通过对19世纪过去的重新想象来探索对当下问题的关注。"① 然后她论述了新维多利亚小说中的后殖民叙事维度：

> 简·里斯的《藻海无边》（1966）是受后现代主义思想影响的第一部新维多利亚小说，这部作品开启了新维多利亚小说后殖民叙事的传统。《藻海无边》将殖民主义和种族主义的他者从边缘转移到了中心，这标志着后殖民主义和跨国主义对新维多利亚小说这一发展中的文学体裁的重要性。里斯的文学干预并影响了当代读者对夏洛特·勃朗特的《简·爱》（1847）的解读，并迎合了爱德华·萨义德在《东方主义》（1978）中对帝国主义的批判意识。萨义德认为西方文学曾积极参与了对殖民地历史的书写，通过将东方视为界定西方自我的"他者"，在帝国主义意识形态指导下挪用、改写了殖民地的历史。具有讽刺意味的是，正如玛丽·路易斯·科尔克所指出的，新维多利亚主义把维多利亚时代的人变成了当代欲望的准异国主体（quasi-exotic subject），从而使东方主义的概念复杂化。②

---

① 北京外国语大学英语学院，https://seis.bfsu.edu.cn/info/1106/2458.htm，2021年7月9日浏览。
② 北京外国语大学英语学院，https://seis.bfsu.edu.cn/info/1106/2458.htm，2021年7月9日浏览。

黑尔曼从萨义德东方主义的理论观点出发,论述了新维多利亚小说通过将殖民主义和种族主义的他者从边缘转移到了中心,重新界定了自我和他者,在此基础上实现了对殖民地历史的重写。她预言随着新维多利亚主义在全球范围的展开,维多利亚主义不可避免地被"东方化"和全球化——"这些文学和文化富有想象力地回归到维多利亚时代"[①],通过从不同角度阐释维多利亚主义,唤醒殖民主义的"幽灵",在对殖民地人们所受创伤的挖掘和书写中,揭露了维多利亚时期殖民主义和帝国主义的主流意识形态如何借助权力话语挪用并改写了殖民地人们的历史。

在这个意义上,笔者认为"新维多利亚后殖民小说"构成了当代"逆写"帝国文学思潮的重要部分。"逆写"帝国是后殖民思潮在文学中的实践,囊括了大量优秀的后殖民文学作品,比如印度作家拉什迪的《午夜之子》(*Midnight's Children*,1981)对福斯特的《印度之行》的重写,南非作家库切的《福》(*Foe*,1986)对笛福的《罗宾逊漂流记》的重写,尼日利亚作家阿契贝(Chinua Achebe)的《分崩离析》(*Things Fall Apart*,1958)对康拉德的《黑暗的心》的重写,玛瑞娜·沃纳(Marina Warner)的《靛蓝色》(*Indigo*,1992)和卡里尔·菲利普斯(Caryl Phillips)的《血的本质》(*The Nature of Blood*,1997)分别重写了莎士比亚经典戏剧《暴风雨》《奥赛罗》和《威尼斯商人》等。萨义德认为,被殖民者对于殖民者的文化灌输必然不是全盘接受,一定存在某些篡改与抗拒,因此存在通过被殖民者"逆写"帝国而建构一种文化抵抗的可能。"逆写"帝国的过程是被殖民者的"自我"与殖民者的"他者"之间关系的重构过程。在维多利亚经典小说中,帝国主义作为一种集体无意识渗透到作品之中。新维多利亚

---

① 北京外国语大学英语学院,https://seis.bfsu.edu.cn/info/1106/2458.htm,2021年7月9日浏览。

小说作家从被殖民者的立场出发,通过这些文本"踪迹",透过文本中保存下来的历史文化记忆,以修正主义的姿态重新讲述了殖民地人们所遭受的创伤。

鉴于创伤体验难以用文字表述,以及创伤本身的萦绕性特征,新维多利亚小说在经典文本的废墟中引入"幽灵",借此重构对创伤的记忆和叙述。在这个意义上,重写/逆写经典是对帝国主义话语霸权的有效干预形式和重要文化抵抗策略。在萨义德看来,这"不仅是政治运动的必不可少的一部分,而且在许多方面来说,是这个运动成功引导的想象"[①]。以下以《藻海无边》和《杰克·麦格斯》为例,论述新维多利亚小说中的幽灵、种族历史记忆与创伤书写。

批评家多把《藻海无边》视为后殖民女性主义的经典之作。从幽灵叙事的角度来看,这同时是一部女性幽灵小说。这部小说以伯莎·梅森的视角叙述了她何以变疯的故事,重新审视了勃朗特《简·爱》中出身高贵的"黑马王子"、狂放不羁的拜伦式英雄罗切斯特。他不仅以婚姻之名剥夺了伯莎的全部财产,还以殖民者的野蛮和残酷将出身于西印度群岛的妻子伯莎囚禁于桑菲尔德庄园的阁楼。在这部小说中,作者通过赋予伯莎话语权,让压抑的"沉默的他者"以自己的声音来讲述自己的故事,实现了对殖民主义和父权统治的双重控诉。在《简·爱》中,由于叙事视角的限制,伯莎·梅森是一个无法为自己言说的"幽灵",在夜半时分发出"魔鬼的笑声"。透过白人少女简的叙述目光,她游荡在城堡里,"穿着长袍,被单,还是裹尸布,我却说不上"[②]。

---

① [美]爱德华·W. 萨义德:《文化与帝国主义》,李琨译,生活·读书·新知三联书店 2003 年版,第 70 页。
② [英]夏洛蒂·勃朗特:《简·爱》,祝庆英译,上海译文出版社 2010 年版,第 371 页。以下引自本书的内容均在引文后标明页码。

"样子呢？我觉得很可怕，像鬼一样。"（第 270 页）伯莎·梅森被描述为一个陌生的"他者"形象——一个"以普通女人的脸和形体作伪装，时而发出嘲笑的魔鬼的笑声，时而发出寻找腐肉的老鹰的叫声的那个东西"（第 274 页）。斯皮瓦克指出，"伯莎在《简·爱》里的功能，呈现了人和动物之间的模糊边界，因此在这一精神下，小说削弱了她的权利"①。在简·爱单一视角的话语霸权下，她成了一个无法发声的幽灵，失去了应有的人性，呈现为扭曲的、动物性的一面。在第二十六章，读者通过简·爱的视角，看清楚了这个幽灵：

  在房间另一头的暗影里，一个人影在前后跑动，那究竟是什么，是动物还是人，粗粗一看难以辨认。它好像四肢着地趴着，又是抓又是叫，活像某种奇异的野生动物，只不过有衣服蔽体罢了。一头黑白相间、乱如鬃毛的头发遮去了她的头和脸……这条穿了衣服的野狗直起身来，高高地站立在后腿上……这疯子咆哮着，把她乱蓬蓬的头发从脸上撩开，凶狠地盯着来访者。我完全记得那发紫的脸膛，肿胀的五官。（第 280 页）

这个"幽灵"在简·爱的眼里是可憎的"髭狗""野兽"和"吸血鬼"，后来在罗切斯特嘴里她又是"恶劣的野兽般的疯子"，谈吐"粗俗、陈腐、乖戾、低能"，性格"邪恶""淫荡"。当简·里斯重读这部经典女性小说时，她对这位被囚禁于阁楼的来自殖民地的疯女人的遭遇表达了极大的愤慨。《藻海无边》延续了《简·爱》中的幽灵叙事，简·里斯通过重写"召唤"

---

① ［印度］佳亚特里·斯皮瓦克：《后殖民理性批判：正在消失的当下的历史》，严蓓雯译，译林出版社 2014 年版，第 132 页。

伯莎的"幽灵",还原了她身为克里奥尔人的身份和她原来的名字——安托瓦内特,并赋予了她讲述自己种族创伤的话语权。斯皮瓦克指出:

> "那是我第三次做这个梦,这次有了结果……我大喊一声'蒂亚',就跳了下去。我醒了过来。"那么,正是在书的结尾,安托万内特/伯莎可以说:"我终于知道了为什么我被带到了这儿,我必须要做什么。"我们可以将此解读为,她被带进了勃朗特小说中的英国:"我夜里在里面走的这所硬纸板的房子"——硬纸封皮包住的书——"不是英国"。在这一虚构的英国,她必须扮演她的角色,上演她的"自我"如何变成那个虚构的他者,必须一把火烧了那房子,烧了自己,这样简·爱就可以成为英国小说里的女性主义个人主义的女主人公。我必须将此理解为帝国主义普遍认知暴力的一个寓言,是为了殖民者的社会使命的荣耀,对自我牺牲的殖民地主体的建构。[①]

斯皮瓦克认为《简·爱》表达了帝国主义普遍认知暴力的寓言,《藻海无边》的重写颠覆了殖民者和被殖民者之间自我和他者的权利关系。通过补写安托瓦内特/伯莎的创伤经历,揭示了维多利亚时期"殖民主义"的主流价值观念对历史真相的扭曲。《藻海无边》这部作品的精妙之处在于通过叙事视角的转换和开放性的叙事结构实现了对经典的重写和意识形态置换。

《简·爱》采用了单一叙事视角,读者只是通过简的叙事视角和叙述话语间接地感知安托瓦内特/伯莎幽灵般的存在。至于这

---

① [印度] 佳亚特里·斯皮瓦克:《后殖民理性批判:正在消失的当下的历史》,严蓓雯译,译林出版社 2014 年版,第 132 页。

个西印度群岛的克里奥尔姑娘究竟为何来到英国,她的内心究竟有什么想法,她对自己的身份和处境有何认识,她发疯的真正原因是什么?我们听到的只是一面之词。但在《藻海无边》中,叙事视角有了根本的转变。里斯将勃朗特的文本反过来写,从安托瓦内特/伯莎的角度讲述这个故事,完全转移了兴趣的中心。在里斯的小说中,原先的主角简·爱缺席了,克里奥尔女人和罗切斯特的关系凸现出来,边缘变成了中心,安托瓦内特获得了话语权,从被表述的他者成为说话的主体。

为了给安托瓦内特以话语权,作家在叙事结构上做了精心安排。小说第一部分采用第一人称叙事,由安托瓦内特讲述自己童年时代充满歧视与恐惧的殖民地生活,反映了19世纪西印度群岛奴隶制解体后,白种克里奥尔人既受当地土人仇视,又为真正的白人贵族所不容的边缘生活状态,坦露了她心灵上受到的创伤。第二部分由无名男子讲述他为三千英镑陪嫁娶安托瓦内特为妻及疯妻给他带来的不幸。无名男子的讲述,让熟悉《简·爱》的读者在互文性阅读中,敏锐地感知到此人就是勃朗特笔下的罗切斯特。然后安托瓦内特打断男子的叙述,讲述自己被逼精神失常的痛苦过程。两种声音交错,使罗切斯特对伯莎的缺席审判受到质疑。第三部分仍由安托瓦内特自述她被带到英国后,莫名其妙地被当作疯子关在阁楼上,以及她所度过的漫长的暗无天日的生活,终于被折磨得精神彻底崩溃,其间穿插了女仆格雷斯的叙述。最后她梦到自己放火烧毁了庄园,跳下了屋顶。小说结束时,安托瓦内特手持蜡烛,慢慢地走在幽深而空旷的走廊上,将自己认同为桑菲尔德庄园里所谓的幽灵,完成了《简·爱》的结尾,与勃朗特的小说构成了某种形式的衔接与互文。

由以上分析可以看出,在《藻海无边》中里斯采用了多声部、多视角的叙事方式,使得安托瓦内特与罗切斯特的叙述话语并存，在形式层面上体现了两者的平等和冲突关系，而不是《简·爱》中单向的主体与客体、言说与被言说的不平等关系。这部小说有两个主要的第一人称叙事者：安托瓦内特和她的丈夫。二人的叙事时常构成冲突与对抗，甚至水火不容。在话语权力交锋当中，读者可以感受到男权中心主义和殖民主义霸权的存在。同时，里斯巧妙地将安托瓦内特作为小说的第一个和最后一个叙事者，使得她丈夫的叙事被包含在她的叙事架构中，导致叙事很难按照她丈夫的预设来确定意义。

显而易见，这种双重乃至多重声音交替叙述的策略打破了《简·爱》中勃朗特设定的那种单一声音，避免了某一方声音绝对地压倒另一方声音的做法，从而使得《藻海无边》成为巴赫金意义上的对话型小说。此外，这种多元的、非线性的叙事建构，对源文本线性结构的独白权威也构成了干扰和颠覆，使得先前被压抑的众多隐性文本涌现出来，进而淹没象征着"父法"的显性文本，从而有力地反抗了勃朗特有意无意建构的文本政治。因此，里斯小说的作用就不仅在于填补勃朗特小说当中的裂隙，更在于同权威的源文本的比照中获得自己小说的意义。

《藻海无边》的多声部叙述形式充分揭露了殖民地人们所遭受的创伤。罗切斯特占据安托瓦内特的全部财产，剥夺了她的自由与身份，并为她贴上"疯子"的标签，将她永久地囚禁起来。值得注意的是，安托瓦内特长久受着残酷的压迫，她渐渐不能认知自己，无法区分自我与罗切斯特塑造出的疯女人伯莎之间的界限，沦为自己眼中的"他者"。安托瓦内特身为克里奥尔人，一直在为"我是谁"的问题所困扰。罗切斯特通过摧毁安托瓦内特的地域认同感和精神认同感，试图抹杀她的身份；同时，安托瓦内特也慢慢地认为她已不是她自己。她说当罗切斯特用她已经疯癫的母亲的名字——伯莎称呼她时，她看到"安托瓦内特和她的一身香味，漂亮衣服，连同镜子，都从窗口飘出去了"[1]。安托瓦内特原本的身份消失以后，只剩下一个空无的躯壳，无法确认自己的存在，如同幽灵。因禁她的阁楼里没有镜子，安托瓦内特看不到自己在镜子里的形象，更加不能认知自己。在她碎片般的记忆中，她回想着过去对着镜子梳头发，"我看见的那女人是我本人，可又不太像本人"（第60页）。梦境中，安托瓦内特偷偷地走下顶楼，在门厅里她看见了别人口中的女鬼，"这个披头散发的女人，四周围着一个镀金画框"（第65页）。很显然这里的画框指的是镜子，安托瓦内特终于可以通过镜子来确认自己究竟是谁。然而，此时的她已经不能认识自己，而把自己当成伯莎的影像。被剥夺了一切的安托瓦内特心灵已是一片虚无，她的存在形式只是像幽灵一样，失去了自我。尽管安托瓦内特扔下蜡烛，想要逃离，试图摆脱镜子里被扭曲的自我形象，可是潜意识里她已接受她被改造成为疯女人伯莎这一残酷的事实。

《藻海无边》以细腻的笔触描述了父权制和殖民意识对安托瓦内特的双重禁闭，以及女性所遭受的精神和身体的双重创伤，创伤不仅导致了安托瓦内特的自我身份认同危机，而且更重要的是，它表达了种族创伤如幽灵般持久的萦绕。克里奥尔人虽然有着白皮肤，但是他们既不属于英国人，更不可能属于黑人。安托瓦内特一家被叫作"白蟑螂""白皮黑鬼"。父亲死后，安托瓦内特过着艰苦的日子，直到母亲再婚。从此以后，一切都发生了改变。在当地黑人的眼里，安托瓦内特一家背叛了他们，抛弃了他们，所以她们再也回不到黑人群体。在这场火灾中，弟弟死了，母亲疯了，一直居住的库利伯也被烧毁了。表面上看来这场火灾对安托瓦内特的影响只是在额头上留了一个伤口，但是实际上她

---

[1] ［英］简·里斯：《藻海无边》，陈良廷、刘文澜译，上海译文出版社1995年版，第58页。以下引自本书的内容均在引文后标明页码。

的心里也留下了一个巨大的伤口。与火灾相关的事物，如夜晚、火、母亲的疯癫、弟弟的死，经常萦绕着她。安托瓦内特的母亲伯莎在大火中痛失爱子和所有财产，最后导致疯癫的命运。安托瓦内特不愿意接受这个事实，宁愿认为母亲已经死了。但是母亲的幽灵一直萦绕着她："有一天我朝挂毯一看，认出了我母亲，穿着夜礼服，却光着脚。她像往常一样，眼光避开我，看着我头顶上面。"（第141—142页）而且她婚后一直被丈夫称为伯莎，这也暗示了母亲从未与她分开，她最后甚至重复了母亲疯癫的命运。在这个意义上，小说中安托瓦内特的一生都在那场火灾中注定了。由于在火灾中，面临身份选择时，受到黑人的拒绝，安托瓦内特企图从与英国男人的婚姻中获得英国身份，最后导致她因为种族身份被丈夫歧视，被禁闭在阁楼上的悲惨结局。小说结尾时，安托瓦内特把整个房子点燃了，最后，她看见提亚在游泳池里叫她，"我喊了一声'提亚'就跳出去"（第150页）。这一场景与安托瓦内特童年时遭遇的火灾如此相似，说明了她最终认同了童年玩伴提亚所代表的黑人身份，以放火自焚的方式实现了对种族迫害和父权统治的反抗。

《藻海无边》通过将殖民主义和种族主义的他者从边缘转移到中心，重新界定了自我和他者，在此基础上实现了对殖民地历史的重写。彼德·凯里（Peter Carey）的《杰克·麦格斯》也是一部新维多利亚后殖民小说，通过重写维多利亚时期的经典文学作品《远大前程》，揭露了大英帝国的殖民意识对"他者"麦格斯的异化，并采用幽灵叙事重述了麦格斯所遭受的种族创伤。[1]在《远大前程》中，皮普是主角、英雄，他从穷人到富人的发迹过程，完全依赖于殖民地的财富——先是马格维奇的匿名资助，

---

[1] 参见 Peter Carey, *Jack Maggs*, London: Faber, 1997。

后是依靠与东方殖民地的贸易。但在作者狄更斯看来，这一切都是理所当然的。虽然他对马格维奇的遭遇给予某种程度的同情，但从其小说的叙述中，可以看出他是帝国利益的维护者。凯里则反其道而行之，并将化名为杰克·麦格斯的流放犯置于叙述的中心位置，重新塑造了马格维奇的英雄形象，同时对化身为狄更斯的作家托比斯·欧茨进行了无情的讽刺。

凯里在小说中赋予麦格斯充分的叙述空间，让他有机会对自己所遭受的创伤进行申诉，从而消解狄更斯对马格维奇的丑化。麦格斯在作用人期间，经常溜进皮普斯的房间，写信讲述他苦难的童年和不幸的爱情故事，期待他的"儿子"皮普斯能够了解事情的原委，理解他内心的感受。他的童年就像雾都孤儿奥利佛·退斯特一样，流落街头，靠乞讨度日。后来布列顿妈妈（Mary Britten）收留了他，但她威逼才十岁的麦格斯去做偷鸡摸狗的勾当。在共同的"冒险"生涯中，麦格斯与布列顿妈妈的养女索菲娜相爱，并有了爱情的结晶，但狠心的布列顿妈妈强迫索菲娜吃药流产。由于布列顿的儿子告密，索菲娜被捕入狱。虽然麦格斯主动承担罪责，企图为索菲娜开脱，但最后还是眼睁睁地看着自己心爱的女人被推向断头台。麦格斯本人也被流放到澳大利亚的新南威尔士。

通过对《杰克·麦格斯》情节的梳理，我们发现这部小说以《远大前程》中的边缘人物马格维奇为主角，反转皮普（更名为 Henry Philipps）与马格维奇在"前文本"中的主次关系，使麦格斯在伦敦的不幸遭遇成为叙述重点。王丽亚指出，"重写以经典小说为'前文本'，通过反转人物关系、重塑人物形象、切换视角等叙事策略，使'重写'与'前文本'形成结构差异，引发读者对经典进行重新阅读"[①]。笔者认为《杰克·麦格斯》的幽灵

---

① 王丽亚：《"重写小说"中的"重读"结构——以〈杰克·麦格斯〉和〈皮普先生〉为例》，《外国文学》2017年第2期。

叙事主要表现当代作家通过将维多利亚经典小说视为"幽灵文本",在重读经典中发掘前文本蕴含的殖民话语和帝国主义意识形态,进而召唤前文本作家的"幽灵",在书写殖民地人们创伤的过程中实现"帝国逆写"。《远大前程》属于凯里创作《杰克·麦格斯》的前文本。凯里通过对经典文本的解读,借助"前文本"的"踪迹",在文本意义的"褶皱处"补写被主流意识形态遮蔽的"他者"的历史,因此属于德里达意义上的幽灵书写。具体来说,凯里采用"情节重置使'重写'与'前文'形成'同故事内嵌式'结构;这种'重写'既是作者对'前文本'的'重读',也是重写文本以互文结构向'作者的读者'发出的阐释召唤"[1]。凯里试图以重写的形式召唤维多利亚的幽灵——既包括作家狄更斯的幽灵,也包括小说文本中的人物"幽灵",甚至包括"作者的读者"的幽灵——并试图在与这些"幽灵"的对话中,重新阐释那段历史。在这个意义上,伊丽莎白·霍(Elizabeth Ho)指出,《杰克·麦格斯》用麦格斯的情节替换了皮普的"远大前程",这一反转代表了澳大利亚作家凯里对英帝国文化的逆写。[2] 伊丽莎白·霍特别提到,凯里挪用狄更斯塑造的马格维奇(Magwitch),删除人名中的"巫师"(witch),将他重新命名为"麦格斯"(Maggs),这一处理的象征意义在于对澳大利亚历史进行祛魅,为澳大利亚白人文化身份进行了正名。[3]

从以上分析可知,《杰克·麦格斯》和前文本《远大前程》构成互文和对话的关系。《远大前程》以皮普的成长历程为叙述

---

[1] 王丽亚:《"重写小说"中的"重读"结构——以〈杰克·麦格斯〉和〈皮普先生〉为例》,《外国文学》2017年第2期。

[2] Elizabeth Ho, *Neo-Victorianism and the Memory of Empire*, Continuum: Continuum Literary Studies, 2012, p. 15.

[3] Elizabeth Ho, *Neo-Victorianism and the Memory of Empire*, Continuum: Continuum Literary Studies, 2012, p. 63.

重点，采用成长小说模式，以人物自述回溯过往经历揭示了"远大前程"的虚幻本质，用英国人的视角表达了作者对维多利亚时代英国社会矛盾的批评。但是成长小说的线性时间叙事不可避免地造成了对历史真相的遮蔽。在一次访谈中，凯里指出：

> 我读狄更斯很费劲的原因有很多。但是毫无疑问，那本书（或者我们成长过程中读的那些书）都鼓励你采纳英国人的视角。如果用那种观点，你会喜欢皮普，他是你的人，也因此会突然认为马格维奇是一个极端险恶的"他者"。然而，我再读这本书，掩卷长思后……对狄更斯有些恼火，为什么哈维山小姐的金钱比马格维奇的钱体面？所以当我重新想象这本书的时候，我在其中安排了一个知道真相、但又歪曲事实的作家，一个狄更斯式的人物，也就是我小说中的托比斯·欧茨。我花了很长时间把这个人物复杂化，努力做到对他少一点苛刻，多一点喜欢。[①]

凯里对作家狄更斯将马格维奇"他者化"和作家根深蒂固的殖民意识表达了强烈不满。在《杰克·麦格斯》中他不仅采用增补信息的方式使得麦格斯的历史成为文本叙述的重点，以此引发读者对《远大前程》进行"重读"，而且他直接召唤狄更斯的幽灵，使他成为小说中的一个人物——作家托比斯·欧茨。欧茨对麦格斯的经历产生了浓厚兴趣，决定以他为原型，创作一部题为《麦格斯之死》的小说。单纯的麦格斯被迫充当了欧茨的实验工具，欧茨打着为杰克·麦格斯消除面部之疾的幌子，利用麻醉术，使麦格斯处于"昏迷"状态，并借助催眠术获取他的记忆。

[①] Ramona Koval, "An Interview with Peter Carey", Broadcast on Books and Writings on Friday, 12 September 1997.

在小说中，作为狄更斯化身的托比斯·欧茨不仅是帝国话语的代言人，而且贪财好色。欧茨并未按照催眠过程中麦格斯所透露的流亡史进行创作，而是编造情节，几乎像做数学题那样进行抽象推理，并预设了麦格斯之死的结局。借此，凯里暗示读者狄更斯在《远大前程》里对流放犯马格维奇的描写同样是歪曲的。这意味着澳洲历史始终处于被压抑、被抹杀的境地。在彼得·凯里看来，狄更斯在《远大前程》中对澳大利亚及澳大利亚流放犯祖先的贬低是不公正的。凯里在小说的结尾部分赋予了麦格斯完全不同的命运：当麦格斯得知欧茨在他的作品中歪曲真相，安排他在小说中被烧死的命运时，勃然大怒。他一步步控制了欧茨，迫使欧茨将所有的手稿扔进火炉。这里凯里赋予了曾经沉默的、被边缘化的流放犯以反抗的力量。麦格斯对欧茨随意安排自己命运的反抗同时也是彼得·凯里对维多利亚经典小说中殖民意识和话语霸权的反抗。

此外，《杰克·麦格斯》置换了《远大前程》中的主次人物关系，与此相应，作品在叙事话语层面也发生了变化。《远大前程》依照成长小说展开的自我叙述，《杰克·麦格斯》代之以采用全知叙述与麦格斯自述交替进行的混合法。除了从全知叙述者角度讲述麦格斯无法看到的真相，小说用三章篇幅（第二十六、二十七、四十三章）将麦格斯给菲利浦的信件内容直接呈现，详细讲述了自己被遗弃、受虐待的悲惨童年。戴安娜·F. 萨德夫（Dianne F. Sadoff）认为，麦格斯的叙述表明，《杰克·麦格斯》是"从澳大利亚殖民地和边缘对 19 世纪英国的逆写"[1]，麦格斯的写信行为本身代表了作者凯里赋予了底层人民和殖民地人民以

---

[1] Dianne Sadoff, "The Neo-Victorian Nation at Home and Abroad: Charles Dickens and Traumatic Rewriting", in Marie-Luise Kohlke and Christian Gutleben, eds., *Neo-Victorian Tropes of Trauma: The Politics of Bearing After-Witness to Nineteenth-Century Suffering*, Amsterdam—New York: Rodopi, 2010, p. 175.

自我言说的反抗姿态。麦格斯在叙述自己的痛苦遭遇时,特别强调他对布列顿妈妈无条件的眷恋,以及对方对自己的抛弃。麦格斯出生三天就被抛弃在泰晤士河旁边的垃圾堆里,小偷赛拉斯看到后把他送给了收售赃物兼做堕胎药生意的流浪女玛丽。麦格斯把玛丽当作母亲,一直称她布列顿妈妈;然而,这位母亲却把他看作"非洲黑鬼";当她后来发现麦格斯行动灵巧、善于攀爬时,便训练他从烟囱进入豪宅行窃。为了获得母爱,麦格斯很快学会了这种技术,而布列顿妈妈只是把他当作赚钱工具。养母名字"Britten"以谐音暗示读者这一形象代表英国,同时,用麦格斯的自述揭示其被利用、被歧视、被抛弃的遭遇,表达了作者对维多利亚时期英国殖民意识的愤慨。

总之,新维多利亚后殖民小说从后殖民立场出发,以帝国、殖民经验和殖民创伤为文学创作的中心题材,或是讲述他者和另类的故事,或是对殖民地落后的本土文化和流散心态进行清理和检讨。后殖民历史重写可以说是英国这个有着沉重帝国包袱的国家的一大文学特产,大英帝国的过去和现在为其生存和发展提供了独特的条件与土壤。在后殖民理论和创作潮中,在"历史已经终结"的一片喧哗声中,重新反思和检讨帝国由盛至衰的历史过程似乎成为时代的必然。但是希利斯·米勒指出,后殖民文学文本对欧洲经典的挪用和重写,虽然有其民族诉求,却不可避免地承认了欧洲文本的"纯粹先在性"和绝对参照体地位。"被殖民者只能用殖民者的语言和文学样式进行书写,虽然其主观目的也许是颠覆性和抵抗性的,其客观效果却因其模仿性的叙述结构通过对前文本的指涉,充当了召唤帝国主义文化幽灵、复活帝国主义传统的媒介。"[1] 这或

---

① [美]希利斯·米勒:《幽灵效应:现实主义小说中的文本间性》,满兴远译,载易小明编《土著与数码冲浪者——米勒中国演讲集》,吉林人民出版社2004年版,第53—54页。

许是新维多利亚后殖民小说幽灵书写的一个不可回避的问题。

第二节　幽灵、女性历史记忆与创伤书写

《藻海无边》叙述了种族创伤和幽灵，同时还涉及了女性历史记忆和创伤书写。维多利亚时期，英国除了海外殖民活动频繁，还是以科学和理性为标榜的父权制社会。女性社会地位低下，饱受父权制的压迫，这在多部文学作品中都有反映。比如《法国中尉的女人》中，莱姆镇上的格罗根医生是维多利亚时期"理性和科学"的代言人，他拥有丰富的医学知识，根据他的分析，萨拉患有严重的抑郁症，他建议查尔斯将萨拉送到精神病医院。据肖瓦尔特在《妇女·疯狂·英国文化》一书中的考证，这种将年轻女子以疯狂为名关进疯人院的行为在维多利亚时期的英国屡见不鲜，反映了父权制文化借科学之名对妇女进行形象上的扭曲和精神上的摧残。事实上疯狂不像生理性的疟疾或鼠疫，而系出自文化的构作。在福柯看来，它是不同时空里理性与非理性的对置而呈现的变异样态。福柯认为，一部疯狂史拆穿了只是理性对他者的叙述，真实的疯狂永远受压抑而沉寂不语。在格罗根医生的注视下，萨拉是抑郁症患者。维多利亚时期由进化论支撑的生物科学的研究表明，男性无论在智力上还是体力上都优于女性。女性因其固有的女人气成为男性视角下不断罗曼司化的他者形象：要么是纯洁的"家中天使"，要么就是堕落的妖女。萨拉甘愿将自己置于社会的边缘以换取自由的行为，在当时看来无疑是离经叛道的，因此她理所当然地被归为天使、妖女之外的"疯女人"行列。

维多利亚时期父权制的价值观念对女性的角色定位是"家中

天使"。传统的维多利亚家庭中,男人是绝对权威,法律赋予丈夫对妻子的绝对统治权;女人的唯一任务是取悦自己的丈夫。换用玛丽·沃斯通克拉夫特(Mary Wollstonecraft)的话:"一个妻子把自己的生存完全寄托在丈夫身上,在有关夫妻共同关系的所有事情上,只有丈夫的意志没有她的意志(或者使丈夫相信她没有自己的意志),把笼络丈夫的感情当作她毕生的事业。"[1]"家中天使"表面上把妇女的地位抬得很高,然而只是一种虚设,戴维·罗伯兹(David Roberts)认为,如同女皇之于全国一样,妇女在维多利亚时期虽然看起来"备受尊重",但被置于其上的基座却是虚假的。事实上维多利亚时代的男人总是视女人为低劣人等。当时的著名科学家也向女人宣说,女性的细胞有一种特殊的遗传基因,这使女子天生被动。因而"家中天使"的本质乃是男性强加于女性身上并令其服从的道德规约。[2]

贝蒂·弗里丹(Betty Friedan)对"家中天使"形象背后的意识形态建构性进行了批判。她指出社会指定妇女必须扮演的角色是贤妻良母("家中天使"),当妇女牺牲自己的个性和事业去完成贤妻良母的职责之后,却痛苦地感到生活缺乏意义和内心极度空虚,因此,"在我们作为女人的生活现实和我们要努力去与之相符的角色之间,存在奇怪的差异",女人面临着一种"精神分裂症一般的人格分裂"[3]。弗氏把社会强加于妇女的"家中天使"的形象称为"女性的奥秘",它是由生儿育女、取悦夫君、操持家务等单调乏味、不断重复的义务劳动所构成的无限循环,也正是扼杀

---

[1] [英]玛丽·沃斯通克拉夫特、约翰·斯图尔特·穆勒:《女权辩护 妇女的屈从地位》,王蓁、汪溪译,商务印书馆1996年版,第291页。

[2] [美]戴维·罗伯兹:《英国史:1688年至今》,鲁光桓译,中山大学出版社1990年版,第278页。

[3] [美]贝蒂·弗里丹:《女性的奥秘》,程锡麟、朱徽、王晓路译,四川人民出版社1988年版,第143页。

妇女生机的元凶。与"家中天使"相对应的则是"妖女"或"阁楼上的疯女人"。桑德拉·吉尔伯特（Sandra Gilbert）和苏珊·古芭（Susan Gubar）在《阁楼上的疯女人》（*The Madwoman in the Attic*）中深刻揭露了父权制社会对女性形象的歪曲，认为19世纪许多女作家作品中的疯女人形象就是被压抑的女性创造力的象征。[①]也有学者分析经典文学作品中的"妖女"，称其为文学中的"厌女症"（misogyny）或"虐女症"的症候。西方文学中，残忍狂暴的美狄亚（Medea）因情感受挫而变得暴戾、疯狂，甚至杀害孩子来极端复仇。中国文学中也有狐狸精，她们妖艳、邪恶，使男人失去理智陷入爱欲的泥沼而无法自拔。但是将女性建构为"妖女"的形象，同时也是出于男性的话语霸权。凯特·米利特（Kate Millet）指出："在男权社会里，用于描述女性的那些象征并非是女性自身制定的。……形成女性文化的思想观念，也是由男性设计制定的。我们现在所知的妇女的形象就是男性一手制造并符合其需要的。"[②]以伊莱恩·肖瓦尔特（Elaine Showalter）为代表的女性主义学者则主张发掘、梳理并构建维多利亚时期以来女性文学的历史与传统。[③]

　　文学作品中"家中天使"和"阁楼上的疯女人"这两个他者化的形象反映了维多利亚时期主流意识形态话语对女性的规训和惩罚。在19世纪女性作家的作品中，如《简·爱》（*Jane Eyre*）、

[①] ［美］桑德拉·吉尔伯特、苏珊·古芭：《阁楼上的疯女人：女性作家与19世纪文学想象》，杨莉馨译，上海人民出版社2015年版。

[②] ［美］凯特·米利特：《性政治》，宋文伟译，江苏人民出版社2000年版，第55页。

[③] 在《她们自己的文学·英国女小说家：从勃朗特到莱辛》（*A Literature of Their Own: British Women Novelists from Bronte to Lessing*）一书中，肖瓦尔特分析了从勃朗特时代起到当下英国文学中的女性书写，指出女性文学传统犹如其他亚文化群，它建构于一个大的社会圈子中，由自己的表达方式及自我意识的发展而凝聚。以女性共有的生存体验和生理气质为脉络，本书成功地在奥斯汀巅峰、勃朗特峭壁、艾略特山脉、伍尔夫丘陵之间发掘并构建了女性文学一脉相承的传统。参见［美］伊莱恩·肖瓦尔特《她们自己的文学》，韩敏中译，浙江大学出版社2012年版。

《呼啸山庄》(Wuthering Heights) 等，幽灵和疯女人频频出没，以独特的方式保留了女性的创伤和历史记忆。肖瓦尔特认为：

> 夏洛蒂·勃朗特等等这些19世纪女作家对女性精神病的叙述所蕴含的精神病学内容，要比维多利亚医生的描述丰富得多。她们的叙述表现了维多利亚疯女人的兴起是历史自身所证实的一个预言。社会不仅把妇女看作孩子气、非理性和性方面不够稳定的人，而且把她们描述为法律上无权和经济上的边缘者。在这样的一个社会里，妇女成为大部分背叛者，是不足为奇的。正是由于她们的偏离正轨，医生们才得以进行一种有利可图的实践，精神病院则招揽来了大部分病人。①

新维多利亚小说延续了维多利亚经典借助幽灵书写女性创伤的传统。在《论历史与故事》中，拜厄特一再强调，她创作《婚约天使》的目的是讲述桂冠诗人丁尼生的故事背后未曾被讲述的他的妹妹艾米丽·丁尼生和妻子艾米丽·塞尔伍德的故事："我的主题之一就是艾米丽受到排斥。"② 亚瑟之死通常是丁尼生传记中被浓墨书写的重要一笔，例如丁尼生之子哈勒姆·丁尼生的回忆录中，详细记述了这一事件对丁尼生创作和生活的重要影响，然而"该书只用寥寥数行描写了艾米丽为亚瑟服丧一年后，头戴白花从楼上走下来的悲伤场景"③。在丁尼生本人的诗歌《悼念集》中，诗人也重在描述自己的巨大悲痛，对艾米丽则有意隐略不

---

① ［美］艾莱恩·肖瓦尔特：《妇女·疯狂·英国文化》，陈晓兰、杨剑锋译，兰州大学出版社1998年版，第54页。
② A. S. Byatt, *On Histories and Stories: Selected Essays*, Cambridge, Mass.: Harvard University Press, 2000, p.104.
③ 金冰：《维多利亚时代与后现代历史想象：拜厄特"新维多利亚小说"研究》，北京大学出版社2012年版，第153页。

提。拜厄特说,"我试图想象艾米丽·丁尼生对这一切曾经怎样想,怎样感受"①。换句话说,拜厄特的《婚约天使》更关注历史书写中的女性创伤。在这个意义上,幽灵、女性历史记忆与创伤书写构成了《婚约天使》中的重要主题。

创伤研究可以追溯到 19 世纪后期。为了诊断当时社会上出现的歇斯底里症等精神障碍,弗洛伊德、吉恩·马丁·夏科(Jean-Mar-tin Charcot)、约瑟夫·布鲁尔(Josef Breuer)和皮埃尔·让内(Pierre Janet)等一批欧洲医生开创了对精神创伤的研究,以帮助病人走出令人痛苦的阴霾。由于创伤性事件的突发性,一旦卷入其中,局中人通常无法对整个事件有清晰完整的把控,但借助于闪回、重复和梦魇等形式,创伤仍会不断侵扰受害者的生活。在心理学家看来,通过讲述,创伤患者将碎片般的图像和记忆进行重新组合,并以合适的语言将其表达出来,创伤性事件才逐渐明晰起来,得到理解,被整合到受害者的认知结构之中并形成自身的意义。通往将来的道路得以点亮,受害者由此才能真正地去拥抱全新的生活。

《婚约天使》涉及艾米丽和丁尼生的精神创伤。哈勒姆的突然去世令他们陷入长时间的悲痛和哀悼之中。丁尼生创作《悼念集》即是以语言的形式表征创伤,诗集的出版使诗人最终摆脱长时间的哀悼,走向新的生活。"表征创伤就是对创伤性事件形成认知,有机会去把控在事件发生时没有弄明白的事物,形成关于事件的整体化图景。当光明洒向混乱的内心,被遮蔽的经验将告别幽暗的深渊,在获得秩序后,被整合到个体性记忆之中,个体由此获得新生。"② 表征创伤有两种形式。首先,"谈话疗法"。如

---

① A. S. Byatt, *On Histories and Stories: Selected Essays*, Cambridge, Mass.: Harvard University Press, 2000, p. 104.

② 何卫华:《主体、结构性创伤与表征的伦理》,《外语教学》2018 年第 4 期。

同拼图游戏，谈话是为了重新拼贴散落的记忆碎片，从而帮助受害者认识整个事件。只有事件被重新整合到认知系统之中，受害者的精神才不至于崩溃。其次，通过文学和艺术等形式再现创伤。在文学叙事中，在由人物连缀而成的情节中，创伤的碎片各归各位，由此被赋予连贯性、统一性和意义。文学表征的疗治潜能正是以此为基础，将创伤转换为叙事，借此清点创伤遗留下的踪迹，弥合破碎的自我，整合创伤性经验，帮助受害者找回意义。在创伤记忆得以重新把控的过程中主体得以重塑。

  丁尼生明显是通过《悼念集》的文学叙事实现了对创伤的治疗。那么作为哈勒姆未婚妻的艾米丽呢？在他们订婚当年，哈勒姆在随父亲出游欧洲的旅途中，染病身亡。哈勒姆的意外身亡给艾米丽带来了巨大的心理创伤，她无法像哥哥一样通过书写治疗创伤。不仅如此，丁尼生在《悼念集》中对艾米丽遭受的悲痛的有意忽略进一步强化了她的创伤记忆。历史上，我们常常听到的是哈勒姆和丁尼生的故事，艾米丽只不过是这个感人的故事中的一个配角。在《悼念集》中，我们清晰地感受到了丁尼生因为好友哈勒姆的去世而遭遇的悲伤与绝望。艾米丽的哀悼，却没人提及，被有意忽视了。在拜厄特的《婚约天使》中，艾米丽一直无法释然的是《悼念集》的出版似乎以某种方式取消和否定了她对哈勒姆的哀悼。尽管她为哈勒姆服丧长达九年，"阿尔弗雷德显然比她更为长久地生活在丧亲的痛苦中，并将这种痛苦诉诸笔端"（第 269 页）。《悼念集》的发表，在艾米丽看来，无疑是丁尼生的忠诚宣言，但同时也暗含着对自己不够忠诚的责备，"它向她的心脏射来一枚燃烧的飞镖，它试图把她消灭，而她感受到了这种痛苦，但却不能向任何一个人诉说"（第 269 页）。艾米丽感到，"阿尔弗雷德夺走了亚瑟并且把他同自己绑缚在一起，血肉相连，没有给她留下任何空间"（第 271 页）。

艾米丽的悲痛在叙事中的缺席,并不是偶然,这里涉及历史叙事中维多利亚时期女性话语权缺失的问题。《婚约天使》中,在哈勒姆生前,在丁尼生、哈勒姆及艾米丽三人之间,艾米丽就像是一个局外者,被排斥在男性世界之外。例如当艾米丽在草坪上与亚瑟和丁尼生相遇时,他们二人正在以男人的方式探讨着事物的本质。亚瑟对丁尼生说:"努斯是男性的,而希乐是女性的,正如天神乌拉诺斯是男性的,而地神盖娅是女性的;正如基督、逻格斯、道是男性的,而其所赋予生命的对象则是女性的。"(第262页)哈勒姆以智性与肉体的二分法将男性与女性对立起来,在他看来,女性是被动的审美客体,她们受感情和感性主宰,只有通过男性的认可和唤起才能得到永生的灵魂。这种观点将艾米丽等女性排除在维多利亚男性的智性世界之外,因而在历史叙事中处于被压制的失语状态。

拜厄特在《婚约天使》中试图通过赋予艾米丽话语权来重构女性的创伤历史。该书穿插进了艾米丽以第一人称进行的回溯式内心独白,使她得以通过讲述来摆脱创伤对她持久的萦绕。根据创伤理论,创伤会不断侵蚀个体的自我防御系统,造成精神、认知和行为等方面的障碍,直至吞噬其生命。唯有在讲述中,散乱的经历通过语言获得结构、秩序和连贯性,交流和共享过程的实质是对破碎经验的重组,使创伤性事件逐渐变得完整,具有明晰的结构和把控性。"在表征、编码和加工的过程中,'无法明言的'、不可言说的和不可表征的经历被赋予确切的含义,秩序将会在混乱中显现。"[①] 拜厄特赋予艾米丽叙述创伤的权利,使得艾米丽具有通过讲述创伤获得主体性自我建构的可能,同时使女性的创伤体验被大众感知。拜厄特对艾米丽创伤记忆的再现,一方

---

① 何卫华:《主体、结构性创伤与表征的伦理》,《外语教学》2018年第4期。

面还原了艾米丽内心的痛苦,弥补历史的这段记忆空白;另一方面,这也在一定程度上折射出了维多利亚时代的历史问题,即女性在历史叙事中被边缘化、被压抑的尴尬境地。艾米丽在年轻时与姐妹们组织了一个小型诗社,起名为"谷壳"。而与此形成鲜明对比的是,丁尼生与哈勒姆等人在剑桥参加的知识分子社团被称作"使徒社"。笔者认为这两个名字其实是对他们各自生存状况的隐喻:"使徒社",顾名思义,与追求真理相关,表征的是一种线性的时间模式;"谷壳",与此相反,只是一种狭小而又易碎的空间容器。拜厄特指出,"这种将女性等同于被动的物质、纯粹的肉体,而将男性等同于智慧的思维模式建立于一种错误的类比之上,所有的女权主义者都应对此进行解构"[1]。在拜厄特对艾米丽的创伤记忆再现中,我们看到了历史上女性遭遇的不公待遇。女性被排斥在专属于男性的智性生活之外。她们被要求遵守父权制社会强行划分的性别限制。女性遭受的这种不公待遇,只能压抑在心底,禁止言说。而对艾米丽悲恸的有意忽视,则显示了过去的历史记录对女性生存经验的漠视。女性无法参与历史的建构,她们的生命被限定在单一的范围内,并且丧失了话语权力,导致女性经验在历史话语中的缺失和扭曲。

受维多利亚时期对女性价值偏见的影响,传统女性被剥夺了通过努力获取智性的权利,失去了经由知识掌控并书写自身历史的权利。由于一直是男性在决定各个领域什么是重要的、有价值的,女性根本没有话语权。凯瑟琳·克莱门特(Catherine Clement)指出:"我并不是说知识总是和权力联系在一起,或者说那是必然的联系,权力是知识的威胁;我也不是说女性从来不在知识权力一边,但在女性历史的大部分情形中,她们是和没有知识

---

[1] A. S. Byatt, *On Histories and Stories: Selected Essays*, Cambridge, Mass.: Harvard University Press, 2000, p.111.

或没有权力联系在一起。"① 在这个意义上,拜厄特重述丁尼生和哈勒姆的历史,其更重要的目的是讲述天才作家身后被埋没的两个女性,她们情感上的痛苦、挣扎,以及在父权制的社会里艺术天赋被无奈磨灭的现实。对此,拜厄特直言不讳地指出"修正主义和女权主义"是她创作《婚约天使》的最初动力。在意识到维多利亚历史及其历史书写中的问题之后,拜厄特开始找寻修正历史记忆的方式,凭借对艾米丽创伤记忆的再现,拜厄特揭示了女性在维多利亚时期社会和文化中遭遇的不公,控诉了父权制社会强加给女性群体的性别限制。

然而,《婚约天使》并不局限于对女性创伤的书写。拜厄特本人指出:"《婚约天使》既是一个幽灵故事,又是一个爱情故事。作为幽灵故事,它关注活着和死去的身体;作为爱情故事,在其他主题之外,它关注男性和女性的身体。"② 经历长达 9 年的哀悼之后,1842 年,艾米丽走出哈勒姆之死的伤痛,接受了杰西上尉的求婚,开始新的生活。这种新的生活,并没有让艾米丽得到心灵的解脱。她与杰西上尉的婚姻遭到了哥哥丁尼生和哈勒姆家人的指责,而且也让她遭受到了同时代人流言蜚语的责难,这是她第二次遭受严重的心理创伤。外界的指责和内心的愧疚导致艾米丽频繁参加降神会,通过灵媒的中介作用(包括灵视、自动书写、对自动书写的阐释等)召唤哈勒姆的亡灵,与他对话,求得他的谅解。艾米丽缺乏通过讲述治愈创伤的机会,不得不求助于降神会上灵媒的中介,希冀通过和哈勒姆幽灵的交谈来治疗创伤。在这个意义上,与"幽灵"的交谈或可被视为在谈话疗法和

---

① Helene Cixious and Catherine Clement, "The Newly Woman", in Mary Eagleton, ed., *Feminist Literary Criticism*, New York: Longman Inc., 1991, p.153.

② A. S. Byatt, *On Histories and Stories: Selected Essays*, Cambridge, Mass.: Harvard University Press, 2000, p.110.

文学叙事疗法之外的第三种创伤救治方法。在索菲的灵视作用下，哈勒姆的亡灵在小说中的第二场降神会上出现了。

根据小说中的描述，索菲在通灵中看到了一个鸟状灵物，"在有翅膀的一侧，它长着一张猛禽的面孔，而另一侧则是不成形状的灰色物质，好似湿漉漉的黏土"（第328页）。这个灵物以哈勒姆的口吻向艾米丽传递信息："我在终极的至福里满怀喜悦，告诉她，我们将会联结在一起成为一个天使。"（第327页）哈勒姆的亡灵拖着腐朽的沉重肉体希望获得生者（艾米丽）的拥抱，两者结为一体，成为天使。然而，在那一时刻，艾米丽才意识到，与哈勒姆的灵魂合一并非她内心真实的想法，所以她选择了拒绝。这次与哈勒姆亡灵的对话使艾米丽重新认识到婚姻天使的真正内涵，她不应执着于未知的灵魂世界，而应在具体的物质生活中感悟婚姻的真正意义。直到此刻，艾米丽才真正走出创伤和哀悼，开始拥抱全新的世俗生活。

由以上分析可知，哈勒姆幽灵的出现对艾米丽最终走出哀悼和创伤起到重要的作用。拜厄特借助幽灵故事的外壳表达了她对于物质性、女性创伤、女性主体性、女性历史重构等问题的思考。创伤性事件对个体造成了极大困扰，创伤的巨大冲击力会摧毁个体的内心，但"与此同时，作为特殊的'记忆'形式，创伤同样为个体和集体性主体的形成、重构和巩固打开了通道"[1]。当个体无法正常地应对和把控这些突发性事件，创伤的冲击力将使其无法赋予创伤性经历以意义，就会造成个体已有认知图式的崩塌。但是治疗创伤的过程也是主体性的重新建构过程。在《婚约天使》中，拜厄特讲述了哈勒姆之死对艾米丽造成的创伤，通过降神会上集体故事讲述的形式，艾米丽的创伤得以缓解；灵媒对

---

[1] 何卫华：《主体、结构性创伤与表征的伦理》，《外语教学》2018年第4期。

幽灵的召唤以及幽灵的出现使艾米丽走出创伤,她个人的主体性在这一过程中得以重构。《婚约天使》讲述了创伤和幽灵的萦绕,更重要的是拜厄特借助这个幽灵故事阐释了历史上女性声音的缺失,她采用创伤叙事将女性的创伤经验带入人们的视野,试图重构女性的历史和传统。在文化与社会结构中,权力的倾轧和利益的争夺,导致殖民地人民、女性以及其他弱势群体沦为不合理制度、秩序和社会结构的受害者,借助创伤叙事,受害者可以呼唤社会的关注,伸张权利,进而修复社会结构的缺陷。对第三世界的人们、女性和其他遭受压制的群体而言,表征创伤实质上是一种赋权行为,话语最终将演变为"他者"在斗争之中的进阶之石,帮助他(她)们改善处境、维护权利和提升地位,争取自由、平等和幸福。在某种意义上,创伤叙事不过是"记忆复兴"(memoir boom)大潮中的支流,将各式被忽略、被排斥和被边缘化的创伤经验带入视野,其终极目的是构建更和谐、合理和公正的社会秩序,创伤叙事的伦理意义正在于此。

第三节　幽灵、个人历史记忆与创伤书写

以上从后殖民主义和性别政治的视角论述了新维多利亚小说中的幽灵、创伤和书写疗法,在本节,笔者将通过对格雷厄姆·斯威夫特的《从此以后》的文本细读,探讨个人和家族历史记忆中的创伤和幽灵,分析新维多利亚小说创伤表征和创伤见证的伦理意义。

沃尔弗雷斯在《创伤及证词批评:见证、记忆和责任》一文中指出:"创伤可以被视为一种幽灵……创伤的主体静止不动,

无法走出创伤留下的挥之不去的结果,而只能以有害的、重复的方式体验着分离的幽灵。"① 斯威夫特的《水之乡》和《从此以后》都是对家族/个人史中精神创伤的书写,描述了家族以及个人经历的创伤对主人公造成的持续的萦绕。在《水之乡》中,汤姆人生中的一系列创伤性事件(如弗雷迪之死、玛丽堕胎等)无数次重复出现,不停打断连续的时间性叙事。比如,在描述玛丽堕胎的情景时,汤姆感觉"我们已经跨进了另一个世界。一个万物静止、过去不断发生的地方……"(第284页)而且,对于这些重复出现的事件,斯威夫特统一采用了一般现在时,以表述这些事件对现在和将来的持续性影响,同时也暗示着汤姆早年的这些创伤从未成为过去,它们一直停留在他的生活中,成为他生命中的"此时此地"。汤姆在回忆中一次次地感叹道:"往往正是这些'此时此地'的突然袭击,非但没有让我们进入现在时——确实,它偶尔也会带我们短暂地进入现在时——反而宣布我们已成为时间的俘虏。"(第54页)

在这部小说中,斯威夫特不仅描写了汤姆个人生命中的创伤,还通过残存的史料发掘了他家族历史上的创伤——一个幽灵般的、被禁闭的维多利亚时期的疯女人萨拉。萨拉不仅作为托马斯商业扩张的棋子被强行占有、剥夺所有财产,而且还因为自己的美貌被无端猜忌的丈夫痛打致残,成为被关在阁楼里的"疯女人"。然而正史中却没有任何一手资料记录此事。此外,据正史记载,1874年,萨拉九十二岁,两个儿子为表孝心,还建造了一座精神病院庆祝萨拉的生日。然而,据汤姆考证,吉尔德赛民间却有一种广为流传的说法:阿特金森一家修造这所疯人院是为了

---

① Julian Wolfreys, "Trauma, Testimony, Criticism: Witnessing, Memory and Responsibility", in Julian Wolfreys, ed., *Introducing Criticism at the 21st Century*, Edinburgh: Edinburgh University Press, 2002, p.178.

把他们的母亲关进去,因为这个被挂在镇大厅的"圣母""守护者"已经疯了(第81页)。对于萨拉是否真疯并被囚禁在疯人院里,我们无从考证。但是,非常清楚的一个事实是:在一个以进步和理性为主导的男权社会里,作为妻子和母亲的萨拉,在精神和肉体上都承受了严重的伤害,她幽灵般的存在和缺场都深刻揭示了被进步历史叙事所遮蔽的另一副维多利亚人的面孔。

如果我们认同戴维·庞特(David Punter)等人的观点,借鉴幽灵批评的理论视角解读《水之乡》和《从此以后》,会发现作家斯威夫特采用幽灵叙事的形式再现了历史中的创伤和幽灵,它们属于德里达意义上的幽灵书写。不同于《水之乡》,《从此以后》对维多利亚时期的历史再现和叙事重构在两个层面展开:主人公比尔对先祖马修的历史再现,作家斯威夫特对维多利亚时期的历史再现。这两个层面的历史叙事均涉及了幽灵、个人和集体无意识里的创伤。具体而言,其幽灵叙事的特征主要表现为一个由多个"互文本"构成的超物质"幽灵文本",作家以此唤起历史深处游荡的维多利亚"幽灵",并以"腹语术"的形式再现了"另一类维多利亚人"的创伤,表达了他在历史与现实的遭遇中追寻历史真相的伦理诉求。在这个意义上,阿里亚斯和普尔曼认为德里达的幽灵学和弗洛伊德的暗恐(uncanny)等理论可用来解读"新维多利亚小说",因为这类作品以幽灵书写的形式在现在和过去之间建立了关联,以隐喻的形式表达了亡者、被压抑者的回归,并通过唤起幽灵的方式向死者和沉默的他者致敬,借此重新捕捉过去。[1]

《从此以后》在叙事结构上分为三个层次。第一层叙事中,自杀未遂的比尔在描述他当前的现实困境。不到十八个月的时

---

[1] Rosario Arias and Patricia Pulham, eds., *Haunting and Spectrality in Neo-Victorian Fiction: Possessing the Past*, New York: Palgrave Macmillan, 2010, p. xv.

间，比尔的母亲、妻子和继父相继过世。他依靠继父捐资获得了大学研究员的职位，但与当前的学术环境格格不入，地位尴尬。第二层叙事是对过去生活的片段式回忆。比尔希望在自己的叙述中探究他失败的人生根源。他的追述涉及了父亲的自杀、母亲的背叛、他的青年时代、他与继父的关系以及与妻子露丝的爱情婚姻生活。第三层叙事是他穿插进去的维多利亚时代的祖先马修·皮尔斯的日记。比尔在母亲死后得到这本日记，里面还附有马修自杀前写给前妻伊丽莎白的一封信。比尔决定在自己的叙事中再现马修的生活。他通过摘选马修的日记，证明马修对幸福生活的依恋，对妻子的深爱，经由自己的想象和日记的只言片语重构了马修的生活。如学者指出的，比尔对马修浪漫爱情和幸福婚姻生活的重构是为了规避现实生活中的创伤，[①] 这些创伤包括母亲与山姆的通奸所导致的父亲自杀，妻子可能存在的"不忠"行为，等等。由于马修的一生也是悲剧的一生（他经历了爱子的夭折和信仰的崩溃，最后自杀），如果比尔在马修的历史叙事中可以规避创伤，那么他也可以在自己的历史叙事中逃避创伤的影响。

如果说《水之乡》中的创伤和幽灵叙事朝向历史叙事的本体追问，《从此以后》则涉及历史书写中的主体性建构。《水之乡》的叙事结构类似于德里达"涂抹之下的书写"：它一方面呈现了一部"进步"的、理性的历史，另一方面又通过不断的质疑和反思抹掉了自身，试图还原历史的本真状态。汤姆感觉到在传统的历史书写中，历史"好像是一系列有趣的虚构故事""一个神话"（第55页）；作为历史老师，他认为自己有责任在"历史陷入神话的泥沼之时"（第55页），对其进行重新思考和

[①] 苏忱：《再现创伤的历史：格雷厄姆·斯威夫特小说研究》，苏州大学出版社2009年版，第75页。

建构。在叙述完阿特金森祖辈白手起家，而家族的辉煌却在大火中毁于一旦之后，汤姆指出直线前进的历史发展总是不断地偏离正轨，甚至回到了历史的起点；"他提出了自己认为较为适宜的发展模式：不断反省、挽救、弥补以往的过失，而不是把一味追求向前发展或刻意遗忘过去当作人类的进步"①。如哈琴指出的，"《水之乡》是对历史叙事的思考"②，这不仅反映在小说中"关于历史的终结""关于讲故事的动物""关于自然历史""关于帝国的建构"等章节标题上，还反映在小说中大段插入的后现代历史理论话语中。在《从此以后》中，中心叙事者比尔在历史建构过程中对自我叙事话语进行质疑和反思的元叙事声音大大减弱，而且叙事更朝向创伤的展演和救赎以及主人公自我主体性的建构。

《从此以后》涉及了维多利亚时期的马修和当代人比尔的创伤。马修的精神创伤主要由两次事件引发：他见到鱼龙化石时信仰碎裂和儿子菲利克斯之死带给他的绝望。马修在日记中提到他有一次和朋友们到多塞特悬崖边郊游，大家听到少女的呼救声时，都赶到了事发现场，只有马修没有去，而此时他发现了鱼龙的化石，他的信仰从那时起开始动摇。马修还说，十年的时间他一直在努力保持信仰，但是儿子的夭折使他的信仰彻底崩溃，他选择了六年伪信仰的生活，但是最终还是选择了向牧师岳父坦白，并因此毁掉了自己的婚姻，自杀身亡。比尔在当下语境下对马修生活的重构围绕着马修的精神创伤和他的自我主体性建构展开。马修的创伤和比尔的创伤在叙事中相互关联，前者还对后者

---

① 金佳：《格雷厄姆·斯威夫特小说〈洼地〉的动态互文研究》，《当代外国文学》2004年第2期。

② Linda Hutcheon, *The Politics of Postmodernism*, London: Routledge, 1989, p.56.

造成了萦绕。针对马修发现鱼龙化石那一幕，比尔在叙事中一再对想象的读者说："你不得不想象这个场景，对大多数人来说，没有什么本质的变化……但是对一些人来说，整个世界却轰然倒塌。"[1] 这个场景与比尔九岁那年得知父亲自杀的消息时，"随着父亲的死，我的世界从此分崩离析"（第 22 页），构成一种"文本内的互文"关系，使读者从马修的精神创伤转向叙事者比尔的个人经历，这也暗示了马修的故事终究只是比尔个人创伤在叙事上的置换——一种有效的规避创伤的叙事转移。

创伤研究表明，创伤事件对主体的认知会产生强烈的影响，受创的主体无法再用受创前的视角看世界，成功地走出创伤需要经历对自我身份的重新定位：承认创伤是个体经验意识中不可抹去的一部分，并且认识到创伤对先前的自我身份产生了不可修复的伤口。在《从此以后》中，叙述者比尔拒绝面对受创的真实自我，幻想通过对马修的历史重构来建构完整的自我主体。然而他拒绝创伤、通过罗曼史粉饰创伤的行为带来了主体的进一步分裂或碎化。比尔以罗曼司的叙事范式描写马修与伊丽莎白见面的场景，并对细节作了种种可能的猜测。他告诉读者，"事情就这样发生了，预兆着他们从此以后将过着幸福的生活"（第 117 页）。比尔在叙述中还指出，尽管意识到这次见面可能是双方父母的刻意安排，马修还是宁愿将其归为天意，马修感觉自己坍塌的世界最终被爱情所"拯救"——"他重新回到那个甜蜜、美好、明晰可辨的世界"（第 118 页），这一点与比尔和露丝相恋时所感觉到的"魔杖挥动，我忘记了自己是哈姆雷特……世界不再是疲倦、腐朽、单调和无意义的了"（第 84 页）如出一辙。在这个意义上可以说，比尔对马修历史的重构只是出于减轻精神创伤、实现自

---

[1] Graham Swift, *Ever After*, London: Picador, 2010, p. 110. 以下引自该书的内容均在引文后标明页码。

我"救赎"和满足个人主体性建构的需要，他急需找出自己在接连而至的创伤面前生活下去的力量。

克里斯蒂安·古特莱本（Christian Gutleben）认为，比尔和马修的故事都属于创伤叙事。马修的日记和比尔在自杀失败后对个人主体性的重构，都"对应于从创伤记忆到创伤叙事的发展过程。安妮·怀特海德认为这是创伤小说极其重要的部分，因为在创伤小说中，灾难性事件或经历往往被整合到过去的年代和个人的生活故事中"[1]。此外，比尔和马修的创伤叙事还"模仿了创伤经历的基本原理。根据多米尼克·拉卡普拉（Dominick LaCapra）的说法，创伤经历只是在很晚的时候才被记录下来，而不是在创伤发生的那一刻。把创伤变成文字，通过叙述帮助创伤主体整合体验，是走出创伤危机的一种重要方式。在这个意义上，《从此以后》的叙述形式本身模仿了创伤的形式和症候。[2] 在叙事结构上，《从此以后》和《水之乡》一样都没有遵循线性叙事，而是呈现为以创伤为中心的网状结构。小说的全部章节没有遵循任何时间或主题原则。它们在比尔自杀后目前的情况、他父母的社会背景、他更遥远的祖先的历史、他的维多利亚先祖马修的生活和日记之间随意摇摆。而这些叙事碎片都围绕着比尔和马修的创伤，以及比尔的自我认知和自我主体性建构。

从童年起，比尔就热切地追寻真实的事物。他对"真实的事物"的本体论追问和他对自我的认知紧密相关。比尔反复思考真实和自我的本质："什么是真实的？什么不是？我是谁？"比尔的

---

[1] Christian Gutleben, "Shock Tactics: The Art of Linking and Transcending Victorian and Postmodern Traumas in Graham Swift's *Ever After*", *Neo-Victorian Studies*, Vol. 2, No. 2, Winter 2009/2010, pp. 137-156.

[2] Christian Gutleben, "Shock Tactics: The Art of Linking and Transcending Victorian and Postmodern Traumas in Graham Swift's *Ever After*", *Neo-Victorian Studies*, Vol. 2, No. 2, Winter 2009/2010, pp. 137-156.

继父塑料大王山姆曾对他说:"你必须接受它,伙计……真实的东西已经用完、耗尽了,它已经被驱散,或者它的成本太高。你需要代替品"(第7页),而比尔却坚信"生活中真实的事物仍存在于某处"(第7页)。在比尔以浪漫爱情叙事建构自己的爱情婚姻生活时,他认为自己与露丝的爱情是真实的,"你看,我想我找到了真实的事物,这真实的事物"(第9页)。露丝带给他的是真实的生活,他与露丝的爱情承载了生活的真实意义。当叙述者最终把"真实"与他对露丝的爱联系起来时——"露丝和我是真实的",小说的讽刺性变得非常明显,因为露丝并未忠诚于他们的婚姻。小说提到不忠——"一个古老的故事。布谷!布谷!"这唤起对汤姆·斯托帕德的戏剧《真实的事》的互文,这部戏剧恰恰是关于不忠的(第212页)。当露丝的忠诚受到比尔的质疑,他陷入自我认知危机。在自杀未遂之后,比尔试图通过对维多利亚先祖马修的历史叙事建构自我主体性。他采用19世纪传统的历史叙事方式再现马修的历史,是希望在传统的历史再现中寻求稳定的意义,重构主体性。然而在叙事过程中,他感知到叙事的主观性,不断质疑自身对真实、稳定的意义和主体性的追寻,而且采用元小说叙事一再坦承他对马修历史的虚构。不仅如此,比尔"在叙述马修的历史时常常反观自己的生活,被虚构的马修和伊丽莎白成为另一个比尔和露丝"[①]。比尔在引导读者关注自己历史叙述的虚构性时,已经把叙事重心从被叙述的马修转向虚构叙事的创造者——他自己,读者从关注马修的创伤经历转而注意比尔的创伤叙事。

在某种意义上,古特莱本认为,"马修和比尔的双层创伤叙事构成了维多利亚和当代之间的连接性纽带。通过虚构达尔文、核危

[①] 苏忱:《再现创伤的历史:格雷厄姆·斯威夫特小说研究》,苏州大学出版社2009年版,第113页。

机和本体论危机,斯威夫特成功地抓住了19世纪和20世纪晚期的时代创伤"①。比尔通过阅读马修日记重构其历史的行为已经涉及见证的伦理。古特莱本指出,"除了采用历史叙事以实现创伤治疗,斯威夫特在这部小说中更感兴趣的是创伤的伦理层面。斯威夫特作为一名近期和遥远过去的读者,承担着历史见证的责任,体现了见证的伦理"②。比尔通过阅读一方面见证了马修的创伤,另一方面表现出通过叙事进行对其重构的伦理诉求。朱利安·沃尔弗雷斯指出,"见证行为只有在另一地点另一时间(而不是经历创伤事件的地点和时间)才有可能进行……见证只有在它并不被完全感知或经历的情况下才能被人接触,它也只能在无法接触实际发生的事件时被把握"③。马修在见到鱼龙化石的瞬间陷入信仰和认知危机,比尔在自身认知危机的处境下通过重构马修的故事来实现主体性建构,但是作为后来者他不可避免地担负起见证的责任。如古特莱本指出的,"通过聆听、阅读和回应,完成自身对他人创伤的见证和体验。见证创伤,意味着承担起传播这一创伤性事件并采取一定行动的义务"④。比尔在见证和表征维多利亚先祖马修精神创伤的基础上,通过叙事承担了伦理责任。同时,作家斯威夫特通过创伤联结维多利亚和当代两大叙事时空,并以创伤的循环往复性表达了后现代历史叙事的

---

① Christian Gutleben, "Shock Tactics: The Art of Linking and Transcending Victorian and Postmodern Traumas in Graham Swift's *Ever After*", *Neo-Victorian Studies*, Vol. 2, No. 2, Winter 2009/2010, pp. 137–156.

② Christian Gutleben, "Shock Tactics: The Art of Linking and Transcending Victorian and Postmodern Traumas in Graham Swift's *Ever After*", *Neo-Victorian Studies*, Vol. 2, No. 2, Winter 2009/2010, pp. 137–156.

③ [英]朱利安·沃尔弗雷斯编著:《21世纪批评述介》,张琼、张冲译,南京大学出版社2009年版,第169页。

④ Christian Gutleben, "Shock Tactics: The Art of Linking and Transcending Victorian and Postmodern Traumas in Graham Swift's *Ever After*", *Neo-Victorian Studies*, Vol. 2, No. 2, Winter 2009/2010, pp. 137–156.

伦理。古特莱本指出：

> 《从此以后》常常被当作一部单一的叙事声音的小说，事实上它有两个主要的叙述声音：来自20世纪晚期的比尔的声音和他的维多利亚先祖马修的声音。《从此以后》的兴趣点恰恰在于建立这两大时代之间的纽带。斯威夫特小说独特的后现代主义……在于它连接了各种创伤，各种语境以及各种美学传统，这既是新维多利亚小说后现代性的体现，也代表了20世纪后期英国后现代主义文学综合性和杂糅性的特征。通过将维多利亚和后现代联系起来，斯威夫特建立了相似和比较，这不可避免地要求对近的和遥远的过去进行一系列的重新考虑。斯威夫特正是通过重新评估历史及其参与者，在他的小说中涉及了伦理的维度。在我看来，这种伦理的回归是对新维多利亚小说后现代主义的基本评价。[1]

如上所述，以《从此以后》为代表的新维多利亚小说采用双重时空，既叙述了维多利亚时代和当代的创伤，同时也涉及了对创伤叙事的伦理责任。新维多利亚小说作家试图复活那些在历史中被迫消失的、遭受虐待的、被误解的维多利亚他者，这是他们伦理诉求的表现。"另一类维多利亚人"的创伤被置于当代的文化理论思潮下去考量，充当创伤见证者的不仅是比尔等当代时空下的叙事者，而且还包括当代的读者。作家通过插入以腹语术形式创作的维多利亚时期的日记、书信等，试图召唤读者在阅读维

---

[1] Christian Gutleben, "Shock Tactics: The Art of Linking and Transcending Victorian and Postmodern Traumas in Graham Swift's *Ever After*", *Neo-Victorian Studies*, Vol. 2, No. 2, Winter 2009/2010, pp. 137–156.

多利亚时期证词的过程中共同见证那个时代的创伤。在这个意义上,"新维多利亚小说通过想象重构了维多利亚时期的日记、信件、自传,甚至那些沉默的他者的思想和忏悔,达到了共情的叙事效果。他们对虚构的维多利亚时代普遍采用第一人称叙事这一事实本身表达了当代作家的伦理诉求"[①]。维多利亚人被希利斯·米勒(Hillis Miller)戏称为"完全他者",认为他们必然是不可知的,超出我们的理解和表征的范围,是我们无法占有的过去。然而对于那些在历史叙事中以伤悼、回忆和证词等形式展现的维多利亚人的创伤,那些被主流历史叙事忽略的声音,当代作家依然担负着伦理责任,即通过阅读见证创伤,通过想象性的重构为那些沉默的他者代言。沃尔弗雷斯指出:

> 创伤和证词批评的问题因此成为一场耐心的追踪,追寻这样一种因素,它使文学文本既具有记忆和责任的功能,又具有某种技术模式,一种显现过程,而所有读者在阅读行为中都必须对此承担见证,为此负责。阅读暗含着一个开放的回应系列,每一个回应都通往并进入可能是无限的破裂链。这样的一个阅读模式及其所引发的对文学作品的理解至少有两个效果。(1)回归或补充的行动,证言的魂归,意味着召唤另一事件作为叙事行为的内在因素;这样,它就成为可讲述的散布。我们凭它可以阅读一种叙事形态,它与历史事实正相反对,却展示一种见证诗学,展示了创伤作品作为记忆作品,是无法复原到任何历史模型的。(2)同时,这样的回归,以及它所暗含的持续见证,再次表明这样的事实,即我们永远无法逃避进行负责

[①] Christian Gutleben, "Shock Tactics: The Art of Linking and Transcending Victorian and Postmodern Traumas in Graham Swift's *Ever After*", *Neo-Victorian Studies*, Vol. 2, No. 2, Winter 2009/2010, pp. 137–156.

的阅读的行为……我们永远结束不了阅读,而阅读也总是处于即将起效的状态。卡鲁斯所探寻的结构展开与闭合,意思就是阅读所必然具备的伦理特点,一方面抗拒着封闭,另一方面抗拒着叙事行动中任何简单化的连续性或线性概念。[1]

从创伤和证词批评的角度解读新维多利亚小说,会发现这类作品以幽灵叙事的形式表达了一种有关创伤的"见证诗学"。阅读新维多利亚小说就是见证维多利亚时代的创伤,读者应承担伦理责任,将阅读视为永远无法完成的行为,因为阅读本身具备伦理特点。如前面引文所说的,"阅读一方面抗拒着封闭,另一方面抗拒着叙事行动中任何简单化的连续性或线性概念"[2]。沃尔弗雷斯提出"持续见证"的概念,因为"创伤从定义上说是不可记忆,即无法使其成为象征叙事部分来加以回忆的,为此,它便无穷地自我重复,不断归来萦绕于主体"[3]。创伤以幽灵的形式反复侵扰叙事,它抗拒书写,这造成了表征创伤的"技术性困难"。前面已经提到,幽灵叙事是书写创伤的重要形式,因为创伤唯有"以纠结不散的鬼怪或是频露痕迹的幽灵形式"再现,才更符合它重复性和萦绕性的特征。而阅读幽灵文本,"把创伤作为他者在特定文本中的物质呈现来阅读",读者需要游弋于在场和缺场之间,解读文本中的符号、痕迹或者作家"试图复原或重构历史时所依赖的标记等的指涉意义"[4]。在这个意义上,阅读是持续见

---

[1] [英] 朱利安·沃尔弗雷斯编著:《21世纪批评述介》,张琼、张冲译,南京大学出版社2009年版,第176—177页。
[2] [英] 朱利安·沃尔弗雷斯编著:《21世纪批评述介》,张琼、张冲译,南京大学出版社2009年版,第176—177页。
[3] [英] 朱利安·沃尔弗雷斯编著:《21世纪批评述介》,张琼、张冲译,南京大学出版社2009年版,第176—177页。
[4] [英] 朱利安·沃尔弗雷斯编著:《21世纪批评述介》,张琼、张冲译,南京大学出版社2009年版,第176—177页。

证,读者需要借助精神分析、历史和伦理等学科话语,在幽灵叙事羊皮纸式的涂抹书写之中读出创伤的真正意义,或如沃尔弗雷斯所言,"我们永远结束不了阅读,而阅读也总是处于即将起效的状态"①。

综上所述,本章从幽灵、种族历史记忆与创伤书写,幽灵、女性历史记忆与创伤书写,幽灵、个人历史记忆与创伤书写三个方面分析了新维多利亚小说幽灵叙事的创伤主题。新维多利亚小说对维多利亚时期创伤历史的再现,不论是个体的精神创伤还是历史上被迫"失声"的殖民地人们、少数族裔、女性群体等的集体性心理创伤的再现,均糅合了幽灵和创伤叙事。当代作家努力挖掘个体创伤或民族历史纵深处中的集体无意识创伤,揭示它们对当代人的萦绕。通过建构持续对现在造成侵扰的不同版本的过去的历史,新维多利亚小说以幽灵叙事的形式表征了维多利亚时期"沉默的他者"所遭受的精神创伤,表达了作家再现历史的伦理诉求和在当代语境下对维多利亚时期的"见证"。作为迟到的见证者,他们负有伦理责任,采用双重叙事时空叙事,在再现历史创伤的同时,凸显了备受创伤萦绕的当代叙事者凭借创伤话语建构自我主体性的努力。

---

① [英]朱利安·沃尔弗雷斯编著:《21世纪批评述介》,张琼、张冲译,南京大学出版社 2009 年版,第 176—177 页。

第五章　魂兮归来：新维多利亚小说中的女性哥特体裁

幽灵故事这种形式给女作家以特殊的自由：不仅能写怪异的故事和超自然的故事；而且较之其他文类，它还能提供对男性权力和性欲更为激烈的批判。①

——戴安娜·华莱士《怪诞故事：女性哥特式中的哥特故事》

女性哥特式（Female Gothic）是一种传统的、与女性性别身份相关的小说体裁。一般认为，英国女性哥特小说始于18世纪90年代，女作家安娜·拉德克利夫（Ann Radcliff）创作的《尤道弗的秘密》（*The Mysteries of Udolpho*）和《意大利人》（*The Italian*），开这一文类之先河。女性哥特式在维多利亚时期勃朗特姐妹的作品《简·爱》和《呼啸山庄》中得到进一步发展和完善。艾布拉姆斯在《文学术语词典》中将女性哥特视为传统哥特小说的变体，他指出：批评家近来开始关注一些女作家的哥特小说，女性哥特是女性性欲受压抑的结果，也是对性别等级和男性控制文化的挑战。② 在英语文学中，从安娜·拉德克利夫、简·奥斯

---

① Diana Wallace, "Uncanny Stories: the Gothic Story as Female Gothic", *Gothic Studies*, No. 6, May 2004, pp. 57-68.

② M. H. Abrams, *A Glossary of Literary Terms*, Beijing: Foreign Language Teaching and Research Press, 2004, p. 110.

第五章　魂兮归来：新维多利亚小说中的女性哥特体裁　149

汀、玛丽·雪莱、勃朗特三姐妹，到杜莫里埃、安吉拉·卡特、玛格丽特·阿特伍德都属于这个流派。在本章中，笔者以萨拉·沃特斯（Sarah Waters）的新维多利亚小说三部曲为中心，将幽灵批评与性别批判结合起来，论述女性哥特式在女作家对维多利亚女性历史的重构方面的意义和作用。本章分三部分展开论述：作为性别体裁的女性哥特小说；"阁楼上的疯女人"与维多利亚小说中的女性幽灵（《简·爱》和《远大前程》）；幽灵归来：新维多利亚女性哥特小说的修正主义叙事重构（《灵契》和《荆棘之城》）。

第一节　作为性别体裁的女性哥特小说

哥特小说（Gothic Novel）于18世纪后期出现，19世纪早期最为流行，通常以巫师术士、幽灵鬼怪、死尸蝙蝠、深沟峡谷、中世纪古堡为基本元素。英国哥特小说在19世纪中期因过度的色情和血腥描写而衰败，但它作为一种暗流在维多利亚经典小说（如《远大前程》《简·爱》《呼啸山庄》和《白衣女人》）中一直延续，并没有消失。哥特小说的第二次兴起在第二次世界大战至20世纪70年代期间，这次复兴在一定程度上为哥特小说洗刷去了贬义色彩，尤其是大量女性哥特小说的出现使这一文类逐渐偏离其原有的叙事成规，显示出蓬勃发展的势头，并迅速拥有了"心理哥特小说""科幻哥特作品""美国南方哥特流派""女性哥特"等现代哥特变体。[1]

---

[1] 林斌：《西方女性哥特研究——兼论女性主义性别与体裁理论》，《外国语》2005年第2期。

有论者指出，哥特小说这一体裁本身即与性别相关："尽管它的初创者是男性作家，不少小说出自男性之手，却依然在诞生之初被主流文学所排斥，划入俗文学行列，并被称为'女性化'的小说形式。"[①]不仅在体裁上被"女性化"，哥特小说自身也蕴含性别政治，主要体现在不同性别的作家具有不同的立场：

> 男性哥特作家享受更大自由，描写对象主要是对社会禁忌加以逾越的男性主人公，涉及到某个独立的僭越者，与各种社会体制如法律、教会、家庭的对抗。他们不回避暴力描写，小说中常出现凶杀、刑罚等对感官强烈冲击的恐怖场景。女性哥特小说作家更多受到了性别身份的束缚，小说内容以女性的经历为主，聚焦于女性的恐惧与焦虑，并不追求感官刺激，而是靠悬念取胜。[②]

这种对男性哥特作家和女性哥特作家写作风格截然不同的论断或许有失偏颇。但从整体上看，女性哥特小说的确具有鲜明的性别特征，即对女性创伤的揭示以及对她们内心深处焦虑和恐惧的深层描写，幽灵等其他超自然因素则大都沦为故事的背景。

随着20世纪70年代女性主义运动的兴起，女性哥特小说作为一种性别体裁引起越来越多的关注。这一文类虽始于18世纪90年代安娜·拉德克利夫的《尤道弗的秘密》，但直到19世纪随着浪漫主义文学运动的深入发展，它才逐渐成熟完善。玛丽·雪莱创作的《弗兰肯斯坦》（Frankenstein），将科幻色彩融于女性哥特小说中；夏洛蒂·勃朗特与艾米莉·勃朗特的《简·

---

① 陈榕：《哥特小说》，《外国文学》2012年第4期。
② 陈榕：《哥特小说》，《外国文学》2012年第4期。

爱》和《呼啸山庄》使女性哥特深深扎根于现实主义的土壤中。戴安娜·华莱士认为安娜·拉德克利夫和玛丽·雪莱分别代表了英美女性哥特的两个传统：

> 拉德克利夫的女性哥特影响了夏洛特·勃朗特（Charlotte Brontë）的《简·爱》（1847），从玛丽·伊丽莎白·布拉登（Mary Elizabeth Braddon）到达芙妮·杜莫里尔（Daphne du Maurier，1938）的《丽贝卡》（*Rebecca*，1938）等女作家的惊悚小说（sensation novel），以及20世纪60年代的现代哥特式小说。玛丽·雪莱的影响可以在艾米莉·勃朗特的《呼啸山庄》（1847）以及朱娜·巴恩斯（Djuna Barnes）、伊萨克·迪内森（Isak Dinesen）和卡森·麦卡勒斯（Carson McCullers）等女性哥特小说中的频繁出现的怪物与怪胎中窥见一斑。①

女性哥特小说的这两大分支虽看起来存在较大不同，但其精神内涵并无二致：无论是现实的"疯女人"还是超现实的"怪物"，都与女性在父权制社会中被压抑和遭受创伤的恐惧和焦虑心理相关。在这个意义上，女性哥特小说构成了18世纪末以来被湮没的女性文学传统中至关重要的一部分，因此，20世纪70年代随着女权运动的兴起，它得到批评界广泛的关注。

"女性哥特"（Female Gothic）一词由英国女权主义批评家艾伦·莫尔斯（Ellen Moers）在《文学女性：伟大的作家》（*Literary Women：The Great Writers*，1976）一书中首先提出。她认

---

① Diana Wallace, "Female Gothic", in William Hughes, David Punter and Andrew Smith, eds, *The Encyclopedia of the Gothic*, John Wiley & Sons, Ltd., 2012, pp. 1-6.

为"女性哥特是女作家用文学形式书写的自18世纪以来被称为哥特式的作品"[①]。在该书中,莫尔斯将"女性哥特"单列一章,详细梳理了英美文学中的女性哥特传统。她指出女性哥特与恐惧有关,其源泉在于女性对自身性别身份的焦虑,这同女性在父权制社会特有的成长经历息息相关,影响到女性个体成长过程的各个阶段。[②] 因此,"女性哥特"这一术语的提出从一开始就与性别相联系:莫尔斯将女性哥特式视为女性作家借用这种文学范式来表达女性在男权社会内心根深蒂固的恐惧。莫尔斯还归纳了女性哥特式的叙事范式:一个单纯无辜的女主人公受到一个势力强大的男性人物的威胁,被拘囿于一个迷宫式的内部空间;而故事的结尾往往是借助超自然的(或者理性化的)因素,女主人公通过婚姻重新融入更广泛的社众,获得一个圆满的结局。正如安德鲁·史密斯和戴安娜·华莱士所言,莫尔斯的贡献不仅仅是"引发了批评者对女性哥特的兴趣,探讨女性哥特以何种方式表达女性对父权制社会不满",更重要的意义是她把"哥特式置于女性传统的中心"[③]。

美国批评家伊莱恩·肖瓦尔特(Elaine Showalter)对女性哥特理论进行了发展。她认为女性哥特是"一种表达女性幻想、恐惧、和对父权社会抗议的流派"[④]。女性作家试图通过哥特式体裁与她们的女读者们达成某种共识,即女性长期以来生活在男性的压制之下,女性若要生存就必须向父权社会以及为其服务的传统

[①] Ellen Moers, *Literary Women: The Great Writers*, New York: Doubleday & Company, Inc., 1976, p.90.

[②] Ellen Moers, *Literary Women: The Great Writers*, New York: Doubleday & Company, Inc., 1976, p.90.

[③] Andrew Smith and Diana Wallace, "The Female Gothic: Then and Now", *Gothic Studies*, No.6, May 2004, pp.1-7.

[④] Elaine Showalter, *Sister's Choice: Tradition and Change in American Women's Writing*, Oxford: Clarendon, 1991, p.128.

性别意识形态进行挑战和反抗。她指出：

> 从性别社会学的意义上说，人类的性别关系实际上是一种以权力为基础的等级关系，男性作为强者占据着统治地位，而这一切的根源在于长期以来妇女在经济上无法自立，只能依靠于男性。妇女解放的关键就在于打破这种依赖关系。在传统上，男性把自己定位成历史的创造者、观察者、所有者和裁判者，并据此将女性排斥在社会的边缘。在这个男性主宰的社会里，女性面临着两种选择，不是温顺地遵守传统习俗，就是勇作异端从而为父权社会所不容。[1]

肖瓦尔特在性别的意义上肯定了女性哥特作为女性体裁所具有的政治意义。她还从对封闭意象的分析入手，指出在男权制度下，那个以男性为中心的"家"从根本意义上说是一个女性的监狱或收容所，因此表现女性在这样一个男性主宰的"家"中"噩梦"般的生活以及这个"家"给女性造成的扭曲和伤害是许多女性小说不变的主题，更是女性哥特小说反复刻画的人生体验。[2] 笔者认为，肖瓦尔特对女性哥特理论的重要贡献在于她努力使女性哥特成为一种新的文类，一种表达女性主义性别政治的女性体裁。在她的影响下，20世纪80年代以来，对女性哥特研究的重点一直集中在哥特风格背后的性别问题上。

---

[1] Elaine Showalter, *Sister's Choice: Tradition and Change in American Women's Writing*, Oxford: Clarendon, 1991, p. 127.

[2] Elaine Showalter, *Sister's Choice: Tradition and Change in American Women's Writing*, Oxford: Clarendon, 1991, p. 127. 关于"female gothic"，西方女权主义批评家有过许多论述，请见 Juliann E. Fleenor 主编的同名论文集《女性哥特》(1983)。

凯特·埃利斯（Kate Ellis）对哥特小说中的性别意识进行了探讨，认为女性哥特小说颠覆了家庭意识，把家庭住宅从女主人公的庇护所变成了禁锢女主人公的封闭空间。她还从女性恐惧和焦虑的角度进一步阐释和探讨了女性哥特中的性别意识。[1] 安妮·威廉姆斯（Anne Williams）也认为女性哥特的性别意蕴表达了女性在父权制社会中的恐惧和愤怒体验。此外，她指出，女性哥特体裁不仅"抗议父权文化的条件和假设"，而且"无意识地和自发地对它们进行重写"[2]。克莱里（E.J.Clary）指出早期女作家的哥特式风格是"父权制的寓言，其中涉及女主人公对邪恶父亲形象的恐惧以及她对缺席母亲的寻找"[3]。戴安娜·华莱士（Diana Wallace）和安德鲁·史密斯（Andrew Smith）从女性哥特和女性写作的关系出发，探讨"鬼故事和传说以隐秘的形式揭示父权文化如何压抑/埋葬母亲的形象"[4]。他们认为女作家所写的女性哥特小说揭示了"比现实主义小说和男性哥特小说更激进的对男权、暴力和掠夺性的批判"[5]。

最近十几年来，女性哥特理论与不同的后现代主义理论和文化意识形态批评理论产生交叉。本杰明·布拉本（Benjamin Brabon）和斯蒂芬妮·根兹（Stéphanie Genz）出版的论文集《后女性主义哥特：当代文化中的批判干预》（2007），提出"后女性主义哥特"（Postfeminist Gothic）这一新的批评范畴，以解

---

[1] Kate Ferguson Ellis, *The Contested Castle: Gothic Novels and the Subversion of Domestic Ideology*, Illinois: University of Illinois Press, 1989.

[2] Anne Williams, *Art of Darkness: A Poetics of Gothic*, Chicago and London: University of Chicago Press, 1995, p.138.

[3] Elizabeth J. Clery, *Women's Gothic: From Clara Reeve to Mary Shelley*, Tavistock: Northcote, 2000, p.2.

[4] Diana Wallace, "Uncanny Stories: the Gothic Story as Female Gothic", *Gothic Studies*, No.6, May 2004, pp.57-68.

[5] Diana Wallace, "Uncanny Stories: the Gothic Story as Female Gothic", *Gothic Studies*, No.6, May 2004, pp.57-68.

决"哥特与女性主义之间的关系和交叉"[1]。该论文集的主旨不是寻求对后女权主义哥特式的一致性解释,而是提供了开放性、多视角的诠释,认为后女性主义哥特式涉及了"一个矛盾的男性权利的退出的过程,同时打开了女性意义的建构,并创造了一个女性权力被剥夺的幽灵般的叙事领域"[2]。

吉娜·维斯科(Gina Wisker)的《当代女性哥特小说:狂欢,游荡和吸血鬼之吻》(2016)关注当代女性哥特式小说中的身体、性和叙事空间。她指出,当代哥特女性使用的哥特式的"背景、生物、气氛、比喻和叙事"是为了"揭露家庭中的恐怖、日常中的压迫,以及以各种形式延续下来的文化和想象的限制"[3]。她还认为女性哥特集中探讨"家庭、性、压迫女性的空间、场所、行为和规范、作为生殖场所的身体以及恐怖、技术控制和权力关系"[4]。维斯科的主要论点是当代女性哥特式倾向于"揭露基于性别的恐惧"[5]。

总之,女性哥特以性别为基础,关注女性在父权制社会中的禁锢与压迫,探讨女性的恐惧和焦虑,女性的自我意识及其对父权制的抗争。女性哥特是"女性写作"的一种重要方式,它通过文本的断裂有效地表达了"女性无意识"。在这样一个理论框架下,罗斯玛莉·杰克逊(Rosemary Jackson)指出,玛丽·雪莱的作品由于"在幻想中对代表男权话语的象征秩序展开了猛烈攻击,为

---

[1] Benjamin A. Brabon and Stéphanie Genz, eds., *Postfeminist Gothic: Critical Interventions in Contemporary Culture*, New York: Palgrave Macmillan, 2007, p. 5.

[2] Benjamin A. Brabon and Stéphanie Genz, eds., *Postfeminist Gothic: Critical Interventions in Contemporary Culture*, New York: Palgrave Macmillan, 2007, p. 10.

[3] Gina Wisker, *Contemporary Women's Gothic Fiction: Carnival, Hauntings and Vampire Kisses*, London: Palgrave Macmillan, 2016, p. 6.

[4] Gina Wisker, *Contemporary Women's Gothic Fiction: Carnival, Hauntings and Vampire Kisses*, London: Palgrave Macmillan, 2016, p. 7.

[5] Gina Wisker, *Contemporary Women's Gothic Fiction: Carnival, Hauntings and Vampire Kisses*, London: Palgrave Macmillan, 2016, p. 9.

'女性哥特'的'传统'另辟蹊径"①。玛丽·伊格尔顿（Mary Eagleton）认为，女性哥特文本以"歇斯底里"的叙事式表达了无法言说的女性自我。②

第二节 "阁楼上的疯女人"与维多利亚小说中的女性幽灵

在对新维多利亚女性哥特小说中的幽灵叙事和性别政治进一步论述之前，有必要对维多利亚女性哥特小说中的"阁楼上的疯女人"进行研究，探讨她们在经典作品中的普遍存在，以及她们作为传统哥特小说的"符号性能指"在作品中的性别意义。传统哥特小说的关键词有女巫、疯女人、女妖怪、吸血鬼、恶棍、幽灵、梦魇、附体、关押、囚禁、怪异、性受虐狂、报复、虐待狂、迷信、超自然，等等。哥特小说的特征涉及阴森、恐怖和怪诞等许多方面，常常与阴暗的天空、古旧的城堡或庄园、墓地、教堂、凶狠霸道的男子和备受压迫的柔弱女子，或者心理扭曲变态的疯女人等元素联系在一起。

"疯女人"是哥特文本的一个类型元素，却并非这一文类所独有。女性主义作家肖瓦尔特在《妇女·疯狂·英国文化》一书中将"疯女人"的原型追溯到文艺复兴时期莎士比亚的戏剧《哈姆雷特》（*Hamlet*，1601）中的奥菲利娅。有学者还曾梳理西方文学史中的"疯女人"群像，整理出三类"疯女人"形象：一是

---

① Rosemary Jackson, *Fantasy: The Literature of Subversion*, London and New York: Routledge, 1981, p. 103.

② Mary Eagleton, "Genre and Gender", in David Duff, ed., *Modern Genre Theory*, London: Pearson, 2000, pp. 250–260.

"天使型疯女人",以《哈姆雷特》中的奥菲利娅和《浮士德》(*Faust*,1831)中的葛丽卿为代表;二是"魔鬼型疯女人",以《麦克白》(*Macbeth*,1606)中的麦克白夫人和《远大前程》(*Great Expectations*,1861)中的哈维沙姆小姐为代表;三是女性主义作家笔下的"颠覆型疯女人",以《简·爱》(*Jane Eyre*,1847)中的伯莎·梅森、《藻海无边》(*Wide Sargasso Sea*,1966)中的安托瓦内特、《钟形罩》(*The Bell Jar*,1963)中的埃丝特·格林伍德和《浮现》(*Surfacing*,1972)中的女主人公"我"为代表。① 在本部分,笔者将"疯女人"作为一个特殊的女性群像进行研究,以经典维多利亚文本《远大前程》《简·爱》等为例,论述幽灵叙事与"疯女人"的结合所赋予维多利亚文学独特的性别烙印。

事实上,以桑德拉·吉尔伯特、苏珊·古芭和肖瓦尔特为代表的女性主义学者曾对维多利亚时期文学文本中的"疯女人"做了大量研究。桑德拉·吉尔伯特和苏珊·古芭在《阁楼上的疯女人》(1979)一书中通过重读19世纪著名女作家如简·奥斯汀、玛丽·雪莱、勃朗特姐妹、艾米莉·狄金森等人的作品,从文学史中打捞出了"疯女人"这一类别,认为在每个温顺善良的女人背后,都或多或少拖着一个癫狂的影子。"阁楼上的疯女人"这一女性形象的重要意义在于夏洛蒂赋予伯莎·梅森以颠覆性和反叛性力量,使她成为父权制压迫下女性受害者和反叛者的象征。不同于"天使型疯女人"奥菲利娅和葛丽卿,伯莎·梅森放火烧毁了桑菲尔德庄园,充分展现了女性对父权制的愤怒和反抗。在《阁楼上的疯女人》一书中,吉尔伯特和古芭还详细探讨了19世纪女作家作品中普遍存在的一些密闭空间意象,例如幽暗的古堡、神秘的老宅连同"女用面纱和服饰、镜子、油画、

---

① 甄蕾:《西方文学另类女性形象书写》,天津社会科学院出版社2018年版,第7页。

雕塑、上锁的抽屉、衣柜、保险箱"等"女性空间的道具"。她们指出，女性哥特小说正是通过封闭空间的意象来"反映女性作家自身的痛苦、无助感、由于身处陌生并无法理解的地域而产生的恐惧心理"及其对19世纪"性别领域划分"意识形态中蕴含的非理性成分越来越强烈的质疑。①她们挖掘女性作品中反复出现的主题和意象，对男性文化传统为女性所设定的"家中天使"和"疯女人"等形象进行了剖析和批判，指出虽然这些女性作家在历史上、地理上和心理上相距甚远，但是她们作品中的主题和意象却表现出惊人的相似性和连贯性，并认为正是女性作品中的这种一致性形成了女性文学鲜明独特的传统。

以"疯女人"的类型化形象为例，虽然男性作家笔下的哥特作品里也不乏"疯女人"的角色设定和对幽暗古堡、神秘老宅等类似的密闭空间意象的使用，但是这类意象在文本中会起到截然不同的作用，如林斌指出的，"监禁意象对于男性作家来说是形而上的、隐喻性的；对于女作家来说却是社会性的、实际存在的，女作家在文本中有意无意地用它们来界定自己真实的社会生活，传达了自身在人际关系中的焦虑不安"②。下面以《远大前程》和《简·爱》为例，分析在维多利亚男性作家和女性作家的小说文本中"疯女人"不同的作用和意义。

《远大前程》通常被视为一部反映维多利亚时代社会的现实主义小说，然而这部作品中的哥特因素也非常鲜明。在维多利亚时期，现实主义成为主要的文学潮流，哥特小说的地位有所下降，但并没有消亡，它仍然拥有大量读者，而且现实主义作家们

---

① [美]桑德拉·吉尔伯特、苏珊·古芭：《阁楼上的疯女人：女性作家与19世纪文学想象》，杨莉馨译，上海人民出版社2015年版，第84—85页。
② 林斌：《西方女性哥特研究——兼论女性主义性别与体裁理论》，《外国语》2005年第2期。

也没有拒绝使用哥特小说手法。哥特小说中的疯女人、监禁、幽灵等超自然要素在维多利亚现实主义小说中反复出现。在狄更斯等作家笔下,哥特故事的背景往往从遥远的过去和古老的城堡搬到了现实中的工业化大都市,作家对伦敦狭窄肮脏的街道、潮湿阴暗的地下室、猖獗的犯罪活动、下层人民所遭受的剥削和压迫等社会现实的描写带有明显的哥特色彩。在《远大前程》中,哈维沙姆小姐一出场就是一个有着魔鬼般外貌的"疯女人",是传统哥特小说中的常见角色设定。哈维沙姆小姐住在陈旧阴暗、荒草丛生的破败大宅里,穿着新娘的白婚纱,"头上还戴着新娘戴的花朵……但是她的衣服和花朵早因年久而褪色和干枯了"[①]。男主人公皮普小时候第一次见到她竟然以为她是一个蜡人或骷髅,吓得差点大叫起来。在皮普的观察下,哈维沙姆小姐的房间就像太平间,她身上的礼服就像尸衣,她的婚纱就像裹尸布,而哈维沙姆小姐本人"活像一具僵尸"。哈维沙姆小姐让她所有的钟表都停在了八点四十分,因为二十五年前就在哈维沙姆小姐即将举行婚礼时,新郎写来一封信抛弃了她,并卷走了她一大半的财产。哈维沙姆小姐为此生了一场大病,病愈后就"听任整座宅子的荒废",她再也没有脱下新娘的装束,再也没有移动房间的摆设,再也没有出宅门一步,"从那以后,她就没有再见过天日"[②]。

在狄更斯笔下,哈维沙姆小姐无异于一个在幽暗城堡里游荡的幽灵、一个禁锢在灰暗人生中的疯女人。笔者认为值得思考的问题是,哈维沙姆小姐这个"疯女人"在《远大前程》这部为男主人公皮普设定的成长小说中起到什么样的作用。根据后面的情

---

① [英]查尔斯·狄更斯:《远大前程》,主万、叶尊译,人民文学出版社 2004 年版,第 58 页。
② [英]查尔斯·狄更斯:《远大前程》,主万、叶尊译,人民文学出版社 2004 年版,第 58 页。

节发展，哈维沙姆小姐被抛弃后发疯，决定复仇。她抱养了一个小女孩埃斯特拉，发誓要把埃斯特拉培养成美丽、傲慢、狠毒的人，用她去报复天下所有的男人。哈维沙姆小姐让埃斯特拉不断勾引又不断侮辱皮普，唆使她抛弃皮普，嫁给一个品行低下的人。狄更斯采用漫画式的全知叙事视角将哈维沙姆小姐描绘成一个乖戾的魔鬼型"疯女人"——皮普成长道路上的障碍。笔者认为哈维沙姆小姐被妖魔化，是作家狄更斯根深蒂固的男性中心主义观念使然。狄更斯擅长而且热衷于描写童年生活困苦的小男孩的成长故事：《大卫·科波菲尔》中的大卫·科波菲尔、《雾都孤儿》中的奥利佛·退斯特、《远大前程》中的皮普均属此列。他们不仅是各自作品的主人公，而且"浑身满载着作家对他们的赞美、祝福和偏爱。但是，转到天平的另一边，狄更斯的作品却带给我们一群被美化或被扭曲的非真实的女性形象"[①]。法国传记作家安德烈·莫洛亚也指出："狄更斯笔下的女人的性格极为虚弱。只有《大卫·科波菲尔》中的多拉，可能还有加吉瑞太太的形象是真实的。当狄更斯打算描写一个十全十美的女人时，比方说《大卫·科波菲尔》中的阿格尼丝或《小杜丽》中的杜丽，他塑造了一个不可能的人物，一点阴暗面也没有。而他笔下的其他女人几乎是愚蠢的、不堪忍受的。"[②]

不独狄更斯，当桑德拉·吉尔伯特和苏珊·古芭在梳理历代西方文论家和作家的作品时，她们发现男性作家作品中存在严重的性别歧视现象，女性形象在文本中被再现为"天使"（angel）与"怪物"（monster）两个极端。她们指出，"一位女性作家需

[①] 甄蕾：《西方文学另类女性形象书写》，天津社会科学院出版社2018年版，第35页。

[②] 转引自甄蕾《西方文学另类女性形象书写》，天津社会科学院出版社2018年版，第35页。

要仔细研究、消化吸收并最终超越那些极端化的形象,比如'天使'(angel)和'怪物'(monster),它们都是男性作家为女性创造出来的……女性能够写作之前,必须'杀死''屋子里的天使'(angel in the house)。女性必须杀死那种美学上的理想模式,因为她们正是以这种形式被杀死,然后进入艺术的"①。换句话说,不管天使还是恶魔,都是男性虚构出来的、假想的产物,代表了男性对女性既向往又厌恶的矛盾态度。他们通过把女性禁锢在这样假想的现实和文本中,造成了女性作家对自己的身份和创作产生了焦虑和自卑感。吉尔伯特和古芭进而指出,由于"天使与怪物这两类形象长期以来在男性作家创作的文学作品中可以说无所不在,因此,它们势必也会在相当程度上渗透进女性作家创作的作品之中……女性作家还不得不(可能仅仅是无意识地)把自己看成潜藏于或天使、或怪物、或天使/怪物这类形象背后的一种神秘的生物"②。在男性和男性作家占据统治地位的社会和文本中,女性作家对自身的创作欲望和潜力产生了怀疑和焦虑。"这种强烈的恐惧使得她们采用迂回的方式进行创作:一方面她们屈服于男性作家,另一方面,又委婉地表达了自己的愤怒,就是采用'天使与恶魔'这种分裂的双重人格的方式。"③ 在这个意义上,女性作家作品中的"疯女人"和男性作家笔下的疯女人具有不同的性别建构意义。

维多利亚的女性作家创造了数目众多的"疯女人",其中最典型的莫过于《简·爱》中的伯莎·梅森。通过对伯莎·梅森形

---

① [美]桑德拉·吉尔伯特、苏珊·古芭:《阁楼上的疯女人:女性作家与19世纪文学想象》,杨莉馨译,上海人民出版社2015年版,第22页。
② [美]桑德拉·吉尔伯特、苏珊·古芭:《阁楼上的疯女人:女性作家与19世纪文学想象》,杨莉馨译,上海人民出版社2015年版,第22页。
③ 王冬梅:《女性主义文论与文本批评研究》,武汉大学出版社2018年版,第10页。

象的解读,吉尔伯特和古芭认为,女性作家笔下的疯女人形象是她们对男权社会不满所采取的隐蔽的、迂回的、倾斜的策略,是她们和男权社会妥协的结果:

> 整个19世纪以及进入20世纪以来的英国和美国的女性作家,都特别将注意力集中于对从男性作家创作的文学作品中继承而来的女性形象的批判、修正,解构和重构之上,尤其是,正如我们在关于王后的窥镜的讨论中已经提及的那样,集中在对模式化的两极人物形象天使和怪物的批判上……即便她们并没有公开地对父权中心的体制或传统(我们下面还将通过研究说明,大部分19世纪的女性都没有公开地这样做过)提出批评,这些作家还是几乎着迷地创造出了体现自身特点的人物形象,隐晦地表达了作者的愤怒。①

"疯女人"的颠覆性和反叛性是维多利亚时期的女性在父权诗学允许的范围内对自身性别身份的焦虑和愤怒的表达。"疯女人是作者自我的化身,是对天使或恶魔形象的颠覆、修正,重新界定和反叛。"② 以《简·爱》为例,女主人公简·爱是符合男性笔下的女性形象的。她虽然有愤怒与抗争,却是在男性文化范围内的,反映了她对男性理想的寻找和对家的渴望,以及对世俗婚姻的浪漫而朴实的向往。而真正的"阁楼上的疯女人"伯莎·梅森则反映了作者本人的愤怒,她代言的是藏匿的无声的被忽略了的

---

① [美]桑德拉·吉尔伯特、苏珊·古芭:《阁楼上的疯女人:女性作家与19世纪文学想象》,杨莉馨译,上海人民出版社2015年版,第98页。
② [美]桑德拉·吉尔伯特、苏珊·古芭:《阁楼上的疯女人:女性作家与19世纪文学想象》,杨莉馨译,上海人民出版社2015年版,第98页。

女性。吉尔伯特和古芭指出，如同伯莎·梅森，"疯女人的形象一次又一次地从女性作家们用以映照自己的本质和她们对于自己本质的认识的镜子之中浮现出来……女作家这种反叛的冲动不是投射到她们笔下的女主人公身上而是通过疯女人或怪物般的女人（她们在小说或诗歌后来的情节发展中都受到了恰如其分的惩罚）体现出来的，由此，女性作者们戏剧性地呈现了自己身上的分裂状态，表现出既想接受父权制社会的严苛评判又有意想抵制和拒绝它的双重渴望"①。在这个意义上，女性作家笔下的疯女人和男性作家作品中的情况不一样……"疯女人并不仅仅是女主人公的对手，或阻挠与干预她的人。从某种意义上说，她通常更有可能是作者的重影或替身（double），表达了作者自己的焦虑和愤怒的形象"②。这可以解释为何许多女性创作的诗歌和小说中有这样的疯女人形象出现，有论者甚至认为，"简·爱和伯莎·梅森是作者夏洛蒂·勃朗特的两副面具"③。下面以《简·爱》为例，论述维多利亚女性作家笔下的"疯女人"及其在女性哥特小说中的颠覆性意义。

《简·爱》关于"疯女人"伯莎·梅森的描写完全符合哥特式小说的特征：在桑菲尔德这座像古堡一样的庄园里，一个不明来路的"疯女人"被囚禁在暗无天日的阁楼上。她不时发出刺耳的笑声，经常逃出来乱闯还放火，她像野兽一样跑来跑去，用刀子和牙齿袭击人。夏洛蒂·勃朗特设置了伯莎·梅森这个具有哥特式风格的人物，使整部小说气氛阴郁紧张，充满了疯狂、暴行和复仇的精神。虽然有人指出，"疯女人"伯莎·梅森的哥特式情

---

① [美]桑德拉·吉尔伯特、苏珊·古芭：《阁楼上的疯女人：女性作家与19世纪文学想象》，杨莉馨译，上海人民出版社2015年版，第100页。
② [美]桑德拉·吉尔伯特、苏珊·古芭：《阁楼上的疯女人：女性作家与19世纪文学想象》，杨莉馨译，上海人民出版社2015年版，第100页。
③ 刁克利：《诗性的回归：现代作者理论研究》，昆仑出版社2015年版，第75页。

节是为了迎合当时读者的口味而添加，从而破坏了小说的艺术价值。但是，不可否认的是"疯女人"打破了维多利亚时期的男性话语霸权，表达了女性的性别焦虑和反叛意识。吉尔伯特和古芭还认为，《简·爱》代表了19世纪女性写作"囚禁"（enclosure）与"逃离"（escape）的主题。在她们的解读下，《简·爱》全书便是不断从监禁中出逃的复沓。"从小简·爱被禁闭在红房间开始，她逃离舅母家盖茨黑德、逃离沃伍德济贫学校、逃离桑菲尔德、逃离沼泽居、直到定居芬丁——密林深处的乐园；而潜隐其下的，是对阁楼上疯女人伯莎的囚禁以及她纵火焚毁这座监狱，以死获得逃离的故事"①。女性书写被囚并逃离男权规范的策略之一，便是自觉不自觉的双重叙述。在《简·爱》中，疯女人伯莎·梅森和主人公简·爱的故事构成了小说的双重叙述，她们互为镜像，象征着作家勃朗特分裂的自我。在这个意义上，吉尔伯特和古芭指出，"对于简·奥斯汀、乔治·艾略特这样的作家创作的积极的、理性的小说而言，疯狂的替身在其中的意义，是等同于它在夏洛蒂·勃朗特和艾米莉·勃朗特创作的、看起来更具反叛色彩的作品中的意义的。无论哥特作家还是反哥特作家，都表现出了她们自身的分裂性"②。换言之，关于"囚禁"与"逃离"的叙事构成了维多利亚女性叙事的主流。

在维多利亚时期，法律不承认已婚女性有独立人格和身份；在教育中，社会普遍认为，受教育是男性的事情；出版商自然也不愿意出版女性作家的作品。当时的主流价值观将女性视为"屋中天使"——"拒绝接受屈从、沉默、仅仅从事家务劳作命运的女性是可怕的东西——她们是戈耳工、塞壬、斯库拉、蛇

---

① 戴锦华、滕威：《〈简·爱〉的光影转世》，上海人民出版社2014年版，第83页。
② ［美］桑德拉·吉尔伯特、苏珊·古芭：《阁楼上的疯女人：女性作家与19世纪文学想象》，杨莉馨译，上海人民出版社2015年版，第100页。

形的蕾米尔、死亡之母或者黑夜女神"①。在某种意义上可以说，维多利亚时期的女性处于被"囚禁"的地位。吉尔伯特和古芭指出：

> 这个囚禁既是实际意义上的，又是象征意义上的。从实际意义上说，诸如狄金森、勃朗特、罗塞蒂这样的女性都被囚禁在她们的家中，囚禁在她们父亲的屋子之内。事实上，几乎所有19世纪的女性从某种意义上说都是被囚禁于男性的屋子之内的。从象征意义上说，正如我们已经看到的那样，文学女性被闭锁于男性的文本之中，她们要逃脱这些文本的控制，只有通过智谋和间接的方式。因此，这就并不奇怪，为什么有关监禁（enclosure）和逃跑（escape）的空间意象的详尽表达，还有经常发展到入迷程度的对这些意象进行艺术表现的激情，构成了大部分女性写作的特征。②

在这里，作者明确提出了与"疯女人"相关的一个重要论点，即"疯女人"是维多利亚时期女性整体境况的隐喻，而对有关监禁和逃跑的空间意象的表达构成了19世纪女性写作的特征。"疯女人"表面上沿用了传统哥特小说的角色设定，然而从根本上而言，她是女性作家双重性和反叛性的自我表达。以勃朗特为代表的女作家在将她们的愤怒和不安投射在如伯莎·梅森一般可怕的"疯女人"身上时，这"意味着她们既认同了父权文化强加到她们头上的自我定义，同时又对这种自我定义进行了修正"③。19世

---

① ［美］桑德拉·吉尔伯特、苏珊·古芭：《阁楼上的疯女人：女性作家与19世纪文学想象》，杨莉馨译，上海人民出版社2015年版，第101页。
② ［美］桑德拉·吉尔伯特、苏珊·古芭：《阁楼上的疯女人：女性作家与19世纪文学想象》，杨莉馨译，上海人民出版社2015年版，第106—107页。
③ ［美］桑德拉·吉尔伯特、苏珊·古芭：《阁楼上的疯女人：女性作家与19世纪文学想象》，杨莉馨译，上海人民出版社2015年版，第101页。

纪女作家使用同时也误用（或者颠覆）普通的男性传统或文类，因为通常来说，女巫—怪物—疯女人是男性文本为女性设置的负面形象，在这里女作家通过戏仿的手法既揭示又颠覆了父权制对女性形象的扭曲。吉尔伯特和古芭指出，"19世纪，女性并没有十分公开和愤怒地使用这类戏拟手法，但她们在尝试对自我的定义进行重新修正的过程中，确实也使用了戏拟，以获得一种背景的力量"[①]。举例来说，夏洛蒂·勃朗特的《简·爱》在对《天路历程》（*Pilgrim's Progress*）的批评性修正中，采用一位充满了探索精神的典型女性形象，替换了约翰·班扬笔下那位具有探索精神的基督徒，质疑了父权制社会对女性的屈从地位的界定。笔者认为，唯有在这个意义上解读伯莎·梅森，将"疯女人"理解为简·爱的另一"自我"，才能理解维多利亚时期女作家的处境和性别批判意识。她们戏仿男性哥特小说的笔法，通过创建天使和疯女人双线并存的复性叙事，表达了她们隐藏在文学文本下的颠覆性愤怒和反抗。女作家在妥协的表象之下对男性霸权实施了颠覆，隐晦地发出了自己真正的声音。在这个意义上，吉尔伯特和古芭指出："我们一直在努力界定的女性文学传统从各个层面上说，都参与了同样的双重性或者表里不一之中，而这一双重性与表里不一是需要以怪物和女主人公疯狂的对立面之类的替身的出现为基础的，这些怪物会使天使般的作者暗淡无光，女主人公疯狂的对立面会使理性的女主人公的生活变得更为复杂"[②]。

《阁楼上的疯女人》开启了从女性哥特小说的角度解读"女疯子"的新视角。笔者认为女性哥特式批评对于理解和阐释女

---

① ［美］桑德拉·吉尔伯特、苏珊·古芭：《阁楼上的疯女人：女性作家与19世纪文学想象》，杨莉馨译，上海人民出版社2015年版，第103页。
② ［美］桑德拉·吉尔伯特、苏珊·古芭：《阁楼上的疯女人：女性作家与19世纪文学想象》，杨莉馨译，上海人民出版社2015年版，第102页。

权主义文学中女疯子和幽灵的意象非常重要。由女性作家所创作的哥特小说中,疯女人是常见形象。女性哥特式故事中的女疯子或女幽灵,都是在失常或死后获得超出寻常的力量,这无疑形成对现实社会的控诉,也颠覆了世人对疯子和幽灵负面的刻板形象。在以《简·爱》为代表的女性哥特式小说中,无论是幽灵还是活人,女性都不再只是牺牲品或受害者,女性也靠自己的力量获得胜利。女性哥特小说中的女主人公所遭受的痛苦,成为她们战胜逆境的精神力量。在这个意义上,女性哥特小说代表了用哥特式的叙事形式书写女性主义的女权主义精神。从女性的立场来看,疯女人或者怪物般的女性仅仅是寻求自我表达权力的女性。她们力求"打破男性文本那具有负面影响的窥镜,抽身而出,获得健康的女性权威。她们在能够被社会接受的外观之下追寻着一幅幅颠覆性的图景,设法一边充满激情地呈现自己具有革命性的冲动,一边又似乎努力要使自己和那些冲动相分离"①。

在这个意义上,女性哥特以戏仿的方式既使用又颠覆了男性哥特的叙事成规,是具有性别意义的女性体裁。如伊莱恩·肖瓦尔特(Elaine Showalter)所言,女性哥特是"一种表达女性幻想、恐惧、和对父权社会抗议的流派"②,因而这一体裁本身是女性主义性别政治的表达。由于父权社会的逼迫,"从实际的意义上说,女性艺术家被拘禁在屋子里;从象征的意义上看,她们被拘禁在某一个特定的'位置'上,被限定在起居室内、闭锁在文本中、关在厨房里和刻写于诗歌内,她们自然会发现自己倾向于

---

① [美]桑德拉·吉尔伯特、苏珊·古芭:《阁楼上的疯女人:女性作家与19世纪文学想象》,杨莉馨译,上海人民出版社2015年版,第106页。

② Elaine Showalter, *Sister's Choice: Tradition and Change in American Women's Writing*, Oxford: Clarendon, 1991, p.128.

描绘黑暗的室内环境,并把自己被幽闭于室内的感受与反叛这种命运的意识混同为一体"①。维多利亚时期,女性自身被囚禁的社会处境使她们更倾向于采用女性哥特的形式、让"疯女人"幽灵般地游荡在故事的主线之外,最终以其反叛性和颠覆性形象完成对男性文本中歪曲的女性形象的修正和还原。

总之,维多利亚时期的女性哥特小说以疯女人为核心意象,曲折地表达了女性对自我身份的焦虑和对被"囚禁"的生存境遇的反叛。正是通过伯莎·梅森等疯女人的暴力行为,"女作家才得以实现她自己那种逃离男性住宅和男性文本的疯狂欲望,而与此同时,也正是通过这个复本的暴力行为,这位焦虑的作者才能为自己表达出以昂贵的代价换来的怒火的毁灭,而那种怒火已郁积良久、再难遏制"②。以勃朗特为代表的维多利亚女作家试图通过文本中的发疯的女性形象揭示藏匿在这形象背后的女作家的真实面目,构建女性写作的传统。

第三节　幽灵归来:新维多利亚女性哥特小说的修正主义叙事重构

维多利亚时期的"女性问题"(Women Question)一直是后现代作家历史想象的重要兴趣点之一。当代女性作家延续了夏洛蒂·勃朗特等维多利亚女性哥特小说的传统,利用女性哥特的体

---

① [美]桑德拉·吉尔伯特、苏珊·古芭:《阁楼上的疯女人:女性作家与19世纪文学想象》,杨莉馨译,上海人民出版社2015年版,第108页。
② [美]桑德拉·吉尔伯特、苏珊·古芭:《阁楼上的疯女人:女性作家与19世纪文学想象》,杨莉馨译,上海人民出版社2015年版,第85页。

裁优势，揭示女性被禁闭的生存境况以及她们的愤怒、焦虑、逃离和反抗。我们看到，维多利亚小说文本中的"疯女人"并没有消失，维多利亚时期的"女巫—怪物—疯女人"依然游荡在当代女性哥特小说文本之中。从简·里斯的《藻海无边》到A.S.拜厄特的《占有》《婚约天使》，再到萨拉·沃特斯的《轻舔丝绒》《灵契》和《荆棘之城》，对维多利亚时期女性问题的关注贯穿新维多利亚小说的不同创作阶段。笔者认为，不仅相当一部分新维多利亚小说可以归到女性哥特文类之中，而且采用幽灵叙事的形式表达女性内心隐秘的抗争、幻想和恐惧，已成为新维多利亚小说的主题。

前面已经提到，女性哥特小说和空间禁闭与焦虑直接相关。在这个问题上吉尔伯特和古芭论述道：

> 有关空间的焦虑感有时似乎不仅控制了19世纪的女性文学，甚至也在20世纪的女性文学中占据了重要地位。举个例子说，在埃伦·莫尔斯最近称为"女性哥特"的文类当中，居住在神秘而又错综复杂的，或者令人不安和窒息的屋子里的女主人公，经常处于被捕获、被诱骗甚至被活埋的处境中。但是，女性创作的另外一些种类的作品——比如社会风俗小说、家庭故事和抒情诗——同样也显示出作者对于空间上受约束状态的深切关注之情。①

在她们看来，直到20世纪，有关空间的焦虑感都没有从女性写作中抽离，女性依然没有冲破"男性文本的玻璃棺"，依然处于被禁闭的境地。此外，吉尔伯特和古芭还梳理了女性文学史上有

---

① [美]桑德拉·吉尔伯特、苏珊·古芭：《阁楼上的疯女人：女性作家与19世纪文学想象》，杨莉馨译，上海人民出版社2015年版，第107页。

关监禁和逃跑的意象表达，认为这构成了女性写作的传统：

> 从安·拉德克利夫（Ann Radcliffe）笔下情节剧式的地牢，到简·奥斯汀笔下带镜子的起居室，从夏洛蒂·勃朗特笔下神秘诡异的阁楼，到艾米莉·勃朗特笔下呈棺材形状的床，监禁的意象折射出的，是女性作家自身的不安情绪，她的无力之感，以及她对身处格格不入和缺乏伸缩性的环境的恐惧。确实，它折射出她日渐滋长的怀疑，即19世纪称作"女人的地盘"的地方，是不是真的就是那么非理性和奇怪。还有，从艾米莉·狄金森神秘的闺房到H. D. 那紧紧合拢的海贝壳和西尔维娅·普拉斯笔下坟墓般的洞穴，有关陷落、拘禁的意象形象地表达了女性作家对自我的认知，正是由于她彻底地为别人所占有（possessed），才会招致被剥夺（dispossessed）的命运。①

"地牢""带镜子的起居室""神秘诡异的阁楼""棺材形状的床""神秘的闺房""紧紧合拢的海贝壳""坟墓般的洞穴"等代表了从18世纪末的安·拉德克利夫到20世纪60年代的西尔维娅·普拉斯，最近一百多年来女性写作中的"禁闭"意象。20世纪七八十年代，埃伦·莫尔斯、吉尔伯特、古芭以及肖瓦尔特等女性主义文学理论家对维多利亚时期女性"禁闭"和"疯癫"等问题的研究一方面激发了当代女性作家对重构维多利亚时期女性形象的兴趣，另一方面这些激进的性别政治观念也深刻影响了当代作家历史重构时的叙事方式和叙事立场。但是，毫无疑问，因为时代和文化观念的不同，当代新维多利亚女性哥特小说具有和以

---

① ［美］桑德拉·吉尔伯特、苏珊·古芭：《阁楼上的疯女人：女性作家与19世纪文学想象》，杨莉馨译，上海人民出版社2015年版，第107页。

《简·爱》为代表的维多利亚女性哥特小说迥然不同的艺术特征。

新维多利亚女性作家在当代历史文化语境下对维多利亚女性的历史想象和重构本身即属于幽灵写作,因为她们试图通过书写与维多利亚前辈幽灵对话,以修正主义的姿态还原维多利亚女性的生存现实,并在与幽灵的对话和磋商中追寻女性写作的历史和传统。不同于《简·爱》采用"疯女人"作为女主人公"复本"(double)的双重叙事,新维多利亚女性哥特小说以更为直接的方式表达对父权诗学的反抗。与此相应,她们对传统哥特叙事因素的借用也不同于维多利亚女性哥特小说的"戏仿",而是如戴安娜·华莱士所说的,"幽灵故事这种形式给女作家以特殊的自由:不仅能写怪异的故事和超自然的故事,而且能提供比在现实的文类中对男性的权力和性欲更为激烈的批判"[①]。换句话说,新维多利亚女性哥特小说更强调在幽灵叙事的框架下拥有更多的创造自由,并且这一体裁自身也更有利于作家召唤并复活维多利亚时期的幽灵——那些代表着女性创造力和反叛精神的"疯女人"。同时,当代作家更倾向于还原维多利亚经典作品中"屋中天使"和"疯女人"等扭曲的人物形象背后的生存现实。这也解释了为何在新维多利亚女性哥特小说中有许多是重写经典或者重构女作家生平故事的女性哥特作品;前者如《藻海无边》,是对《简·爱》的重写;后者如《婚约天使》,改写了维多利亚著名作家丁尼生和他的妹妹艾米丽的故事。下面先以《婚约天使》为例,探讨拜厄特采用幽灵故事的叙事框架对维多利亚时期女性历史的重写。

一 《婚约天使》对女性历史的重写

《婚约天使》属于典型的女性哥特小说,不仅仅在于它采用

[①] Diana Wallace, "Uncanny Stories: the Gothic Story as Female Gothic", *Gothic Studies*, No. 6, May 2004, pp. 57-68.

了幽灵故事的外壳,更在于小说所蕴含的女性主义思想。在这个重新讲述的故事中,拜厄特在努力找寻被父权话语(如丁尼生的《悼念集》和各种传记)所遮盖的女性的创伤、历史与传统。在这个意义上艾米丽无异于伍尔夫曾经虚构的"莎士比亚的妹妹"。

艾米丽年轻时也不乏艺术天赋,然而在周围的男性诗人丁尼生和哈勒姆等父权观念的影响下,她不知不觉接受了这种观念,即男性是创造者,女性是被动的接受者,然而有时她对此也心存质疑,感慨同一事物对男性和女性的不同意义:

> 阿尔弗雷德梦中的萨默斯比,亚瑟曾经驻足过的花园天堂,野生的树林,还有温暖的壁炉,伴随着欢笑和歌唱,这一切都依赖于他们的出现,在某种程度上,依赖于他们对这一切的创造。在漫长的冬天的日子里,对于一个没有任何旅行机会,没有职业,没有欢乐的年轻女子来说,萨默斯比是不同的——在亚瑟到来之前和死去之后也是不同的——除了等待一个丈夫或是悲悼一个死去的情人,她别无选择。(第265页)

丁尼生在《悼念集》中一再复现的哈勒姆与他们一家在萨默斯比一起度过的乐园般的美好时光,在艾米丽的回忆中却是另外一番景象。在这里,艾米丽暗示了萨默斯比"乐园"对于女性而言的另外一重体验——它不过是一个"爱的囚笼"。漫长的冬天,艾米丽在萨默斯比终日无所事事,时间对她而言是一种周而复始的循环——克里斯蒂娃意义上的"循环的时间"(cyclical time);丁尼生和哈勒姆的到来才使萨默斯比"复活",幻化成乐园般的美好时光,因此对于"等待一个丈夫或是悲悼一个死去的情人"的艾米丽而言,这一时间体验无疑是"纪念的时间"(monumental time)。艾米丽意识到，这一切的不同"都依赖于他们的出现，在某种程度上，依赖于他们对这一切的创造"（第265页），这句话也暗示了男性对女性历史的主导地位，在某种意义上可以说是他们改写了她们的历史。

在父权制的价值观念中，女性是被动的审美客体，只有通过男性的认可和唤起才能得到永生的灵魂。受这种价值偏见的影响，在拜厄特笔下，传统女性被剥夺了通过努力获取智性的权利，失去了经由知识掌控并书写自身历史的权利。另外两个典型的例子是《婚约天使》中丁尼生之妻艾米丽·塞尔伍德和《占有》中的艾什之妻艾伦。在相关历史记述中，艾米丽·塞尔伍德呈现给我们的是一个极其称职的桂冠诗人妻子的形象；丁尼生评论者也一致认为，正是因为艾米丽无微不至的照顾，丁尼生才在婚后过上稳定的生活，性格也逐渐乐观和开朗，并指出"她的品格证明，在维多利亚时代传统性别角色的限制下，女性仍然可以获得成功。艾米丽心甘情愿甚至满怀热情地接受了这个角色"[1]。这显然是19世纪文学中常见的"家中天使"的典型形象。前面已经提到，"家中天使"的角色在很大程度上是父权制社会出于维护自身秩序所设立的道德"典范"。据记载，丁尼生夫人在丈夫的要求下烧掉了他们在婚前的绝大部分往来信件，而她在婚后写给丈夫的大部分信件也按照她本人的意愿被销毁。[2] 这些被销毁的信件背后隐藏着怎么样的历史真实？丁尼生夫妇不愿后人看到的内容究竟是什么？这些我们今天已无从知晓，拜厄特《婚约天使》也没有过多提及。笔者认为，如果将这一历史"空白"与

---

[1] Jack Kolb, "Rev. of The Letters of Emily, Lady Tennyson", *South Atlantic Bulletin*, Vol. 41, No. 2, 1976, pp. 150–153.

[2] T. H. Vail Motter, "Rev. of Alfred Tennyson", *Modern Language Notes*, Vol. 65, No. 5, 1950, pp. 355–357.

《占有》中对虚构历史人物艾伦生活的描述结合起来阅读，拜厄特对天才艺术家背后的"家中天使"的生存状况的揭示是完整而又深刻的。

与艾米丽·塞尔伍德一样，艾伦也是众人眼中的"家中天使"。而且，她也在36岁那年，才与相爱12年的艾什结婚。① 同样，她也留下了大量的日记和书信，大部分内容是对日常家庭生活琐碎的描写。有意思的是，小说中的学者比阿特利丝·贝斯特在艾伦的日记中发现了一种"系统化的省略"，认为艾伦创作和保留日记的目的似乎是"迷惑"可能的阅读者。在比阿特利丝看来，艾伦试图通过日记中的省略、空白掩盖她与丈夫之间心照不宣的秘密——他们有名无实，充满谎言和欺骗的婚姻。在《占有》中，拜厄特采用传统的维多利亚第三人称"作者式干预"的叙事形式，补充了艾伦日记中有意省略的内容，向我们展露了维多利亚女性真实的心灵感受：

多少日子，我们就这样静静地躺着，等待一天的结束，那时我们就可以入睡。我蛰伏一般躺在这里，如同白雪公主躺在玻璃棺里，活着却与世隔绝，呼吸尚存，却一动不动。而外面，大千世界中，男人们正沐雨栉风，经历着他们的冷暖人生和世事浮沉。（第252页）

在这段话中，值得注意的是"白雪公主"和"玻璃棺"的意象，拜厄特在多部作品中常用它们隐喻女性的残酷生存现实。艾伦认

---

① 有论者据此认为，《占有》中艾什的形象是维多利亚时期几位男性诗人勃朗宁、丁尼生等人的综合体，丁尼生在36岁那年和艾米丽·塞尔伍德结婚。参见 Elisabeth Anne Leonard, "A Story of Literary Studies: Writing, Reading, and the Fiction of A. S. Byatt", Ph. D. Dissertation, Kent State University, 2001, p. 244。

为，留给男人的是外面的整个"大千世界"，他们可以随意经历"冷暖人生和世事浮沉"；而女人拥有的只是无限狭窄的空间，她们经历的只是一天天的等待和"蛰伏"——如同玻璃棺中的白雪公主，只有凭借王子的亲吻才能唤起自身的生命和热情。因此，将艾米丽·塞尔伍德与艾伦的形象叠加起来，我们可以拼贴出维多利亚时期女性生存的现实——她们通常在远离社会中心的家庭牢笼里无奈地消磨自己的一生。

拜厄特敏锐地意识到了千百年来女性的这一整体生存境遇，在《占有》中，她借拉摩特之口感慨道："男人们能够献身殉道/在任何地方/在沙漠，在教堂/或者公共广场。/没有任何紧迫的行动/这就是我们注定的命运/消磨漫长的一生/于一间黑暗的房屋。"（第125页）短短的几行诗概括了人类的整个历史，表达了时间对于男性和女性的不同意义。"消磨漫长的一生/于黑暗的房屋"是女性生存状况的整体隐喻，她们被排除于线性时间框架之外，在狭窄的生存空间中、在循环往复的永恒时间中，孤独终老。拜厄特对女性禁闭性生存状况的深刻揭露和吉尔伯特与古芭在《阁楼上的疯女人》中对维多利亚女性哥特小说中的"禁闭"意象的精彩分析如出一辙。于是，在《婚约天使》中，她借助降神会上集体故事讲述的叙事框架，采用哈勒姆幽灵的出场烘托恐怖氛围，但深层的叙事目的是挖掘女性创伤，重构女性的历史和传统。

从以上分析可知，新维多利亚女性哥特小说属于广义上的幽灵书写：在一些作品中幽灵直接出现，而大部分小说只是借鉴了传统哥特小说的叙事要素，如萨拉·沃特斯的《灵契》和《荆棘之城》等。但是，聆听死者、与幽灵对话以及在历史重构中修正主义的女性写作立场是当代女性哥特小说的共同特征。戴安娜·华莱士在研究了伊丽莎白·盖斯凯尔、梅·辛克莱和伊丽莎白·

鲍恩等女作家所创作的女性哥特小说之后指出,"女性哥特小说旨在揭示男权社会如何压制和埋没女性形象,因此当代作家有可能避开充斥于早期哥特式小说的婚姻主题,而在故事中表现对男权压制的反抗"①。在这个意义上,女性哥特作为一种女性写作模式,不仅有助于新维多利亚女作家探索女性在男权社会中的无助,以及女性对禁锢的根深蒂固的恐惧,同时女性哥特与当代意识形态的结合大大刷新了这一传统题材在主题和意象上的表达,赋予了它新的性别、社会和文化蕴含。

二 禁闭与反抗:《灵契》和《荆棘之城》中的"另一类维多利亚人"

萨拉·沃特斯是英国当代文坛声名鹊起的女作家,她最具代表性的作品莫过于被称为"新维多利亚小说三部曲"的《轻舔丝绒》《灵契》和《荆棘之城》。阴暗的监狱、面色苍白的灵媒、恐怖的通灵场景(《灵契》),古怪的庄园、巨额财产、英俊的男人、身世之谜(《荆棘之城》),这些哥特叙事因素的加入使"新维多利亚小说三部曲"的后两部具有女性哥特小说的典型特征。在本部分,笔者结合女性哥特小说理论,探讨沃特斯小说中女性主义与哥特因素相糅合为新维多利亚小说带来的独特的女性意识形态和美学特征。

《灵契》的主要背景设定在维多利亚时代的梅尔监狱,这部作品涉及灵媒与通灵术,是一部典型的新维多利亚女性哥特小说。沃特斯融合了自己对于通灵术、监狱和维多利亚时代的兴趣,讲述了一位上层中产阶级女性玛格丽特·普赖尔(Margaret Prior)和一位被囚禁的灵媒萨琳娜·道斯(Selina Dawes)之间

---

① Diana Wallace, "Uncanny Stories: the Gothic Story as Female Gothic", *Gothic Studies*, No. 6, May 2004, pp. 57–68.

的故事。玛格丽特的父亲去世后,她的同性恋人海伦嫁给了自己的亲弟弟。遭受打击后郁郁寡欢的玛格丽特来到梅尔监狱担任志愿探访者(visitor lady),她和女囚犯们交谈,目的在于以自身形象为楷模引导和教化狱中的"堕落"女性,引导她们"重塑新生"。

在探视的过程中,玛格丽特偶然看见一名女囚犯静静地坐在床上,阳光从小窗户射进来,照在她恬静的脸上以及她手中的一朵紫色小花上。玛格丽特自此对这个因"欺诈和袭击"罪名入狱的女囚萨琳娜·道丝产生了兴趣。萨琳娜声称自己是沟通现世和彼世的灵媒,有一次招鬼魂出来时出了意外,吓死了一位患有心脏病的太太,才被捕入狱,但她坚称自己是清白的。萨琳娜的遭遇使玛格丽特心生怜悯。萨琳娜好像确有通灵之能,她告诉玛格丽特她们是彼此的灵契,两人的灵魂本来是一个,但由于世俗的原因分开了,只有她俩在一起才能得到永久的幸福。后来两人相恋,玛格丽特决定帮助女友越狱,一起逃到意大利。然而,越狱那天,玛格丽特按照约定在家中等候萨琳娜,后者却迟迟未至。故事结束时才真相大白,通灵术一开始就是萨琳娜和玛格丽特的女仆露丝·薇格(Ruth Vigers)合伙设计的一场骗局。两人把玛格丽特的全部财产席卷一空,远走高飞。最后玛格丽特在巨大的精神打击之下自杀身亡。

萨拉·沃特斯在《灵契》中秉承惊悚小说、哥特小说的写作传统,围绕19世纪70年代盛行一时的通灵术,为当代读者提供了一个以监狱、闺房、降神会等场面为主导的充满神秘、恐怖色彩的维多利亚悲情故事。小说中有些段落带有哥特小说的惊悚气质与超自然因素。比如,玛格丽特像往常一样去萨琳娜的囚室,然而,在那里,地上一块凝结的蜡让她大惊失色,她想起不久前在位于大罗素街的通灵人图书馆里所见的"幽灵"彼得·奎克的蜡手。然而,在这戒备森严的监狱囚室中,为什么会出现灵媒令幽灵显形时用的蜡？难道真如萨琳娜自己所言，有"幽灵友人"造访，带来鲜花、问候，传送故去之人的耳语？刹那间，玛格丽特仿佛看见：

> 所有的模具都悄悄匍匐，穿过寂静无声的阅览室，匍匐向前的时候，柔软融汇在一起，互相融合，汇成一股蜡流，渗进街道，渗入米尔班克，渗入死寂的监狱……没人会多看一眼，悄无声息，潜行向前。所有沉睡的囚室里，唯有塞利娜一人，可以抓住牢房外走廊沙砾上蜡流的细碎滑行声。我看见蜡流缓缓爬上她门边的粉刷墙，轻轻推挤铁质的活板，流入幽冥的囚室，在冰冷的石板地上，蜡流汇聚，滋长增生，一开始像一株尖厉的石笋，慢慢的，它变硬了。他成了彼得·奎克，他拥抱了她。①

这种写作风格完全是对维多利亚时期流行的哥特小说和惊悚小说的戏仿。然而，笔者认为沃特斯并非旨在为当代读者提供诸如《白衣女人》之类的维多利亚惊悚故事，而是借助哥特小说的叙事因素揭示"权利和监禁"这一福柯式的后现代命题。

在福柯看来，现代社会中，包括监狱、医院、学校等在内的监视机构，通过不间断、无所不在的监视和观察来调控和管制着人们，而这种监视又使得人们渐渐养成了自我管制的习惯，也即内化的凝视（internalized gaze）。福柯以圆形监狱为例阐述了这一理论。由于犯人们看不到监狱中间的瞭望塔里究竟有没有人，所以即使里面没有人，被监视的可能性也使得犯人举止规范。福柯认为，全景监狱的意义就在于保持客体随时可能被监视的状

---

① Sarah Waters, *Affinity*, London: Virago Press, 2000, p. 128. 本段和下文所引本书部分借鉴了沈敏的译文，参见［英］萨拉·沃特斯《灵契》，沈敏译，上海人民出版社2017年版。以下引自该书的内容均在引文后标明页码。

态，它并非针对个体/肉体的暴行，而是一种社会性的规训和惩罚，一张普遍、隐匿而又绵密的网络。① 《灵契》的第一部分用详细的笔调描绘了梅尔监狱的构造、训诫手段以及如何使里面的犯人学会了自我监视。熟悉后现代理论的当代读者在阅读《灵契》的过程中不由自主地会将梅尔监狱与福柯笔下的全景监狱产生关联：

> 梅尔监狱整体是一个五角形的结构，正中间有一座塔，监狱里的犯人时时刻刻都受到女狱警们的监视，她们的作息以及日常工作全部被监狱的铃声控制，她们的所有时间几乎都要用来编织和缝补。"她们被禁止交谈、吹口哨、唱歌、自言自语或者是任何自主发出的声音，除非是女狱警或者访客明确要求的情况下"。（第14页）

玛格丽特第一次探视狱中的女囚时，恰恰身处于瞭望塔——全景监狱系统的权力顶点。她第一次见到萨琳娜也是透过狱门的窥视口。这暗示着，相对于萨琳娜，玛格丽特最初的身份是监狱系统的一部分，是权力结构的代理人。

在全景监狱无所不在的窥视下，女囚们逐步陷于精神的囹圄。女监狱长哈克斯比小姐（Miss Haxby）说她喜欢服长刑期的犯人，因为"要是我们有一整个监狱的这种女犯人，我们就能让狱警们都放假回家，这些犯人会自己把自己锁起来"（第15页）。无所不在的窥视使萨琳娜即使在书写日记时，也不得不时刻保持一种被窥视的、紧张和自我催眠的状态。窥视的目光使她感觉在狱中也穿戴着通灵时所用的绳索和颈圈，无法摆脱，无法割裂。

---

① ［法］米歇尔·福柯：《规训与惩罚：监狱的诞生》，刘北成、杨远婴译，生活·读书·新知三联书店1999年版，第224页。

她对玛格丽特说，她如同一块空心的"海绵"，任凭摆布。

不同于萨琳娜，玛格丽特是监狱系统中权力的主体，一个监视者和窥视者，但同时她也时刻被维多利亚父权社会监视。小说无数次提到"窥视"：玛格丽特的母亲常常从锁孔窥视她的日常举动，家中的访客随时观察和议论她的言行举止，仆人薇格偷看她的日记，并因此策划出实施密谋的方案。她对监狱的访问，某种程度上成为她逃避线外视线的手段。由此观之，维多利亚时期社会的道德审查，在作者沃特斯眼中与囚牢无异，甚至更令人窒息。在整部小说中，玛格丽特多次将梅尔监狱和她家放在一起比较，暗示两者的相似之处，尤其是哈克斯比小姐和她母亲之间的相似。由于玛格丽特因丧父之痛自杀过，母亲一直严密地监视着她，后来玛格丽特感觉到母亲的目光对她如影随形、无所不在，并对此感到窒息和绝望："我知道，虽然我很小心，安静地、悄悄地待在我的卧室里，她还是像雷德利小姐、像哈克斯比小姐那样监视着我。"（第 223 页）在母亲这种长期凝视下，玛格丽特内化了这凝视及其背后所暗含的性别规范。在小说一开始玛格丽特第一次探访梅尔监狱时，虽然她没有直接被母亲凝视，但是却可见母亲的凝视已在其心中内化。在她因不知道说什么而感觉气氛尴尬时，她想到了母亲劝她在社交场合要注意询问"女士们的孩子是否健康，或者她们去过的美丽的地方，或者她们最近所画或者编织的作品……或者赞美她们裙子的做工"（第 21 页）。因此，玛格丽特注意到女犯人的裙子，并问她是否喜欢。很明显，玛格丽特内化了母亲的凝视，而母亲的凝视中饱含的是维多利亚时期以父权制为主导的性别规范。

在这里沃特斯似乎触及了女性哥特小说的核心主题。如前文所提到的，莫尔斯认为"女性哥特"具有区别于男性哥特小说的显著特征，因为它强调的并不是非人的神秘力量，也不是家族的罪恶史，而是女性对自身性别身份的焦虑。① 这种焦虑同女性在父权制社会特有的成长经历息息相关，影响到女性个体成长过程的各个阶段。换句话说，"女性哥特"弱化了传统哥特的超自然因素②，更加注重作品的现实主义特征，因为女性哥特小说中给女性个体带来焦虑和恐惧的"幽灵"（haunting agency）不是超自然的鬼魂，而是来自现实生活中，源于性别角色的禁锢性规定以及以性别为导向的人际关系、女性空间的束缚，特别是父权社会的家庭关系和婚姻制度等。

从权利和监禁的角度来解读，无论萨琳娜还是玛格丽特都是维多利亚社会的受害者，都遭受有形和无形的"全景监狱"的权力压迫。灵媒萨琳娜和"幽灵"之间也远非她声称的那种消弭了差异的、美好而理想的对等关系。萨琳娜名为灵媒，却更像是帘幕之后的傀儡，而主导降神会的是露丝·薇格，她化身为一个男性形象彼得·奎克。如果说从玛格丽特的悲剧可以读出社会对女性和同性恋者的压抑，那么从萨琳娜与彼得/露丝的关系，则能够看到权力关系更进一步地渗透，及至延伸到每个个体。与萨琳娜在降神会现场身体被彼得/露丝束缚所对应的，是她在日常生活中和精神上一直处于对方的监视和控制之下。在全书最后一

---

① Ellen Moers, *Literary Women: The Great Writers*, New York: Doubleday & Company, Inc., 1976, pp. 90-110.

② 传统的男性哥特小说在场景设计上一般是破败的古堡深藏迷宫般的地下通道、密室、墓穴和地牢，四处游荡的鬼魂和不可理喻的超自然现象使整个小说笼罩着一种宿命的神秘和恐怖色彩，并弥漫着一股荒凉和腐朽的气息。典型的哥特情节表现为落难的美丽女子遭遇邪恶的男性纠缠却无处可逃，多半还要受到心理阴暗的年长女性迫害，就连修道院这样的宗教场所也暗藏凶险的阴谋和杀机，借此表现的主题往往是人性的阴暗面——欲望、暴力、疯狂、复仇、血腥残杀等。在文体形式上，主干故事通常包含有若干次要故事，人物刻画采用平行结构，在细节重复中形成类比或对照；在情感效应上，对危险恐怖事件的描述往往能够吸引发读者的悬疑和恐惧，既而实现阅读快感。参见林斌《西方女性哥特研究——兼论女性主义性别与体裁理论》，《外国语》2005年第2期。

页,她在日记中写道:"我写作,感觉仍在薇格的窥视之下,如同我所做的任何事情。"露丝·薇格也就是上文提到的玛格丽特的女仆、"幽灵"彼得·奎克。在通灵术中她攫获了萨琳娜的灵魂,她"既是安慰又是负担",是一个要"持续囚禁萨琳娜,直到目的达成"的幕后"幽灵"。(第200—201页)

总之,在《灵契》中,沃特斯利用维多利亚的时代背景,重构了一段关于同性恋者、女囚、灵媒、女仆的历史。这部女性哥特小说涉及了监禁的意象以及女性的恐惧和焦虑,展现了作为同性恋者的边缘女性在父权社会中的生存困境。较之《简·爱》等维多利亚女性哥特小说,这部作品的当代性在于小说的颠覆性结尾。笔者认为沃特斯给玛格丽特安排的结局是"维多利亚式"的:以"堕落女性"自杀身亡作为故事的结尾是以《苔丝》为代表的维多利亚小说的常见结局,因为在维多利亚时代作家的笔下,违背社会主流价值行为标准的女性即使能鼓起勇气反抗规训,她们也终将以悲剧收场。然而沃特斯并没完全遵循传统,她最后让萨琳娜和露丝·薇格这一对同性恋人远走高飞,逃脱社会律法的制裁,这反映了她超越时代局限的一面。作者把最终的胜利赋予处于社会最边缘的女同性恋者和社会最底层的女囚与女仆。在这个意义上,《灵契》中底层女同性恋者的反抗有力地挑战了维多利亚社会强大的父权、阶级等级制度以及异性恋霸权,使得小说具有明显的当代意识形态性,代表了女性哥特发展的新方向。

和《灵契》相似,《荆棘之城》也是关于维多利亚时期两个处于社会边缘的女同性恋者的故事。莫德(Maud Lilly)是荆棘之城主人李里先生(Mr. Lilly)的外甥女,对自由有着无限想往,却从小被李里先生禁锢在荆棘山庄之中,为他做色情图书的编辑工作。只有在莫德出嫁后,她才能拿到属于自己的一大笔财产。而苏(Susan Trinder)是在养母萨克比太太(Mrs. Sucksby)的抚养下,成长于伦敦的一个盗窃团伙中的女孩。在了解莫德的境遇后,苏在外号"绅士"的朋友瑞佛斯(Richard Rivers)的带领下,精心策划了骗取莫德财产的阴谋,苏在这一骗局中作为莫德的女仆配合"绅士"的行动,"绅士"则诱惑莫德嫁给他以骗取财产。但苏不知道的却是,在这样的骗局中,她其实是"绅士"的一枚棋子。三人成功逃出荆棘山庄后,在瑞佛斯的精心安排下,苏被精神病医院的医生当作莫德,被瑞佛斯骗入精神病院囚禁起来,而莫德却同样在不知情中被"绅士"囚禁在了伦敦的萨克比太太家中。苏从精神病院逃回家后,却发现莫德住在自己家中,已经取代了自己作为萨克比太太女儿的位置,她对此感到怒不可遏。在误解与仇恨的混乱中,莫德与苏最终发现"绅士"才是这一切骗局的策划者。此时故事发生反转,"绅士"被怒火中烧的莫德刺死,萨克比太太却替莫德顶罪,被判死刑。作品的最后真相被揭开,原来莫德与苏出生不久,在一个意外中被生母交换,而莫德就是萨克比太太的亲生女儿。萨克比太太被处死后,莫德只身回到了已经荒芜的荆棘山庄。明白了一切的苏也回到荆棘山庄寻找莫德,两人重拾一起度过的岁月中早已萌发的爱情。[①]

这部小说沿用了维多利亚哥特小说的诸多叙事因素,甚至有论者认为《荆棘之城》是维多利亚作家柯林斯的《白衣女人》的翻版。《白衣女人》的背景设在伦敦近郊的大庄园,故事围绕劳拉与疯女人安妮展开。沃尔特到劳拉家应聘绘画教师,发现她很像他见过的一个神秘白衣女人安妮。不久,劳拉嫁给波西瓦尔爵士,但一个惊天大阴谋正等着她。波西瓦尔因为觊觎其财产才娶她为妻,他与另一个恶棍串通,偷梁换柱,把安妮迫害致死,当作爵士夫人入葬,劳拉则被关入疯人院。当然,最终沃尔特凭着

[①] Sarah Waters, *Fingersmith*, New York: Riverhead Books, 2002.

对劳拉的爱,查明真相,恶人得到应有的惩罚。概略地看,两部小说无论在背景、人物、情节与结局上,都有惊人的相似之处:哥特式氛围的乡村大宅,自私神经质的监护人,年轻单纯的女继承人,英俊潇洒的绘画教师,错位的身份,疯人院,谜一样的情节,欺骗与阴谋,最终恶棍罪有应得,女主人公过上平静安宁的生活,"诗意的正义"得到伸张。但较之《白衣女人》,《荆棘之城》情节反转更加让人无法预料:英俊潇洒的绘画教师"绅士"原来是恶贯满盈的坏蛋,苏眼里慈爱的养母居然是整个阴谋的幕后策划者。当然,最令人眩晕的转折是第一卷的结尾:苏与"绅士"密谋送莫德去疯人院,结果苏反被关进去,看似单纯的莫德一直是险恶阴谋的参与者。读者每读到此处,在震惊之余,都会由衷地佩服沃特斯精巧的情节设计。

《荆棘之城》中沃特斯用于"拼贴"的原材料并未局限于《白衣女人》。莫德的舅舅整日埋头书斋,立志为色情文学编写索引,会让读者联想起乔治·艾略特的《米德尔马契》中的考索邦先生。考索邦先生卑鄙猥琐,徒劳无功地编写着《所有神话体系之入门》。小说整体的情节安排,一个又一个"反转",惊险刺激纷至沓来,秘密和阴谋层层揭开,难免让读者联想起柯南·道尔的侦探小说或狄更斯的犯罪小说。

沃特斯曾用"拼贴"一词形容自己在"新维多利亚三部曲"中对维多利亚前辈作家的借鉴行为。[①] 但沃特斯所做的并不是简单机械地东拼西凑,而是对维多利亚故事的改写或重写。沃特斯

---

① 《荆棘之城》的英文书名是"*Fingersmith*"。"Fingersmith"(指匠)是19世纪英国人对小偷的戏称,这巧妙地隐喻了小说家对19世纪小说的借鉴。细读之后,我们发现,从小说的主题、人物、情节和技巧等方面都能看到维多利亚小说的影子。沃特斯本人毫不讳言,写作这部小说也是一种"偷窃行为"(an act of theft),"借用了19世纪小说中所有我最喜欢的东西","把19世纪所有没能进入前两部小说的那些零零碎碎一概扫入囊中"。参见张金凤《文化批评视域下的英国小说研究》,浙江工商大学出版社2016年版,第274页。

对女性（尤其是女同性恋者）生存境况的深切关注，使她在创作中自觉吸纳了哥特小说中的叙事因素，幽暗的古堡、神秘的老宅等均是令人窒息的、狭窄的女性生存空间的象征。虽然沃特斯"拼贴"了许多维多利亚时期小说的叙事素材，但她并没有失去自己的声音和个性。与许多新维多利亚小说家一样，沃特斯透过当今的视角考察历史，以强烈的互文性为基础，让当今与19世纪的叙事文本形成对话，以幽灵书写的形式反映女性自古以来的生存困境和对父权制的反抗。下面以《荆棘之城》为例，结合上述有关女性哥特小说的理论，分析沃特斯新维多利亚女性哥特小说的艺术特征。

《荆棘之城》的第一部分和第三部分采用的是主人公苏的第一人称叙事，第二部分采用的是主人公莫德的第一人称叙事；第一部分和第二部分采用不同的叙事者从各自视角出发的限制性叙述。而这两个部分留下的空白和给读者布下的迷局在第三部分补全和揭开。这种类似维多利亚侦探小说的叙事结构十分引人入胜。《荆棘之城》与狄更斯小说相似，出色地将哥特小说的阴郁气氛带入了悬疑奇情故事，然而这部小说最重要的主题是自由与禁闭。确切地说，"美好的灵魂"和"渴求自由"的主题让《荆棘之城》与传统男性哥特小说的惊恐神秘脱离了意图上的直接联系。不同于传统哥特小说中面色苍白、等待拯救的"淑女"，《荆棘之城》中的女主角莫德和简·爱一样具有对女性生命主体性的本能坚持，以及对生命中的爱与激情的由衷守护。莫德成长的疯人院、庄园和简·爱的寄宿学校都是囚禁女性的场所，莫德在"渴求自由"的驱动下，屡次出逃，最后成功摆脱了被禁闭的处境，获得自由与独立。在这里，传统哥特小说中易晕厥的女主角一变而成了拜伦式的反英雄人物。莫德深知上流社会绝不文雅温良，后来又发现下层阶级更是充满贫穷和罪恶。当莫德获悉自己的身世时，她内心充满绝望，同时这个最后的打击却让她成了真正的反叛者。

莫德在父权制的世界中承受着诸多的偏见和不公正：在古堡里她是淑女，在书房里她是色情书籍专家，在公众舆论中她是男性意淫对象，在贼窝里她又太过有头脑而情感强烈。生命意识的充分自觉是她最易受攻击的弱点，但也是她的力量。她自始至终在困境中争斗，努力超越这些生命的局限。她刺向"绅士"的那一剑将她的反叛推向了至高点。虽然她最后的自由是靠生母萨克比太太的生命换取的，但毋容置疑，莫德对自由的渴盼、对不公正的反叛是这部小说最打动读者的地方。《荆棘之城》虽在题材上属于女性哥特小说，但它的新颖独到之处并不是对恐怖气氛的渲染，而是赞颂女性坚强自立的美好品格，这为女性哥特小说赢得了现实的深度，使这一文类成为读者欣赏女性主体性的最佳消费品，而不是观看"客体的女人"的平庸读物。

沃特斯在作品中设置简·爱式的具有强烈反叛精神的女主人公，她们的反抗开拓了女性生存的另一空间维度。吉尔伯特和古芭在《阁楼上的疯女人》中曾详细地探讨了19世纪的女作家作品中普遍存在的一些密闭空间意象，例如幽暗的古堡、神秘的老宅连同"女用面纱和服饰、镜子、油画、雕塑、上锁的抽屉、衣柜、保险箱"等"女性空间的道具"[①]。她们认为女性哥特小说正是通过封闭空间的意象来"反映女性作家自身的痛苦、无助感、由于身处陌生并无法理解的地域而产生的恐惧心理"[②]。几乎所有这些"禁闭"意象在《荆棘之城》和《灵契》中都可以找到，但是笔者认为沃特斯并非复制维多利亚先辈的故事。她的作品在当

---

① ［美］桑德拉·吉尔伯特、苏珊·古芭：《阁楼上的疯女人：女性作家与19世纪文学想象》，杨莉馨译，上海人民出版社2015年版，第84—85页。
② ［美］桑德拉·吉尔伯特、苏珊·古芭：《阁楼上的疯女人：女性作家与19世纪文学想象》，杨莉馨译，上海人民出版社2015年版，第84—85页。

下语境重新审视维多利亚女性历史，召唤维多利亚"幽灵"的"后世"（afterlife）之作。具体来说，《荆棘之城》的当代性表现在以下三个方面。

首先，《荆棘之城》中显而易见的女同性恋主题。苏给莫德当侍女，朝夕相处一段时间后，她与莫德互萌爱意，从此，苏的态度左右摇摆，内心百般纠结。不言而喻，同性恋主题在维多利亚时期是不可触及的雷区，甚至在19世纪末，剧作家奥斯卡·王尔德在法庭受审时仍不得不承认：同性之爱是永远"不能言说的爱"。但是，《荆棘之城》不仅以唯美的文笔描写了二人第一次的身体接触，更在结尾时，令苏与莫德表白心迹，一吻定终身。她们居住的乡村大宅院，从此成为远离人烟的女性乌托邦。

其次，色情文学的在场是小说的另一个独创之处。维多利亚时代是个充满矛盾的时代：高度重视家庭责任，但妓院数量超出历史上任何一个时期；审查制度非常严格，但色情文学极度泛滥。但是，这种社会现象在19世纪经典小说中是禁忌话题，连隐讳的暗示都极其罕见。沃特斯对此毫不回避，为我们呈现出19世纪地下文学的真实图景。在小说中，莫德舅舅的人生理想就是完成一部涵盖所有色情小说的索引，为此，他把莫德培养成情色图书管理员与秘书，让她做摘抄、誊目录，让她为男性客人朗读露骨的色情小说，以尽主人之谊。莫德从小在阴森昏暗的藏书室里接触淫秽色情小说，早已百毒不侵，练就铁石心肠。朗读时，她声音平淡，神情冷静，罕见的冷漠与周围男性的故作镇静和道貌岸然形成强烈的反差，这一细节是沃特斯的神来之笔，是对这些色情小说的男性创作者和消费者的绝妙讽刺。不仅如此，沃特斯还触及了色情小说从写作到出版发行的整个环节。更值得一提的是，沃特斯的凌厉笔触还首次揭示了女性与色情小说的可能关系：小说结尾处，苏找到莫德，莫德正在埋头写作，写作的正是从小熟悉的色情小说。沃特斯似乎暗示,在维多利亚时代,女性并非永远作为男性力比多的投射对象,为了谋生,她们完全可能成为色情文学的秘密创作者,成为男性力比多的操纵者。

再次,对疯人院的内部描写是《荆棘之城》对维多利亚小说的另一个突破。19世纪哥特小说和惊悚小说中,疯人院并不鲜见,在《白衣女人》《奥德利夫人的秘密》等小说中,疯人院甚至成为情节发展必不可少的道具,女性往往是疯人院的常客。当时的人们通常认为,由于特殊的生理原因,女人更容易失去理性而发疯,这个观念根深蒂固。在19世纪的小说中,把女人扔进疯人院,对男人来说似乎是很容易的事情。如果一个男人想甩掉一个女人,那就把她送进疯人院吧,理由可以很简单:这个女人太享受性乐趣,太有主见,太危险,甚至不是个好母亲,等等。19世纪60年代,确实曾曝出把正常的妇女关入疯人院的丑闻。在《已婚妇女财产法》(1882)颁布后,情况才有所好转。虽然疯女人的影子时隐时现,但是,19世纪的小说家们大多止步于疯人院的门口,对其内部情形一笔带过。沃特斯却把我们带进了疯人院的内部。苏被强行送入疯人院,忍受各种令人发指的折磨,喝杂酚油,头上放水蛭,遭鞭打,浸冷水,还要面对女护士的人身攻击和人格侮辱。即便是正常人,也可能被折磨得发疯。沃特斯对疯人院的刻画感性而具体,令人毛骨悚然,对社会丑陋现象的揭露比《白衣女人》等更深刻、更有力度。

总之,新维多利亚女性哥特小说以性别政治为主题,或者着墨于对女性历史的修正主义叙事重构,或者专注女性身体和女性犯罪的书写,以救济院、监狱、疯人院等为主要描述空间,关注被主流文化所边缘化的女性的生存体验,阐释女性的欲望、愉悦、占有和背叛,突出新女性的出现及其在维多利亚时代晚期所扮演的社会角色的变化及困境。沃特斯是新维多利亚女性哥特小说家的杰出代表，她的"新维多利亚小说三部曲"从女性的生命体验方面为当代新维多利亚小说赢得了另一高度。笔者相信，随着女性主义运动向纵深拓展，女性哥特小说必会受到越来越多的关注。已有论者指出，"女性哥特小说是'女性写作'的一种重要方式，它通过文本的断裂有效地表达了'女性无意识'"；"女性哥特文本以'歇斯底里'的叙事方式表达了无法言说的女性自我"。[①] 由于维多利亚时代严苛的道德清规以及女性大都处于被"禁闭"的社会边缘境地，笔者认为由《简·爱》开启的女性哥特传统必将在新维多利亚小说中占据越来重要的地位，成为后现代作家重构维多利亚女性历史的重要文体形式。

---

① 转引自林斌《西方女性哥特研究——兼论女性主义性别与体裁理论》，《外国语》2005 年第 2 期。

结　语

利维斯在《伟大的传统》一书中指出，英国小说的伟大之处在于"小说大家们不约而同的专注于严肃对待生活和道德的兴味关怀，这就构成了由乔治·艾略特、亨利·詹姆斯、约瑟夫·康拉德和D. H.劳伦斯一脉相承的英国小说的伟大传统"①。虽然20世纪六七十年代之后，受后现代理论观念的影响，"当代文化理论开始转向对身体、大众文化和后殖民研究，其理论关注的重点开始从传统的政治抗争转向对'文化'问题的强调"②，然而对"文化的迷恋"并没有削弱英国新维多利亚小说对现实主义文学传统的道德坚守、深刻的自反意识及其再现真实的伦理诉求。

英国当代批评家伊格尔顿认为，70年代后期开始，西方社会处于历史感不断消失的状况，普遍意义上的后现代主义对于规范、整体性、共识的偏见是一场"政治大灾难"。他指出，"后现代主义的现实是普遍性观念和基本原理受人冷落，无意识与非理性成为时髦，所谓的多元、个性大行其道，历史漩涡拽偏了人们的思想"③。在对后现代主义的语言建构论观念批判的基础上，他

---

① ［英］F. R.利维斯：《伟大的传统》，袁伟译，生活·读书·新知三联书店2009年版，第4页。
② ［英］特里·伊格尔顿：《理论之后》，商正译，商务印书馆2009年版，第41页。
③ ［英］特里·伊格尔顿：《理论之后》，商正译，商务印书馆2009年版，第3页。

明确指出:"没有什么观念比绝对真理更不受当代文化理论的欢迎……但信奉真理并不等于教条主义或狂热盲信,原因在于对绝对真理的追求同时意味着对真理成立的绝对谨慎。"[1] 伊格尔顿尝试从几个后现代主义拒绝讨论的议题出发,重新探讨一些具有共识性、整体性的概念,这些概念包括真理、道德、客观性、革命、基础、基要主义等等。

笔者认为始于20世纪七八十年代一直延续至今的"新维多利亚小说"创作热潮是对利维斯、伊格尔顿等理论思想的回应,这些作品表达了英国当代小说对现实主义文学传统的坚守和对文学再现真实的诉求。由于海登·怀特等人的后现代主义历史学理论动摇了传统历史学的现实主义根基,拉近了历史话语与文学叙事之间的距离,使得当代小说家从历史编纂学中看到了新的叙事动力。如拜厄特所言,当代小说家"是在寻找当代社会现状的历史范型……不理解先于和促成现在的过去,就无法理解当下"[2]。拜厄特还认为,"人们热衷于写作历史小说的另一强烈冲动是渴求描写被人们边缘化的、遗忘的或未载入史册的历史的政治欲望"[3]。海伦·戴维斯也表达了类似的观点:"新维多利亚小说的出现说明了文学界有着显而易见的欲望,用某种方式回应维多利亚人,回顾那个年代的社会和文化。"[4] 她认同马克·莱维林的观点,倾向于把"新维多利亚描述成一种重写历史的欲望,代表了那个时代被忽略的声音,书写性关系的新历史,掺杂着后殖民观

---

[1] [英]特里·伊格尔顿:《理论之后》,商正译,商务印书馆2009年版,第103页。

[2] A. S. Byatt, *On Histories and Stories*: *Selected Essays*, Cambridge, Mass.: Harvard University Press, 2000, p. 11.

[3] A. S. Byatt, *On Histories and Stories*: *Selected Essays*, Cambridge, Mass.: Harvard University Press, 2000, p. 11.

[4] Helen Davis, *Gender and Ventriloquism in Victorian and Neo-Victorian Fiction*: *Passionate Puppets*, London: Palgrave Macmillan, 2012, p. 2.

点和其他与正统维多利亚人格格不入的观点"[1]。笔者认为新维多利亚小说是在当代语境下重构维多利亚历史的"历史编纂元小说",然而不同于美国和欧陆后现代主义历史小说中占主导地位的"语言建构论",新维多利亚小说"既与小说中的现实主义传统凝结在一起,也与哲学上扎根于英国本土的道德和文化批判传统密不可分"[2]。

琳达·哈琴在批评《法国中尉的女人》时指出,英国当代历史小说既在理论层面自觉意识到历史与小说都是人为构建之物,同时"以批评而不是怀旧的态度将过去置于和现在的关系之中"[3]。"它需要这种(维多利亚)历史语境,以便通过对其批评性反讽拷问现在(和过去)"[4]。维多利亚时期的价值观念和现实主义的叙事传统,在福尔斯的元叙事者的评述中成了戏仿和批判的主要对象,这表达了福尔斯一再标榜的"以反讽、轻蔑的动作向过去致敬"[5] 的态度。20 世纪八九十年代之后,受思想文化界"新维多利亚主义"的影响,再加上对社会现实的不满,作家对维多利亚时期的"怀旧"情愫明显增长。拜厄特、斯威夫特等创作于 90 年代之后的新维多利亚小说(如《占有》《从此以后》),或多或少表达了对那个时代不同程度的"怀旧"。作家们既意识到现实主义叙事成规在反映客观现实问题上的"虚

---

[1] Helen Davis, *Gender and Ventriloquism in Victorian and Neo-Victorian Fiction*: *Passionate Puppets*, London: Palgrave Macmillan, 2012, p. 2.

[2] Patricia Waugh, "Postmodern Fiction and the Rise of Critical Theory", in Brian W. Shaffer, ed., *A Companion to the British and Irish Novel 1945 - 2000*, Oxford & Malden: Blackwell Publishing Ltd., 2005, p. 68.

[3] [加拿大] 琳达·哈琴:《后现代主义诗学:历史·理论·小说》,李杨、李锋译,南京大学出版社 2009 年版,第 63 页。

[4] [加拿大] 琳达·哈琴:《后现代主义诗学:历史·理论·小说》,李杨、李锋译,南京大学出版社 2009 年版,第 63 页。

[5] John Fowles, *The Ebony Tower*, Boston, Mass & Toronto: Little, Brown, 1974, p. 18.

妄",又对词与物的对应性、语言反映现实的能力等现实主义原则进行道德上的坚守。拜厄特用"自我指涉的道德现实主义"和"腹语术"等概括这类作品的复杂意识形态和美学特征,这与琳达·哈琴的观点存在较大差别,后者认为历史编纂的元小说"并非以怀旧的情感回归历史,而是以审视的目光重访过去,和过去的艺术与社会展开一场有反讽意味的对话"①。笔者赞同拜厄特等人的观点,新维多利亚小说在以幽灵叙事的形式重访历史的过程中,怀旧和反讽的情感并存,作家试图以文本为物质性媒介,通过召唤维多利亚的幽灵,在当下与过去的艺术与社会之间展开对话。

如上所述,从幽灵批评的角度解读新维多利亚小说文本,是将小说文本视为幽灵出没、侵扰而又徘徊不去的"场所",在这里线性历史叙事不断遭到侵扰,历史是一种"幽灵性"存在——"它既缺席,不能被我们看见,却又总是在那里,盘桓在我们上方,是不可见之可见"②。或如朱利安·沃尔弗雷斯所言,文本是最重要的物质对象:"书籍似乎有一种物质存在,没有这种物质的存在,我们的生活就会呈现出无常的幽灵状态。"③ 新维多利亚小说文本是当代作家与维多利亚亡灵交流和对话的物质性媒介——当代作家模仿维多利亚时期的风格,以腹语术的形式召唤幽灵,通过深入历史深处来还原历史真相,为当代社会现状寻找历史范型,解决当下的社会问题。

在《西方文论关键词:新维多利亚》一文中,金冰指出:"这

---

① [加拿大] 琳达·哈琴:《后现代主义诗学:历史·理论·小说》,李杨、李锋译,南京大学出版社2009年版,第5页。
② 转引自张一兵《文本的深度犁耕:后马克思思潮哲学文本解读》,中国人民大学出版社2008年版,第290页。
③ [英] 朱利安·沃尔弗雷斯:《创伤及证词批评:见证、记忆和责任》,[英] 朱利安·沃尔弗雷斯编著《21世纪批评述介》,张琼、张冲译,南京大学出版社2009年版,第180页。

些小说虽题材不同,形式迥异,但它们都通过对维多利亚时代的重构揭示了 19 世纪与后现代文化之间相互指涉、相互塑造的交互路径,重塑了当代西方社会对维多利亚时期的历史认知。"[1] 新维多利亚小说采用幽灵叙事,以小说文本为对话的媒介和场域,实现了当代后殖民、新历史主义、女性主义等意识形态话语对维多利亚时期的意识形态重构。当代作家在叙述历史故事时另辟蹊径,采用腹语术,以风格模仿的形式唤起幽灵,为被宏大叙事所遮蔽的历史群体代言,使他们重新发出自己的声音。在这个意义上,新维多利亚小说是包含双重声音的幽灵文本,当代作家以"拼盘杂烩"的形式将维多利亚时期的历史材料拼贴起来,为故事设定一个拟真的历史时代背景,然而随着当代意识形态话语的不断植入,新维多利亚小说不可避免地表现出后现代性。

从幽灵叙事的角度解读新维多利亚小说有利于重新认识文本和历史的关系。新维多利亚小说文本以维多利亚时代的历史作为叙事背景或重构对象,但它并非对历史的简单回望、怀旧或重复,恰恰相反,作家表现出强烈的问题意识和修正主义叙事冲动。对于幽灵叙事学界有不同的解读。庞特从"孤儿法则"(law of the orphan)的角度论述了文本和历史的关系,认为文本和历史的关系是矛盾的,历史需要在文本中被显现,然而所有的文本都受制于前文本,因此阅读和批评要进入"不在场的场所",回归到先于某个文本的诸多文本之中,才能触及历史。幽灵叙事不仅书写"鬼魂",更是以"招魂"的姿态引导读者关注历史叙事"在场"背后"缺场"的意义,破解幽灵文本写在"羊皮纸"/"莎草纸"上的符号或信息。幽灵叙事将文本视为开放性的空间,认为书写历史即是打破现在与过去、在场与缺场之间的二元对

---

[1] 金冰:《西方文论关键词:新维多利亚小说》,《外国文学》2022 年第 4 期。

立，搭建在场与缺场之间、生者与死者之间、现在与过去之间交流和对话的平台。幽灵叙事将大量历史前文本穿插进叙事之中，引导读者在历史的蛛丝马迹之处洞见被意识形态遮蔽的真相。将新维多利亚小说视为幽灵文本，读者在阅读过程中会更加关注那些"涂抹下的书写"以及"另一类维多利亚人"的叙事声音。以《水之乡》为例，在叙述7月14日法国大革命的宏大历史事件时，格雷厄姆·斯威夫特单列一章（第23章），采用对话体讲述这一历史事件：

> 不过，我们切莫高估了推翻巴士底狱的实际情形或实际成就。有七名罪犯被释放（这是当时关在那里的所有囚犯）：两名疯子，四名伪造者，以及一名倒霉的流浪汉。七颗人头——一位市长和六名护卫——挂在矛尖上游街示众。二百名左右的围攻者伤亡。巴士底狱的石块，那堆积如山的瓦砾碎石，以丰厚的酬金让专业包工头拉走处置……
>
> 不，这场华而不实的胜利的重要性不在于它的实际所得，而在于它的象征意义。国王的要塞被国王的子民占领。因此有了那著名的三色旗——巴黎市的红色和蓝色，紧紧围着白色的波旁王族——它成为可随身携带的革命象征，就像崩塌的巴士底狱成为它的历史原型……
>
> 啊，那些历史的偶像和图腾。我们打倒了一个，另一个立即起而代之。我们无法逃避——即使你能逃，普赖斯——我们的童话故事。即使在你们历史老师的童年那经济大萧条时期（在经济不够繁荣的时代总是会神出鬼没），人们仍旧定期庆祝帝国纪念日，热情程度并不会因此有所削减（不会提及那次酿酒厂大火）。（第160—161页）

从叙事声音上看,"我们"指的是叙事者汤姆和他历史课上的学生,包括那位名叫"普莱斯"的男孩。从小说开篇,历史老师汤姆一直在引导学生探寻历史真相,反思历史叙事的虚构性本质。他以"我们无法逃避——即使你能逃,普赖斯……"和"即使在你们历史老师的童年……"这样的口吻言说,试图拉近叙述者与读者之间的距离,提供一种亲历者的、对话性的历史。当然,对话不仅在叙事者和学生之间展开,还包括叙事者与历史文本、大历史与小历史、自然历史与人造历史等不同层面的对话。比如,上述有关7月14日攻陷巴士底狱这一事件,历史事实是"有七名罪犯被释放","七颗人头——一位市长和六名护卫——挂在矛尖上游街示众。二百名左右的围攻者伤亡"。然而,宏大叙事往往赋予历史事实以"象征意义"。所以,陈述完事实后,叙述者立即指出,"三色旗"作为"革命象征"不过是意识形态话语对这一事件的重塑,它们不过是虚构的"童话故事",创造了"历史的偶像和图腾"。斯威夫特先引入官方历史对这一事件的表述,又通过元叙事话语质疑并反思其真实性,这类似于"涂抹下的书写"。官方叙事话语被"涂抹"之后,其他的声音则得以释放。与革命相比,"巴士底狱的石块,那堆积如山的瓦砾碎石"作为"见证之物"原本微不足道,然而斯威夫特也把它们引入历史,使自然历史与人造历史并置,形成对话关系。此外,在斯威夫特看来,三色旗、帝国纪念日,革命等的人造的"象征意义"遮盖了鲜活的"小历史"以及自然史。他创造性地采用括号加注,引入新的叙事声音。比如引文段末的"(不会提及那次酿酒厂大火)",小历史与大历史在这里并置,暗含着作家对官方历史只关注"庆祝帝国纪念日"等重大事件而忽略了"酿酒厂失火"这一历史事件的批评。总之,在《水之乡》这类的空间性幽灵文本中,任何单一的叙事声音均遭到质疑,官方历史记录一再被涂抹、修改、补充，原来遭到压制的边缘化的叙事声音以不同的方式浮现出来。

此外，斯威夫特在《水之乡》这部羊皮书般的幽灵文本中还大量采用"厚描"手法。读者发现"酿酒厂失火"在其他章节也不断被提及，在不同篇章之间的相互参照中，这一事件立体化地浮现在读者面前，与其相关的更多小历史事件不断被发掘出来，更多的边缘性叙述声音被引入文本，整个作品呈现为在场与缺场、生者与死者、现在与过去等多种叙述声音的交响：

> 当黄昏降临于这比节日更狂欢的一天时，很显然，酿酒厂——1849年由乔治和阿尔弗雷德·阿特金森建造的新阿特金森酿酒厂——着火了。先是滚滚浓烟，紧接着是跳跃的火苗，然后是巨大的破碎声和爆裂声，这一切表明这是一场毁灭性的大火。（第156页）

> 在酿酒厂熊熊燃烧之际，欧内斯特·阿特金森究竟在哪里？没人知道……正当欧内斯特悄悄离开之际，另一个人，一个并非与他毫无关系的人，却代替他现身现场。也许你会把它看成是另一个由火焰和麦酒混合而生的幻觉，但是那场大火的围观者中不止一个人记得曾经遇见过一个女人——一个让他们突然想起一个古老而荒谬的故事的女人。而在人们遍寻欧内斯特不得时，两名警官于十一点半左右被派去查看"凯布尔楼"，却只发现一位名叫珍·肖的女仆（其他仆人都离开庄园去看大火了），而且其精神呈极度激动状态；她赌咒发誓：第一，她滴酒未沾；第二，她上楼是为了去看大火，因为她怕在街上会有危险。而她在那里看见了——她看见了——莎拉·阿特金森。因为她从挂在市镇厅的肖像画认识了这个女人，更不用说挂在这间房子里的其他画了。因为也

听说过那些愚蠢的古老故事，而现在她知道这些都是真的。莎拉当时就站在窗口，从那里可以看见火舌舔噬着即将消失的烟囱顶部，而她面露笑容，说了一句很久以前她的丈夫和两名爱子一直无法理解的话："火！烟！烧！"（第159页）

"酿酒厂失火"发生在举国欢庆日，关于失火的原因官方历史无从考证，于是汤姆提供了多个版本的历史：①大火始于那些闯进厂里想要搜寻更多麦酒的狂欢者，他们不小心或因其他原因引发了大火；②大火是市政府当局故意为之，为了阻止人们整夜无法无天，他们干脆放火烧掉了酿酒厂；③大火是欧内斯特自己放的，他"有意把全镇居民灌醉，然后自己放火烧了酿酒厂。因为他希望拿到巨额保险金"（第158页）。对同一事件的不同言说解构了确定无疑的历史真相，暗示着历史本身的多面性。斯威夫特似乎认为多面性的历史仅止于臆想，不足以揭示历史真相，他进一步在文本中召唤维多利亚时代的幽灵——莎拉·阿特金森，在历史和现实之间直接对话。小说中的莎拉集维多利亚时期"家中天使"和"阁楼里的疯女人"两种形象于一体，她被丈夫侵吞了全部的财产、暴力致残之后，整整五十四年的时间，一直"呆坐在楼上的房间里，像女神一样注视着整个城镇"（第72页）。叙事者同样引入多个叙事声音来讲述莎拉的故事：①肖像画中的莎拉穿着黑色丝缎连衣裙，佩戴钻石，憔悴但如天使般的容颜酷似先知；②莎拉疯了，她脸部扭曲，身子扭转，在椅子上狂跳，说着"火！烟！烧！"③莎拉被送进了疯人院，不过儿子们还在"维持那个传说（比方说，让人画了一张莎拉穿黑裙戴钻石的肖像画，而实际上她却穿着条纹病号服），说他们的守护天使仍然在保护着他们"（第74页）。值得注意的是，括号中的第三种叙事声音实际上直接抹去了第一种叙事声音为莎拉建构的天使与预言者的神话。作为阁楼上的疯女人,莎拉孤独终老,她不断重复的"火!烟!烧!"这三个字表达了她对禁锢她、迫害她的维多利亚男权社会的反抗。

上述酿酒厂失火事件发生时,莎拉已经去世。查证《吉尔德赛审查者报》的讣告,莎拉·阿特金森去世于 1874 年秋天。然而在前面引文中,根据女仆的证词,莎拉的确出现在了酿酒厂火灾的现场,说着"火!烟!烧!"于是针对失火的原因就有了第四种可能性——大火是莎拉的幽灵点燃的。读者读到此处,很难不联想起《简·爱》中的伯莎·梅森——她同样被剥夺了所有的财产,同样被囚禁于阁楼,最后一把火烧掉了桑菲尔德庄园。这样在《水之乡》的幽灵文本之下,存在诸多"前文本",有待读者的阅读将它们一一揭开。除了伯莎·梅森,《远大前程》中的哈维沙姆小姐、《白衣女人》中的安妮,《奥德利夫人的秘密》中的露西等许多维多利亚时期的幽灵逐渐从读者眼前浮现出来,并与《水之乡》中莎拉的形象融为一体。在这里,读者似乎逐渐步入了"不在场的场所",在先于《水之乡》的诸多文本之中,慢慢接近历史的真相。

不仅如此,笔者认为斯威夫特本人在将幽灵引入叙事时具有高度的理论自觉。他以元叙事者的身份公然告诉读者:"鬼魂不正证明了——既是是谣言、耳语、鬼故事——过去一直攀附着不肯离去,而我们总是在往回走……"(第 87 页)这表明他将幽灵引入叙事,是为了质疑维多利亚时期以进步论为主导的线性历史叙事对边缘性的女性群体的压制——只有呼唤女性幽灵的现身,才能实现对进步论史观的意识形态去魅。于是,读者发现莎拉的幽灵故事与大历史的现实主义叙事并置在一起。随着叙事的推进,莎拉死后,芬斯洼地接连下了两天两夜的暴雨,"二十九人淹死,八人失踪。八百头牛和一千二百只羊淹死"(第 85 页)。

与有据可考的、有关洪灾的客观性叙述纠缠在一起的是莎拉的幽灵。在洪水中，有人发现一个"身着五十五年前装束的女人，站在凯斯林大厦被水浸没的露台上，站在一堆滴水的石雕菠萝花盆之中，伸手敲着落地窗户想要进去"（第86页）。还有人看到她"只穿衬裙，蹒跚爬过（提醒一下，这个九十二岁高龄的女人）沟渠和田地，直到乌斯河岸边。在那里——根据一个驳船工的可笑证词——她'像一条美人鱼一样'钻进了水里，再也没有上来（第88页）"。在这里，历史与童话完全交汇在一起，斯威夫特似乎在暗示，以现实主义的进步论书写的"人造历史"无异于童话故事，读者要洞察真正的历史，就需要"往回走"，回到亘古不变的自然史、回到小历史中那些鸡零狗碎的传说、回到历史事件发生的"此时此地"。

由以上分析可知，《水之乡》作为幽灵文本，容纳了多种叙述声音。作者独特的括号性叙述犹如添加在文本边缘的注脚，抹去了原来的声音，一再引导读者关注历史文本"在场"背后那些未被言说的"缺场"的意义，进而透过"羊皮纸"/"莎草纸"上的符号或信息去窥见历史的真相。值得注意的是，幽灵叙事有多重形式，既可以如《水之乡》一般，直接将幽灵引入历史，也可以如福尔斯、拜厄特、沃特斯等更多作家一样，采用腹语术形式，在仿写的新维多利亚文本中实现历史与现实的对话。拜厄特指出，"当代知识信仰界告诉我们，我们无法知道过去——我们认为我们所知道的只是我们自身的需求的投射，是我们强加于我们的阅读品和建构物的个人成见。意识形态遮蔽了一切……真理成了毫无意义的概念"[①]。以她为代表的许多当代英国作家并不赞同将历史等同于文本，彻底放逐历史真理的观念。他们主张采用

---

① A. S. Byatt, *On Histories and Stories: Selected Essays*, Cambridge, Mass.: Harvard University Press, 2000, pp. 11-12.

腹语术，以第一人称"见证"的形式，从历史的内部"浮现"维多利亚时代已故前辈诗人的声音。这些声音代表了徘徊于历史与现实之间的幽灵所发出的声音，他们来自过去，却无可奈何地从当代作者口中说出，受制于当代语境下作者对维多利亚诗人和社会现实的理解与阐释。

新维多利亚小说不可避免地兼具过去和现在的多重叙述声音，它是维多利亚和后现代两种意识形态在当代作家笔下的交流和碰撞。作家在写作过程中，一方面必须努力"在维多利亚的语境下写作维多利亚的文字"，通过进入"过去"的内部体验历史的"真相"；另一方面他还不可避免地要面对自身以及我们整个时代的文化焦虑，为当代读者提供一个可以参与其中、进行积极思考的开放性历史文本。幽灵叙事使新维多利亚小说共时性地糅合了维多利亚和后现代两个时代的特征，维多利亚时代经由后现代意识形态和理论话语的过滤，被再现为一个后视镜中陌生的他者形象。它既不是我们所熟知的过去，也不是"真实"的过去，而是在各种话语的碰撞中、在在场与缺席之间的游戏中、在怀旧和颠覆的矛盾情感中被无限延异的历史"真相"。

从幽灵批评的角度解读新维多利亚小说，不仅是一种新的研究路径，而且有利于揭示作家再现历史的叙事伦理。德里达在《马克思的幽灵》中首先将马克思主义还原为一种文本性的存在，然后在"文本的幽灵"中将马克思"复活"，并在与马克思这个幽灵的对话中解构马克思，将其延宕在永远不能到达目的地的路上。新维多利亚小说采用幽灵叙事的形式——复活幽灵，在对话中解构幽灵，将唯一真理永远延宕——表面上将我们熟知的历史放逐，而从本质上则表达了对历史叙事"真实性"的颠覆以及历史本质问题的反思。新维多利亚小说作家并不是要否认历史，历史作为"已逝的过去"的确曾经存在,但我们只能经由历史叙事触摸或者说感知它的存在。由于历史的叙事性本质,在建构中难免权利、政治和主流意识形态的操控,致使某些真相永远湮没。因此,当代作家更愿意成为"善于发明的""充满想象力的""创造性的"历史学家,[①] 在对过去的"创造""建构"或"解构"中,以陌生化的手法书写历史。

本书从作为幽灵叙事语言表征的腹语术,幽灵叙事的空间维度,幽灵叙事的创伤主题,幽灵叙事的女性哥特体裁四个方面对新维多利亚小说进行了文本分析和理论阐述。笔者认为幽灵叙事虽然表面上将维多利亚时期的历史陌生化、怪诞化,但是在叙事的深层则表达了当代英国作家还原历史真实、书写诗性历史的写作立场。在这个意义上,幽灵叙事赋予了英国当代小说以独特的叙事美学特征。具体来说,较之美国和欧陆的后现代主义文学,新维多利亚小说通过幽灵叙事表现了对现实主义文学传统的坚守和矛盾态度,以及在叙事伦理上对历史真实性的执着。新维多利亚小说一方面采用幽灵叙事将过去的文本和幽灵的声音插入到叙事过程之中,似乎表明"文本性现在对我们与历史的接触具有重要的影响,因为我们只能通过文本来了解历史"[②]。同时,它借助元叙事话语或采用双层时空的追寻叙事模式,试图在历史档案的"蛛丝马迹"之中,借由诗性的想象建构,再现维多利亚时代的过去。不同时代、不同阶级的意识形态话语一层层遮盖了维多利亚历史的真相,而要还原历史的真相,归根到底就要在历史叙事中返回历史的深处,仔细

---

① [美]格特鲁德·希梅尔法布:《如其所好地述说历史:不顾事实的后现代主义历史学》,张志平译,陈恒、耿相新主编:《新史学:后现代、历史、政治和伦理》(第五辑),大象出版社2006年版,第16页。
② [加拿大]琳达·哈琴:《后现代主义诗学:历史·理论·小说》,李杨、李锋译,南京大学出版社2009年版,第21页。

聆听亡灵的声音，努力在历史的"褶皱"处，在和幽灵的对话和磋商中无限接近真相。在这一过程中，现实主义的文学传统没有被抛弃。英国当代作家虽质疑"语言再现真实的能力"，对现实主义客观再现论的虚妄洞若观火，然而他们并不主张如现代主义者那般将现实主义这一文学传统弃之如敝屣；恰恰相反，困于前辈作家"影响的焦虑"，他们更注重"汲取传统思想、继承文学遗产、与过去对话交流……旨在用充满想象力的复古文字召唤一个时代文学亡灵的魂兮归来"[1]。维多利亚时代连同这一时代的文学传统如同幽灵般被当代作家唤起，并被注入新的活力，这是以新维多利亚小说为代表的当代英国历史小说的独特魅力所在。

---

[1] A. S. Byatt, *On Histories and Stories: Selected Essays*, Cambridge, Mass.: Harvard University Press, 2000, p. 11.

参考文献

一 中文著作

包亚明编:《权力的眼睛——福柯访谈录》,严锋译,上海人民出版社1997年版。

包亚明主编:《后现代性与地理学的政治》,上海教育出版社2001年版。

程倩:《历史的叙述与叙述的历史》,人民文学出版社2007年版。

程锡麟等:《叙事理论的空间转向——叙事空间理论概述》,傅修延编《叙事丛刊》(第一辑),中国社会科学出版社2008年版。

戴锦华、滕威:《〈简·爱〉的光影转世》,上海人民出版社2014年版。

刁克利:《诗性的回归:现代作者理论研究》,昆仑出版社2015年版。

杜丽丽:《新维多利亚小说历史叙事研究》,中国社会科学出版社2017年版。

郭方云:《文学地图学》,商务印书馆2020年版。

金冰:《维多利亚时代与后现代历史想象:拜厄特"新维多利亚小说"研究》,北京大学出版社2010年版。

任平：《当代视野中的马克思》，江苏人民出版社2003年版。

苏忱：《再现创伤的历史：格雷厄姆·斯威夫特小说研究》，苏州大学出版社2009年版。

汤黎：《当代英国女作家"新维多利亚小说"研究》，科学出版社2021年版。

汪民安：《身体、空间与后现代性》，江苏人民出版社2015年版。

王冬梅：《女性主义文论与文本批评研究》，武汉大学出版社2018年版。

徐蕾：《身体视角下的A.S.拜厄特小说研究》，南京大学出版社2016年版。

闫琳：《腹语与通灵：拜厄特笔下的女性灵媒及其隐喻》，《英美文学研究论丛》30（2019春），上海外语教育出版社2019年版。

岳梁：《幽灵学方法批判》，人民出版社2008年版。

张金凤：《文化批评视域下的英国小说研究》，浙江工商大学出版社2016年版。

张一兵：《文本的深度犁耕：后马克思思潮哲学文本解读》，中国人民大学出版社2008年版。

甄蕾：《西方文学另类女性形象书写》，天津社会科学院出版社2018年版。

二　中文译著

［俄］巴赫金：《陀思妥耶夫斯基诗学问题》，白春仁、顾亚铃译，生活·读书·新知三联书店1988年版。

［法］保尔·利科：《虚构叙事中时间的塑形：时间与叙事》，王文融译，生活·读书·新知三联书店2003年版。

［法］米歇尔·福柯：《规训与惩罚：监狱的诞生》，刘北成、杨远婴译，生活·读书·新知三联书店1999年版。

［法］米歇尔·福柯：《知识考古学》，谢强、马月译，生活·读书·新知三联书店1998年版。

［法］萨特：《存在与虚无》，陈宣良译，生活·读书·新知三联书店1997年版。

［法］雅克·德里达：《多义的记忆——为保罗·德曼而作》，蒋梓骅译，中央编译出版社1999年版。

［法］雅克·德里达：《多重立场》，余碧平译，生活·读书·新知三联书店2006年版。

［法］雅克·德里达：《论文字学》，汪堂家译，上海译文出版社1999年版。

［法］雅克·德里达：《马克思的幽灵：债务国家、哀悼活动和新国际》，何一译，中国人民大学出版社1999年版。

［美］爱德华·W.萨义德：《文化与帝国主义》，李琨译，生活·读书·新知三联书店2003年版。

［美］爱德华·W.苏贾：《后现代地理学——重申批判社会理论中的空间》，王文斌译，商务印书馆2004年版。

［美］艾莱恩·肖瓦尔特：《妇女·疯狂·英国文化》，陈晓兰、杨剑锋译，兰州大学出版社1998年版。

［美］贝蒂·弗里丹：《女性的奥秘》，程锡麟、朱徽、王晓路译，四川人民出版社1988年版。

［美］戴卫·赫尔曼主编：《新叙事学》，马海良译，北京大学出版社2002年版。

［美］格特鲁德·希梅尔法布：《如其所好地述说历史：不顾事实的后现代主义历史学》，张志平译，陈恒、耿相新编：《新史学》（第五辑），大象出版社2006年版。

［美］海登·怀特：《后现代历史叙事学》，陈永国、张万娟译，中国社会科学出版社2003年版。

[美] 凯特·米利特：《性政治》，宋文伟译，江苏人民出版社 2000年版。

[美] 桑德拉·吉尔伯特、苏珊·古芭：《阁楼上的疯女人：女性作家与19世纪文学想象》，杨莉馨译，上海人民出版社 2015年版。

[美] 苏珊·S. 兰瑟：《虚构的权威：女性作家与叙述声音》，黄必康译，北京大学出版社 2002 年版。

[美] 希利斯·米勒：《幽灵效应：现实主义小说中的文本间性》，满兴远译，载易小明编《土著与数码冲浪者——米勒中国演讲集》，吉林人民出版社 2004 年版。

[美] 伊莱恩·肖瓦尔特：《她们自己的文学》，韩敏中译，浙江大学出版社 2012 年版。

[印度] 佳亚特里·斯皮瓦克：《后殖民理性批判：正在消失的当下的历史》，严蓓雯译，译林出版社 2014 年版。

[英] A. S. 拜厄特：《论历史与故事》，黄少婷译，译林出版社 2016年版。

[英] A. S. 拜厄特：《隐之书》，于冬梅、宋瑛堂译，南海出版公司 2008 年版。

[英] 阿尔弗雷德·丁尼生：《丁尼生诗选》，黄杲炘译，上海译文出版社 1995 年版。

[英] 阿萨·勃里格斯：《英国社会史》，陈叔平、刘成等译，中国人民大学出版社 1991 年版。

[英] 爱德华·霍列特·卡尔：《历史是什么》，陈恒译，商务印书馆 2007 年版。

[英] 彼得·阿克罗伊德：《霍克斯默》，余珺珉译，译林出版社 2002 年版。

[英] 彼得·阿克罗伊德：《一个唯美主义者的遗言》，方柏林译，

译林出版社 2004 年版。

[英] 伯第纳·各斯曼等：《格雷厄姆·斯威夫特访谈录》，郭国良译，《当代外国文学》1999 年第 4 期。

[英] 戴维·罗伯兹：《英国史：1688 年至今》，鲁光桓译，中山大学出版社 1990 年版。

[英] 戴维·洛奇：《好工作》，蒲隆译，上海译文出版社 2007 年版。

[英] 戴维·洛奇：《小说的艺术》，卢丽安译，上海译文出版社 2010 年版。

[英] F. R. 利维斯：《伟大的传统》，袁伟译，生活·读书·新知三联书店 2009 年版。

[英] 霍华德·凯吉尔等：《视读本雅明》，吴勇立等译，安徽文艺出版社 2009 年版。

[英] 玛丽·沃斯通克拉夫特、约翰·斯图尔特·穆勒：《女权辩护妇女的屈从地位》，王蓁、汪溪译，商务印书馆 1996 年版。

[英] 特里·伊格尔顿：《理论之后》，商正译，商务印书馆 2009 年版。

[英] 夏洛蒂·勃朗特：《简·爱》，祝庆英译，上海译文出版社 2010 年版。

[英] 约翰·史都瑞：《文化消费与日常生活》，张君玫译，台北：巨流图书有限公司 2000 年版。

[英] 朱利安·沃尔弗雷斯编著：《21 世纪批评述介》，张琼、张冲译，南京大学出版社 2009 年版。

三 中文论文

陈后亮：《后现代主义的历史情结：怀旧还是反思》，《世界文学评论》2010 年第 2 期。

陈后亮：《历史书写元小说：再现事实的政治学、历史观念的问题学》，《国外文学》2010年第4期。

陈后亮：《历史书写元小说的再现政治与历史问题》，《当代外国文学》2010年第3期。

陈后亮：《再现的政治：历史、现实与虚构——兼论历史书写元小说的理论内涵》，《理论与创作》2010年第5期。

陈榕：《哥特小说》，《外国文学》2012年第4期。

何卫华：《主体、结构性创伤与表征的伦理》，《外语教学》2018年第4期。

黄瑞颖：《新维多利亚小说研究中的"古今之争"及其时间错位》，《国外文学》2021年第1期。

金冰：《论拜厄特〈婚姻天使〉中的幽灵叙事》，《外国文学》2015年第2期。

金冰：《西方文论关键词：新维多利亚小说》，《外国文学》2022年第4期。

金冰：《语境中的通灵之争——〈占有〉中的幽灵叙事》，《国外文学》2016年第2期。

林斌：《西方女性哥特研究——兼论女性主义性别与体裁理论》，《外国语》2005年第2期。

陆薇：《华裔美国文学的幽灵叙事——以伍慧明的小说〈向我来〉为例》，《当代外国文论》2009年第2期。

申富英、靳晓冉：《论幽灵批评的理论"渊源"、研究范式与发展趋势》，《当代外国文学》2020年第4期。

孙庆斌：《为"他者"与主体的责任：列维纳斯"他者"理论的伦理诉求》，《江海学刊》2009年第4期。

汤黎：《后现代女性书写下的历史重构：当代英国女作家"新维多利亚小说"探析》，《当代文坛》2014年第6期。

童明：《暗恐/非家幻觉》，《外国文学》2011 年第 4 期。

王素英：《"恐惑"理论的发展及当代意义》，《当代外国文学》2014 年第 1 期。

肖锦龙：《回到历史存在本身——拜厄特〈论历史与故事〉中的真理论历史观发微》，《外国文学研究》2009 年第 7 期。

徐蕾：《当代英国历史小说与"腹语术"——兼评 A. S. 拜厄特〈论历史与故事〉》，《当代外国文学》2016 年第 3 期。

岳梁：《出场学视域：德里达的"幽灵学"解构》，《江海学刊》2008 年第 6 期。

张进：《论物质性诗学》，《文艺理论研究》2013 年第 4 期。

四 外文著作

Abraham, Nicolas, and Maria Torok, *The Shell and the Kernel: Renewals of Psycho-analysis*, Trans. Nicholas Rand, Chicago: Chicago University Press, 1994.

Abraham, Nicolas, and Maria Torok, *The Wolfman's Magic Word: A Cryptonymy*, Trans. Nicholas Rand, Minneapolis: University of Minnesota Press, 1986.

Abrams, Meyer H., *A Glossary of Literary Terms*, Beijing: Foreign Language Teaching and Research Press, 2004.

Ackroyd, Peter, *Chatterton*, New York: Harper and Row, 1987.

Ackroyd, Peter, *Hawksmoor*, London: Hamish Hamilton, 1985.

Alexander, Jeffery C., ed., *Cultural Trauma and Collective Identity*, Berkley: University of California Press, 2004.

Alfer, Alexa, and Micheal J. Noble, eds., *Essays on the Fiction of A. S. Byatt: Imagining the Real*, London: Greenwood Press, 2001.

Arias, Rosario, and Patricia Pulham, eds., *Haunting and Spectrality in Neo-Victorian Fiction: Possessing the Past*, New York: Palgrave Macmillan, 2010.

Aubrey, James R., *John Fowles: A Reference Companion*, New York: Greenwood Press, 1991.

Barth, John, "The Literature of Replenishment", *Essentials of the Theory of Fiction*, eds., Michael J. Hoffman and Patrick D. Murphy, Durham: Duke University Press, 1996.

Bernard, Catherine, *Graham Swift: La Parole Chronique*, Nancy: University of Nancy Press, 1991.

Bloom, Harold, *The anxiety of Influence*, Oxford: Oxford University Press, 1997.

Boccardi, Mariadele, *The Contemporary British Historical Novel: Representation*, Nation, Empire, New York: Palgrave Macmillan, 2009.

Bormann, Daniel Candel, *The Articulation of Science in the Neo-Victorian Novel: A Poetics (And Two Case-Studies)*, Frankfurt am Main: Peter Lang, 2002.

Brabon, Benjamin A. and Stéphanie Genz, eds., *Postfeminist Gothic: Critical Interventions in Contemporary Culture*, New York: Palgrave Macmillan, 2007.

Bradbury, Malcolm, ed., *The Novel Today: Contemporary Writers on Modern Fiction*, Manchester: Manchester University Press, 1977.

Brannigan, John, *New Historicism and Cultural Materialism*, New York: St. Martin's Press, 1998.

Brindle, Kym, *Epistolary Encounters in Neo-Victorian Fiction*,

London: Palgrave Macmillan, 2013.

Brown, Nicola, Carolyn Burdett and Pamela Thurschwell, eds., *The Victorian Supernatural*, New York: Cambridge University Press, 2004.

Burgass, Catherine, *A. S. Byatt's Possession: A Reader's Guide*, New York: Continuum International Publishing, 2002.

Buxton, Jackie, "'What's love got to do with it?': Postmodernism and Possession", *Essays on the Fiction of A. S. Byatt: Imagining the Real*, eds., Alexa Alfer and Michael J. Noble, Westport, Connecticut and London: Greenwood Press, 2000.

Byatt, A. S., *Angels & Insects*, London: Vintage, 1995.

Byatt, A. S., *On Histories and Stories: Selected Essays*, Cambridge, Mass.: Harvard University Press, 2000.

Byatt, A. S., *Passions of the Mind: Selected Writings*, London: Chatto & Windus, 1991.

Byatt, A. S., *Possession*, Beijing: Foreign Language Teaching and Research Press, 2005.

Byatt, A. S., *The Biographer's Tale*, New York: Vintage, 2001.

Campbell, Jane, *A. S. Byatt and the Heliotropic Imagination*, Ontario: Waterloo, 2004.

Carter, Angela, *Nights at the Circus*, London: Vintage Classics, 2006.

Carter, Angela, *The Bloody Chamber and Other Stories*, London: Penguin Books, 1993.

Caruth, Cathy, *Unclaimed Experience: Trauma, Narrative, and History*, Baltimore: The Johns Hopkins University Press, 1996.

Childs, Peter, *Contemporary Novelists: British Fiction since 1970*, New York: Palgrave Macmillan, 2005.

Cixious, Helene and Catherine Clement, "The Newly Woman", *Feminist Literary Criticism*, ed. Mary Eagleton, New York: Longman Inc., 1991.

Clery, Elizabeth J., *Women's Gothic: From Clara Reeve to Mary Shelley*, Tavistock: Northcote, 2000.

Cohen, Tom, et al., *Material Events: Paul de Man and the Afterlife of Theory*, Minneapolis: University of Minnesota Press, 2001.

Craps, Step, *Trauma and Ethics in the Novels of Graham Swift*, Brighton: Sussex Academic Press, 2005.

Currie, Mark, ed., *Metafiction*, New York: Longman Group, 1995.

Currie, Mark, *Postmodern Narrative Theory*, New York: St. Martin's Press, 1998.

Davies, Helen, *Gender and Ventriloquism in Victorian and Neo-Victorian Fiction: Passionate Puppets*, London: Palgrave Macmillan, 2012.

Davis, Philip, *Why Victorian Literature Still Matters*, Chichester: Wiley-Blackwell, 2008.

Dear, M. J., *The Postmodern Urban Condition*, Malden and Oxford: Blackwell Publishing Ltd., 2000.

Dentith, Simon, *Parody*, London and New York: Routledge, 2000.

Duff, David, *Modern Genre Theory*, New York: Longman, 2000.

Eagleton, Terry, *After Theory*, London: Penguin Books, 2003.

Elam, Diane, *Romancing the Postmodern*, London and New York: Routledge, 1992.

Elias, Amy J., *Sublime Desire: History and Post-1960s Fiction*, London: The Johns Hopkins University press, 2001.

Ellis, Kate Ferguson, *The Contested Castle: Gothic Novels and the Subversion of Domestic Ideology*, Illinois: University of Illinois Press, 1989.

Faber, Michel, *The Crimson Petal and the White*, New York: Harcourt, 2002.

Fletcher, Lisa, *Historical Romance Fiction: Heterosexuality and Performativity*, Hampshire: Ashgate Publishing Limited, 2007.

Foucault, Michel, *Discipline and Punish: The Birth of the Prison*, New York: Vintage Books, 1995.

Fowles, John, *The Ebony Tower*, Boston, Mass and Toronto: Little, Brown, 1974.

Fowles, John, *The French Lieutenant's Woman*, Xi'an: World Publishing House, 2000.

Fowles, John, *Wormholes: Essays and Occasional Writings*, London: Jonathan Cape, 1998.

Franken, Christien, *A. S. Byatt: Art, Authorship*, Creativity, New York: Palgrave, 2001.

Freud, Sigmund, *The Uncanny*, Trans. David McLintock, London: Penguin Classics, 2003.

Frye, Northrop, *The Secular Scripture: A Study of the Structure of Romance*, Cambridge, Mass.: Harvard University Press, 1976.

Gass, William H., *Fiction and the Figures of Life*, New York: Alfred A. Knopf, 1970.

Gauthier, Tim S., *Narrative Desire and Historical Reparations: A. S. Byatt, Ian McEwan, Salmon Rushdie*, New York: Routledge, 2006.

Gay, Penny, Judith Johnston and Catherine Waters, eds., *Victorian Turns, Neovictorian Returns*, Newcastle: Cambridge Scholars Press, 2008.

Gilbert, Sandra and Susan Gubar, *The Madwoman in the Attic: The Woman Writer and the Nineteenth-Century Literary Imagination*, New Haven, Conn. and London: Yale University Press, 1979.

Green-Lewis, Jennifer, "At Home in the Nineteenth Century: Photography, Nostalgia, and the Will to Authenticity", *Victorian Afterlife: Postmodern Culture Rewrites the Nineteenth Century*, eds., John Kucich and Dianne F. Sadoff, Minneapolis: University of Minnesota press, 2000.

Gutleben, Christian, *Nostalgic Postmodernism: The Victorian Tradition and the Contemporary British Novel*, Amsterdam & New York: Rodopi, 2001.

Hadley, Louisa, *Neo-Victorian Fiction and Historical Narrative*, Hampshire: Palgrave Macmillan, 2010.

Hadley, Louisa, *The Fiction of A. S. Byatt*, New York: Palgrave Macmillan, 2008.

Hassan, Ihab, *The Postmodern Turn: Essays in Postmodern Theory and Culture*, Columbus: Ohio State University Press, 1987.

Hawthorn, Jeremy, *A Glossary of Contemporary Literary Theory*, 4th edition, London: Arnold, 2000.

Heilmann, Ann and Mark Llewellyn, *Neo-Victorianism: The Victorians in the Twenty-First Century*, 1999 - 2009, Basingstoke and New York: Palgrave Macmillan, 2010.

Ho, Elizabeth, *Neo-Victorianism and the Memory of Empire*, Continuum: Continuum Literary Studies, 2012.

Hulbert, Ann, "The Great Ventriloquist: A. S. Byatt's Possession: A Romance", *Contemporary British Women Writers*, ed. Robert E. Hosmer Jr. , New York: St. Martin's Press, 1993.

Hutcheon, Linda, *A Poetics of Postmodernism: History, Theory, Fiction*, New York: Routledge, 1988.

Hutcheon, Linda, *Narcissistic Narrative: The Metafictional Paradox*, London: Routledge, 1980.

Hutcheon, Linda, *The Politics of Postmodernism*, London: Routledge, 1989.

Jackson, Rosemary, *Fantasy: The Literature of Subversion*, London and New York: Routledge, 1981.

Jameson, Fredric, *Postmodernism and Consumer Society*, New York: Routledge, 2000.

Jameson, Fredric, *Postmodernism, or the Cultural Logic of Late Capitalism*, London: Verso, 1991.

Jameson, Fredric, *The Political Unconscious: Narrative as a Socially Symbolic Act*, Ithaca: Cornell University Press, 1981.

Jenkins, Alice and Juliet John, eds, *Rereading Victorian Fiction, Basingstoke: Macmillan, 2000.

Jensen, Liz, *Ark Baby*, Woodstock, New York: Overlook Press, 1998.

Joyce, Simon, "The Victorians in the Rearview Mirror", *Functions of Victorian Culture at the Present Time*, ed., Christine L. Krueger, Athens and Ohio: Ohio University Press, 2002.

Kaplan, Cora, *Victoriana: Histories, Fictions, Criticism*, Edinburgh: Edinburgh University Press, 2007.

Keen, Suzanne, *Romances of the Archive in Contemporary British Fiction*, London: University of Toronto Press, 2003.

Kelly, Katherine Coyne, *A. S. Byatt*, New York: Twayne Publishers, 1996.

Kestner, Joseph A., *The Spatiality of the Novel*, Detroit: Wayne State University Press, 1978.

King, Jeannette, *The Victorian Women Question in Contemporary Feminist Fiction*, New York: Palgrave Macmillan, 2005.

Kohlke, Marie-Luise, and Christian Gutleben, eds., *Neo-Victorian Tropes of Trauma: The Politics of Bearing After-Witness to Nineteenth-Century Suffering*, Amsterdam-New York: Rodopi, 2010.

Kontou, Tatiana, *Spiritualism and Women's Writing: From the Fin de Siècle to the Neo-Victorian*, New York: Palgrave Macmillan, 2009.

Krueger, Christine L., ed., *Functions of Victorian Culture at the Present Time*, Athens, Ohio: Ohio University Press, 2002.

Kucich, John and Dianne F. Sadoff, eds., *Victorian Afterlife:*

Postmodern Culture Rewrites the Nineteenth Century, Minneapolis: University of Minnesota press, 2000.

LaCapra, Dominick, *Representing the Holocaust: History Theory, Trauma*, Ithaca: Cornell University Press, 1994.

Landa, Garcia J. A. , "Narrating Narrating: Twisting the Twice-Told Tale", *Theorizing Narrativity*, eds. J. Pier and J. A. Garcia Landa, Berlin: Walter de Gruyter, 2008.

Lascelles, Mary, *The Story-teller Retrieves the Past: Historical Fiction and Fictitious History in the Art of Scott, Stevenson, Kipling, and Some Others*, New York: Oxford University Press, 1980.

Lea, Daniel, *Graham Swift*, Manchester: Manchester University Press, 2005.

Lee, Alison, *Realism and Power: Postmodern British Fiction*, New York: Routledge, 1990.

Levenson, Michael, "Angels and Insects: Theory, Analogy, Metamorphosis", *Essays on the Fiction of A. S. Byatt: Imagining the Real*, eds. Alexa Alfer and Michael J. Noble, Westport, Connecticut and London: Greenwood Press, 2001.

Lodge, David, *After Bakhtin: Essays on Fiction and Criticism*, London and New York: Routledge, 1990.

Lodge, David, *The Novelist at the Crossroads and Other Essays on Fiction and Criticism*, London: Routledge and Kegan Paul, 1971.

Loveday, Simon, *The Romances of John Fowles*, Hampshire: Macmillan Press, 1985.

Lowenthal, David, *The Past Is a Foreign Country*, Cambridge:

Cambridge University Press, 1985.

Maitzen, Rohan Amanda, *Gender, Genre, and Victorian Historical Writing*, London: Garland Publishing, Inc., 1998.

Matthew, Sweet, *Inventing the Victorians*, London: Faber and Faber, 2001.

McSweeney, Kerry, *Four Contemporary Novelists*, London: Scholar Press, 1983.

Miller, Andrew H., *Novels behind Glass: Commodity, Culture, and Victorian Narrative*, New York: Cambridge University Press, 1995.

Mitchell, Kate, *History and Cultural Memory in Neo-Victorian Fiction*, New York: Palgrave Macmillan, 2010.

Moers, Ellen, *Literary Women: The Great Writers*, New York: Doubleday & Company, Inc., 1976.

Morgan, Simon, *A Victorian Woman's Place: Public Culture in the Nineteenth Century*, London: Tauris Academic Studies, 2007.

Olshen, Barry N., *John Fowles*, New York: Frederick Ungar, 1978.

Onega, Susana and Christian Gutleben, eds., *Refracting the Canon in Contemporary British Literature and Film*, Amsterdam and New York: Rodopi, 2004.

Otter, Monika, *Inventions: Fiction and Referentiality in Twelfth-century English Historical Writing*, Chapel Hill: Universityof North Carolina Press, 1996.

Robert, Douglas-Fairhurst, *Victorian Afterlives: The Shaping of Influence in Nineteenth-century Literature*, Oxford: Oxford

University Press, 2002.

Salami, Mahmoud, *John Fowles's Fiction and the Poetics of Postmodernism*, London & Toronto: Associated University Press, 1987.

Schor, Hilary, "Sorting, Morphing, and Mourning: A. S. Byatt Ghostwrites Victorian Fiction", *Essays on the Fiction of A. S. Byatt: Imagining the Real*, eds., Alexa Alfer and Michael J. Noble, Westport, Connecticut and London: Greenwood Press, 2001.

Showalter, Elaine, *A Literature of Their Own: British Woman Novelists from Bronte to Lessing*, Princeton: Princeton University Press, 1999.

Showalter, Elaine, *Sister's Choice: Tradition and Change in American Women's Writing*, Oxford: Clarendon, 1991.

Shuttleworth, Sally, "Natural History: The Retro-Victorian Novel", *The Third Culture: Literature and Science*, ed., Elinor S. Shaffer, Berlin and New York: Walter de Gruyter, 1998.

Shuttleworth, Sally, "Writing Natural History: 'Morpho Eugenia'", *Essays on The Fiction of A. S. Byatt: Imagining the Real*, eds., Alexa Alfer and Michael J. Noble, Westport, Connecticut and London: Greenwood Press, 2001.

Spivak, Gayatri, "Three Women's Texts and a Critique of Imperialism", *Selective Readings in 20th Century Western Critical Theory*, eds., Zhang Zhongzai, Wang Fengzhen and Zhao Guoxin, Beijing: Foreign Language Teaching and Research Press, 2002.

Su, John J., *Ethics and Nostalgia in the Contemporary Novel*, Cambridge: Cambridge University Press, 2005.

Sweet, Matthew, *Inventing the Victorians*, London: Faber and Faber, 2001.

Swift, Graham, *Ever After*, London: Picador, 2010.

Swift, Graham, *Waterland*, London: Picador, 2008.

Thompson, Nicola Diane, *Victorian Women Writers and the Woman Question*, New York: Cambridge University Press, 1999.

Wallace, Diana, "Female Gothic", *The Encyclopedia of the Gothic*, eds, William Hughes, David Punter and Andrew Smith, New York: John Wiley & Sons, Ltd., 2012.

Waters, Sarah, *Affinity*, London: Virago Press, 2000.

Waters, Sarah, *Fingersmith*, New York: Riverhead Books, 2002.

Waters, Sarah, *Tipping the Velvet*, New York: Riverhead Books, 2000.

Waugh, Patricia, "Postmodern Fiction and the Rise of Critical Theory", *A Companion to the British and Irish Novel* 1945 - 2000, ed., Brian W. Shaffer, Oxford and Malden: Blackwell Publishing Ltd., 2005.

Waugh, Patricia, *Metafiction: The Theory and Practice of Self-conscious Fiction*, London and New York: Methuen, 1984.

Williams, Anne, *Art of Darkness: A Poetics of Gothic*, Chicago and London: University of Chicago Press, 1995.

Winnberg, Jakob, *An Aesthetics of Vulnerability: The Sentimentum and the Novels of Graham Swift*, Goteborg: Goteborg University Press, 2003.

Wisker, Gina, *Contemporary Women's Gothic Fiction: Carnival, Hauntings and Vampire Kisses*, London: Palgrave Macmillan, 2016.

Wolfreys, Julian, "Trauma, Testimony, Criticism: Witnessing, Memory and Responsibility", *Introducing Criticism at the 21st Century*, ed., Julian Wolfreys, Edinburgh: Edinburgh University Press, 2002.

五 外文论文

Barker, Patricia A., *The Art of the Contemporary Historical Novel*, Ph. D. Dissertation, University of Texas at Dallas, 2005.

Bernard, Catherine, "Forgery, Dis/possession, Ventriloquism in the Works of A. S. Byatt and Peter Ackroyd", *Micelanea: A Journal of English and American Studies*, No. 28, 2003.

Birrer, Doryjane Austen, *Metacritical Fiction: Post-war Literature Meets Academic Culture*, Ph. D. Dissertation, Washington State University, 2001.

Boehm-Schnitker, Nadine and Susanne Gruss, "Introduction: Spectacles and Things—Visual and Material Culture and/in Neo-Victorianism", *Neo-Victorian Studies*, Vol. 4, No. 2, 2011.

Bonser, D., *Romance Genres and Realistic Techniques in the Major Fiction of John Fowles*, Ph. D. Dissertation, Indiana University of Pennsylvania, 1987.

Brax, Klaus, *The Poetics of Mystery: Genre, Representation, and Narrative Ethics in John Fowles's Historical Fiction*,

Ph. D. Dissertation, Helsinki: Helsinki University Printing House, 2003.

Connor, Kimberlerly, *Caught in the Hall of Mirrors: The Progressive Narrative Techniques of A. S. Byatt*, Ph. D. Dissertation, University of Alaska Anchorage, 1994.

Doblas, Rosario Arias, "Talking With the Dead: Revisiting the Victorian Past and the Occult in Margaret Atwood's Alias Grace and Sarah Waters' Affinity", *Estudios Ingleses de la Universidad Complutense*, No. 13, 2005.

Elias, Amy J., "Metahistorical Romance, the Historical Sublime, and Dialogic History", *Rethinking History*, No. 9, 2005.

Fletcher, Lisa, "Historical Romance, Gender, and Heterosexuality: John Fowles' The French Lieutenant's Womanand A. S. Byatt's Possession", *Journal of Interdisciplinary Gender Studies*, Vol. 7, No. 1, 2003.

Fowles, John and Dianne Vipond, "An Unholy Inquisition", *Twentieth Century Literature*, No. 38, Spring 1996.

Gutleben, Christian, "Shock Tactics: The Art of Linking and Transcending Victorian and Postmodern Traumas in Graham Swift's *Ever After*", *Neo-Victorian Studies*, Vol. 2, No. 2, Winter 2009/2010.

Hiekm, Alan Forrest, *"Wedded to the World": Natural and Artificial History in the Novels of Graham Swift*, Ph. D. Dissertation, University of Arkansas, 1990.

Holmes, Frederick, "The Historical Imagination and the Victorian Past: A. S. Byatt's Possession", *English Studies in*

Canada, Vol. 20, No. 3, 1994.

Holmes, Frederick, "The Representation of History as Plastic: The Search for the Real Thing in Graham Swift's Ever After", *ARIEL*, Vol. 27, No. 3, 1996.

Karlin, Danny, "Prolonging Her Absence", Rev. of Possession, by A. S. Byatt, *London Review of Books*, March 8, 1990.

Kirchknopf, Andrea, "(Re) workings of Nineteenth-Century Fiction: Definitions, Terminology, Contexts", *Neo-Victorian Studies*, Vol. 1, No. 1, Autumn 2008.

Kohlke, Marie-Luise, "Introduction: Speculations in and on the Neo-Victorian Encounter", *Neo-Victorian Studies*, Vol. 1, No. 1, 2008.

Landow, George P., "History, His Story, and Stories in Graham Swift's Waterland", *Studies in the Literary Imagination*, Vol. 23, No. 2, 1990.

Leonard, Elisabeth Anne, *A Story of Literary Studies: Writing, Reading, and the Fiction of A. S. Byatt*, Ph. D. Dissertation, Kent State University, 2001.

Levenson, Michael, "Sons and Fathers", Review of Ever After, *New Republic*, No. 22, June 1992.

Llewellyn, Mark, "What is Neo-Victorian Studies?", *Neo-Victorian Studies*, Vol. 1, No. 1, 2008.

Marsden, John Lloyd, *After Modernism: Representations of the Past in the Novels of Graham Swift*, Ph. D. Dissertation, University of Ohio, 1996.

Mitchell, W. J. T., "Spatial Form in Literature: Toward a General Theory", *Critical Inquiry*, No. 6, Spring 1980.

Palmer, William J., "John Fowles and the Crickets", *Modern Fiction Studies*, No. 31, Spring 1985.

Rohland-Le, Andrea Louise, *The Spaces Between: A. S. Byatt nd Postmodern Realism*, Ph. D. Dissertation, Universite De Montreal, 2000.

Shiller, Dana, "The Redemptive Past in the Neo-Victorian Novel", *Studies in the Novel*, Vol. 4, No. 29, 1997.

Shiller, Dana, *Neo-Victorian Fiction: Reinventing the Victorians*, Ph. D. Dissertation, University of Washington, 1995.

Smith, Andrew and Diana Wallace, "The Female Gothic: Then and Now", *Gothic Studies*, No. 6, May 2004.

Stetz, Margaret D., "The 'My Story' Series: A Neo-Victorian Education in Feminism", *Neo-Victorian Studies*, Vol. 6, No. 2, 2013.

Sturrock, June, "How Browning and Byatt Bring Back the Dead: 'Mr. Sludge, the Medium' and 'The Conjugial Angel'", *Journal of Literature and the History of Ideas*, Vol. 7, No. 1, January 2009.

Tarbox, Katherine, "The French Lieutenant's Woman and the Evolution of Narrative", *Twentieth Century Literature*, No. 38, Spring 1996.

Wallace, Diana, "Uncanny Stories: the Gothic Story as Female Gothic", *Gothic Studies*, No. 6, May 2004.

Wells, Lynne, "Corso, Ricorso: Historical Repetition and Cultural Reflection in A. S. Byatt's Possession: A Romance", *Modern Fiction Studies*, Vol. 48, No. 3, 2002.

Widdowson, Peter, "'Writing Back': Contemporary Re-visionary Fiction", *Textual Practice*, Vol. 20, No. 3, 2006.

Yebra, José M., "Neo-Victorian Biofiction and Trauma Poetics", *Neo-Victorian Studies*, Vol. 6, No. 1, 2013.

Zoran, Gabriel, "Toward a Theory of Space in Narrative", *Poetics Today*, Vol. 5, No. 2, 1984.

后　　记

　　子在川上曰：逝者如斯夫，不舍昼夜。置身于宇宙时空，时光飞逝无人可挡。我们体验的每一个当下都在迅速成为历史。20世纪初，现代主义兴起，现实主义的指涉幻象遭受质疑之后，如何在叙事中再现已逝的过去已成为文学、哲学和史学界一直在积极探讨的问题。琳达·哈琴在阅读格雷厄姆·斯威夫特的《水之乡》时曾追问："我们总是叙述过去，但是叙述的总体行为所暗示的知识的境况是什么？历史的叙述是否必须承认它不确定的或者所猜测的地方？我们是否只有通过现在才能认识过去？或者说只有通过过去才能了解现在？"诸如此类的问题深深吸引着我，引导我思考英国当代历史小说的叙事技巧和历史再现策略，最后决定从幽灵叙事的视角研究新维多利亚小说，以捕捉英国当代历史小说独特的后现代主义诗学精神和叙事美学特征。

　　英国学者戴维·庞特指出，"历史是一系列对死亡的叙述……历史的叙述必须必然地包括幽灵"。当我们面对历史时，不可避免地要与徘徊在历史与现实之间的幽灵遭遇。庞特运用幽灵批评解读莎士比亚的《哈姆雷特》等经典作品的研究路径使我深受启发。当我从幽灵的角度阅读新维多利亚小说时，发现幽灵不仅有助于理解历史叙事过去和现在之间的时间悖论，而且还可以使作家和读者无限地步入历史深处，在与亡者的对话与磋商中触及历史的真相。本书在幽灵批评的理论视域下解读新维多利亚小说，探究作家如何采用幽灵叙事在将历史"真相"延异的过程中努力再现历史真相，认为幽灵叙事以其自身的悖论性深刻触及了历史叙事的本质问题。

当克罗齐提出"一切历史都是当代史"时，他敏锐地洞察到了历史叙事在时间上的悖论以及它不可避免的意识形态建构性本质。试想最近三年，新冠疫情肆虐全球，我们每天都在见证这注定将载入史册的历史事件。然而我们每个人作为这段历史的亲历者和见证者，是否能够如实记录这段历史？我对此深表怀疑。将历史文本化是一个复杂的意识形态建构过程。譬如，若要书写新冠疫情这三年（2019—2022年）的历史，从我的回忆中聚拢起来的素材不过是片断化的个人体验，有限的观察视角和网上的众说纷纭均不足以让我窥见事物的全貌。因此，虽然作为亲历者，我仍不得不借助已经文本化或者正在文本化的各种纷繁芜杂的材料来记录历史，要实现所谓的客观再现历史的夙愿不过是不切实际的妄想。

时代的宏大叙事需要无数人的见证，因此作家需要在无数的文本碎片中筛选，最终拼贴整合成连贯的故事，这种历史叙事方式决定了我们难以客观再现历史真相。那么个人史的书写是否会更接近历史真相呢？我想未必。即便只是如实记录新冠疫情期间个人的经历，我感觉同样困难重重。以此刻为例，我大病初愈，在电脑前苦思冥想，努力回忆半个月前的书稿构思和当时乍然一现的灵感；同时也纠结于昨日的写作因孩子的哭闹被迫打断，为目前全无思路苦恼不堪。这些主观感受会影响我对过去事件的叙述和再现。

我在想，当我们追忆过去的时候，有些人和事不时在头脑中浮现，迟迟不肯离开。从某种程度上来讲，幽灵并非一定是亡者，它还指那些明明已经逝去但一直对现在造成侵扰的人和事。

譬如当我仍为昨日的写作未能完成导致今日才思枯竭而懊恼时，那件事情本身就是幽灵，在侵扰着此刻正在写作的我，然而当思路顺畅、烦恼不在的时候，幽灵也随之而去。因此，以个人见证的形式书写的历史，必然是"此时此刻"的我与造成侵扰的昨日之我与昨日之事持续地遭遇和对话的过程。在这个意义上，历史书写必然涉及幽灵。唯有尽最大可能唤起幽灵，与之持续地交谈和磋商，才能最大程度地还原历史的真相。

本书的写作过程较为艰辛。虽然在 2016 年申报教育部人文社科青年项目时已经形成了完整的构思和写作计划，然而在阅读了大量新维多利亚小说文本和一些维多利亚时期的文学、文化、历史、哲学等"前文本"之后，我深感阅读越深入，困惑越多。两三年蹉跎，2019 年之后才开始动笔，书稿最终在 2022 年 12 月底完成。其间，写作曾一次次被新冠疫情和我工作生活中的诸种琐事打断。此刻，伴随着 2023 年新年的钟声，疫情胜利的曙光已现，真令人欢欣雀跃。我们每个平凡的人参与历史，见证历史，但又终将被历史遗忘。

在本书即将付梓之际，首先感谢兰州大学外国语学院十几年来对我学术研究的支持。感谢我的导师袁洪庚教授在学术成长之路上给予的指导和帮助。感谢朱刚院长、蒋翃霞教授、卢雨菁教授、高红霞教授、师彦灵教授等在写作过程给予的支持和建议。感谢中国社会科学出版社的王小溪编辑，她认真校对了书稿，为本书的出版花费了大量的时间和精力。最后感谢我的家人，他们的爱、宽容和无私奉献，使我可以抽出时间和精力写作，使我在懈怠沮丧困顿后仍不忘继续努力，使本书得以最终完成。

杜丽丽

2022 年 12 月 27 日